당당하고
진실하게

여자의 이름으로

성공하라

당당하고 진실하게

FAIRLY

SINCERELY

여자의 이름으로

성공하라

김효선 지음

푸른숲

여자는 성공한다

2002년 6월, 태극기 원피스를 만들어 입고 시청 앞을 가득 메웠던 붉은악마들은 여성사에서도 새로운 사건이었다. 우리나라에서 여자들이 이렇게 열린 광장에서 자발적으로 자신을 열정적으로 표출한 적은 한 번도 없었으니 말이다. 이 건강한 붉은 악마들을 보면서 나는 여성들에게도 새로운 시대가 열리기 시작했다는 걸 실감했다. 그 젊음과 자유와 경쾌함이 얼마나 멋진지, 너무나 감동적이었다.

정말이지 요즘 젊은 여성들이 사는 모습은 예전하고는 사뭇 다르다. 아침마다 헬스클럽에서 만나는 젊은 여성들을 보면서도 비슷한 느낌을 갖게 된다. 출근 직전 한두 시간 운동으로 자기 관리를 하고 멋진 패션 리더의 모습으로 일터를 향하는 여성들. 그들은 젊을 때부터 자기 자신에게 투자하며 살아가는 데 익숙하다. 또 그들은 사회적인 성공을 해도 여성적인 매력을 소홀히 하지 않는다. 사회적 성취와 함께 자신의 여성성과 가정의 행복을 골고루 누릴 수 있을 때, 비로소 가치를 두고 호감을 갖는 것이다.

그렇다. 자유롭고 활기찬, 훨훨 날아다니는 듯 보이는 새로운 여성의 모습이다. 시대적으로, 국가적으로 여성 인재가 중요해지면서 여성들의 사회 진출이 권장되고 여성에게 유리한 정책들이 제공되는 시기에만 가능한 일이다. 이 젊은 여성들은 가히 축복받은 시대의 주인공이라 할 만하다. 이들의 자유롭고 활기찬 에너지가 한국 사회를 한 단계 발전시키는 원동력이 되리라 믿어 의심치 않는다. 좀더 욕심을 내자면 이런 새로움이 젊은 여성들 개개인의 인생에서도 성공을 이끌어가는 확실한 힘으로 작용하기를 바라는 마음이다.

>> 자유롭고 활기찬, 그러나 불안한…

나를 돌이켜보면 왜 그렇게 자신감 없이 젊은 날을 보냈을까 싶다. 겉으로는 멀쩡한 사람이었지만 속에서는 섬세하고 복잡한 불안과 혼란스러움이 20대 후반, 30대 초반을 지배했던 것 같다. 이 시기에 나는 처음으로 사회 생활을 시작했고, 결혼하고 아이도 낳았다. 지나고 보니 꽤 열심히 살았던 것 같은데, 정작 그 시기는 상당한 위기감과 불안 속에서 보냈다.

그런데 20대 후반의 불안과 혼란의 그림자는 요즘의 이 화사한 주인공들에게도 여전한 것 같다. 조건이 좋은 시대에 젊음을 누리고 있지만, 정작 개인의 인생 속에 시대의 축복이 연결되지 못하고 있는 것이다. 취업, 승진, 학업, 결혼, 육아 등 많은 이유로 젊은 여성들 마음 속은 복잡하고 혼란스럽고 불안하다.

이런 불안을 호소하는 후배들에게 나는 '당신만 불안한 게 아니다. 우리 모두가 그렇다'고 말하곤 한다. 내 눈에는 그들의 갈등과 혼란이 또 다른 가능성으로 읽히는 까닭이다. 갈등이란 변화와 발전이 가능하기 때문에 생겨나는 것이고, 가능성과 갈등은 서로 비례관계에 있다. 원래부터 인생의 젊은 시절은 불안으로 가득 채워져 있고, 모든 사람은 그 불안 속에서 출발한다고 생각하자. 지금 성공한 여성들도 그 불안 속에서 무언가를 만들어나갔다. 젊은 시절의 불안은 나만의 것이 아니다.

세계적인 CEO로 꼽히는 휴렛 팩커드사의 피오리나도 젊은 날의 방황이 있었다. 아버지의 기대대로 법과 대학에 입학했다가 적성에 안 맞아 포기했던 좌절의 순간도 있었고, 학원강사 등 별로 화려해 보이지 않는 직장 생활을 한 시절도 있었다. 이런 방황 속에서도 그는 자기에게 맞는 길을 찾아서 경영과 컴퓨터 쪽으로 전공을 바꾸어 진학했다. 피오리나가 주어진 대로의 삶을 살았다면 오늘날의 그녀는 없었을 것이다.

젊은 여성들의 개인적 불안감은 그 자체를 자연스런 과정으로 받아들이고, 오히려 적극적으로 대면하는 것에서 극복의 실마리를 찾을 수 있을 것이다. 실제로 여성의 성공 여정에는 아직도 너무나도 많은 장애물들이 있다. 유리천장, 조직의 고정관념, 여성들의 경험과 훈련 부족, 리더십의 약점, 남성 중심의 사회관계망, 여성의 경험을 설명하지 못하는 리더십 이론과 성공의 담론들……. 이런 것들은 간혹 젊은 여성들에게서 희망과 열정의 에너지를 빨아들이는 진공 청소기가 되기도 한다. 이 세대가 갖고 있는 희망의 색채에도 불구하고 일터의 현장에서 순간순간 부딪치는 장애물이란 구체적이고 실제적인 구속력을 갖는다.

지금 장애물로 보이는 많은 것들도 시간이 흐르면 해결이 될 수밖에 없는 문제들이다. 그러나 문제는 우리들에게 주어진 시간이 많지 않다는 것이다. 가능하다면 우리는 시행착오에 들이는 시간을 줄여야 한다. 그리하여 이 책은 일단 20대, 30대 여성들을 향해서 쓰여졌다. 사회생활에 적응하기 시작해서 희망과 갈등이 교차하는 시기이므로 선배들의 조언이 요긴할 것이라고 생각했기 때문이다. 선배들의 사례, 적당한 분석과 설명, 성공과 실패의 경험들을 통해서 처세의 지혜와 대응 전략을 찾아내면서 시행착오를 줄여나가기를 바라는 마음이다. 나아가 이 책을 통해 조금 일찍부터 자신을 미래의 리더로 생각하고 관찰하고 준비하는 습관을 갖게 된다면 더 바랄 것이 없겠다.

>> 여성성, 새로운 리더십의 자원

언제부터인가 나는 조직 속에서 여성들의 적응 양식과 리더십에 특별한 관심을 갖게 되었다. 아마도 나 스스로가 최고 경영자의 역할 수행에서 큰 곤란을 겪고 난 이후가 아닌가 생각된다. 그 이후부터 내가 겪은 딜레마에 대한 해결책을 찾으려는 적극적인 노력을 하게 되었으니 말이다.

조직 속에서 똑똑한 여성들이 제대로 힘을 발휘하지 못하고 고립되거나, CEO에 준하는 높은 직급에 앉아서도 하극상에 직면해 전전

긍긍하는 상황을 맞는 것을 지켜보면서, 그리고 여성들 스스로가 리더로서 준비되어 있지 않은 모습을 보면서, 나는 아주 근본적인 문제의식을 느꼈다. 이런 문제들은 여자들을 괴롭히는 치명적인 위험 요인들이었다. 그러나 이 세상은 그 이유를 제대로 설명하려는 노력조차 기울이지 않으면서 '생략' 해버렸다. 중요한 문제가 아니라 사소한 문제라고 취급하고 있는 까닭이었다.

기존의 이론들은 리더는 곧 남성이라는 전제하에 시작되고 있었고, 여자들이 겪는 조직 갈등에 해법을 주지 못하고 있었다. 여성학도 이런 문제를 충분히 다루지 못하고 있었다. 기존의 학문과 여성학 사이의 미묘한 블랙홀이 있었다. 그리고 그 속에서 여자들에게는 매우 중요한 삶의 경험과 가치가 실종되고 있는 느낌이었다.

결국 나는 이런 문제는 '먼저 느끼는 사람이 스스로 설명하고자 시도하지 않으면 안 된다' 는 자각에 이르게 되었다. 그 이후로 일종의 자구책으로 여성들의 리더십과 조직 적응, 성공 같은 주제를 깊은 관심을 가지고 들여다보게 되었다.

그 과정에서 다행스럽게도 '여성 리더십' 이라는 대안을 만날 수 있었다. 여성 리더십의 논의는 여성의 경험과 조직 적응과 커리어, 성공과 리더십을 연결시킬 수 있어서 여성들이 느끼는 문제와 그 해결책을 쉽게 설명하는 틀을 제공해주었다. 이쯤에서 밝혀두자면, 이 책은 이 여성 리더십을 이론적 논의까지 확장하지는 않았지만, 책 전체를 포괄하는 하나의 전망으로 삼고 있다.

여성 리더십은 여성성을 새로운 리더십의 자원으로 활용한다. 여성적이면서 유능한 리더를 얼마든지 환영한다. 과거처럼 여성성은 성공하기 위해 억제하거나 부정해야 할 요소가 아니다. 모성, 감성, 헌신 등 지금까지 '약점'으로 인식되어온 덕목들은 미래 지향적 리더십의 새로운 구성 요소이다. 이는 젊은 여성들의 욕구를 수용할 수 있는 새로운 설명의 틀을 제시하기도 한다.

여성 리더십은 또한 여성의 성공에 필요한 전략을 제공해준다. 남성적 시각에서는 보이지 않았던 문제의 구조를 드러내면서 여성을 위한 새로운 방향을 제시해준다. 여성 리더십은 여성성과 성공을 동시에 추구하고, 개인주의 성향과 자의식이 강한 젊은 여성들을 설명하고 격려해줄 수 있는 대안의 패러다임이기도 하다.

여성 리더십은 여성 지도자들만의 전유물이 아니다. 모든 상황, 모든 위치에서 리더십은 필요하다. 여성이 이 세상의 주인으로서 적극적으로 살기 위해 필요한 도구가 바로 여성 리더십이다. 리더십은 선천적으로 타고나는 재능이 아니라 학습하고 훈련할 수 있는 노력의 산물이다.

>> 적응하되, 비전을 잃지 않는 법

이 책은 크게 5부로 구성되어 있다.

1부는 인생살이의 준비에 대한 이야기다. 목표 정하기와 장점을 최대화하는 전략을 강조했다. 특히 자기 자신에 대한 사랑을 강조했는데, 이는 여성 리더십에 '자기 주도적 리더십(self-leadership)'의 속성이 포함되어 있는 것과 같은 맥락이다.

2부는 실력으로 승부하자는 것이다. 실력이란 일터의 고전적인 경쟁력이다. 여성도 일터 조직의 일원이므로 기본적인 경쟁력을 갖추는 것은 지극히 당연한 이야기다. 사실 여성성의 장점, 여성의 부가가치 같은 논의들은 이런 기본적인 실력을 채우고 난 다음에 말할 수 있는 것들이다. 성공한 사람들은 언제나 기본이 탄탄하다는 것, 이는 동서고금의 진리다.

3부는 '자유롭기 위해 조직에 적응하라' 라는 제목을 붙였다. 여기서는 여성들이 조직에 원만하게 적응해야 한다고 강조하였다. 이 책은 전반적으로 여성들의 우수함과 자신감, 당당함이 사회 변화의 원동력이라고 강조하고 있는데, 이런 맥락에서 조직 적응을 이야기한다는 것은 전체적인 논지와 모순되지 않느냐는 질문도 받았다. 실제로 나는 3부에서 여성들이 조직 생활에서 약점으로 지적받는 부분들을 거침없이 질타했다. 그렇다. '감정선을 통제하라', '커피와 생존을 바꾸지 말라', '파워 센서티비티를 기르자' 등의 주장들은 자칫 여성 리더십의 논지들과 상충되는 느낌을 줄 수가 있다.

그러나 이런 위험에도 불구하고 나는 다시 한 번 '적응' 이라는 주제를 강조하고 싶었다. 여성 리더십은 비전, 방향, 가치관, 이상형과 관련된 것으로 우리의 머리에 해당된다면, '적응' 이란 안전한 착지법에 대한 것이라고 설명할 수 있겠다. 사람은 땅에다 안전하게 발을 딛고 서야 하지만, 높은 하늘을 날아갈 수 있는 꿈도 꿔야 한다. 그렇다면 적응은 자유를 위한 이전 단계라고 이해하면 어떨까? 적응하되 여성성의 비전을 잃지 말 것, 변화를 꿈꾸되 현실의 입지를 잃지 않을 것을 강조하고 싶었다. 적응과 비전이란 미래의 여성 리더에게 필요한 필수 항목이다. 적응만 잘하면, 기성 남성 조직 문화의 복사본이 되어서 정작 리더가 되었을 때 조직을 끌고 나갈 비전을 제시할 수 있는 힘이 약해질 것이다. 반면, 이상과 자기 주장이 너무 앞서면 뜻을 펴보기도 전에 중도 탈락해버리고 만다.

4부는 여성 리더십과 관련된 사례들이 중심을 이룬다. 여기서는 그동안 여성들이 남성 중심의 직장 문화에서 일방적으로 적응해온 듯하지만, 실제로는 자기 나름의 전략을 가지고 여성성의 가치를 지켜왔다는 것을 알 수 있다. 성공한 여성 리더들은 겉으로는 일방적으로 적응해온 듯싶지만, 사실 가슴 속에 여성으로서의 자신감과 여성적 가치에 대한 신념이 굳게 박혀 있다. 내가 여기서 관심을 가진 것은, 여성 리더십이라는 추상적 개념이 실제 현실 속에서 어떻게 나타나고 있는가 하는 부분이었다. 다시 말해 여성 리더십을 표현하는 사례나 관련이 있다고 판단되는 것들을 일종의 보고서로 제시하는 작업이었다.

5부는 여성 리더십에 대하여 간단하게 정리를 해보았다. 이 부분에는 여성 리더십 분야에서 중요하게 인용되는 자료가 포함되었다. 중앙인사위원회의 프로젝트였던 〈여성공무원의 리더십과 관리능력 향상을 위한 모듈개발과 워크숍〉 연구 보고서가 그것이다. 2002년의 중요한 사업 중 하나였던 이 연구를 하느라 이 책이 세상에 나오는 시간이 엄청 늦어지기도 했지만, 책 내용을 업그레이드하는 계기가 되기도 하였다.

›› 여자라서 성공하는 시대

이 책은 여성 리더십의 담론을 시작하는 너무나도 작은 노력에 불과하다. 그러나 그동안 수많은 번역서에서 느껴왔던 미묘한 이질감으로부터 벗어나보려는 시도를 먼저 시작한다는 생각에서 용기를 냈다. 모자란 부분은 앞으로의 작업을 통해 보충할 것이고, 다른 사람들에 의해서도 얼마든지 채워질 수 있으리라 믿는다. 무엇보다 '청출어람(靑出於藍)'를 기대하는 마음이 절실하다.

이제부터 여성들을 위한 조직적응 전략과 성공 전략, 여성 리더십의 가치 같은 주제들이 차례로 다뤄질 것이다. 방법론에 있어서는 되도록 '사례로 말한다'는 입장을 취했다. 일단 구체적이어야 재미있게 읽을 수 있기 때문이다. 무엇보다 현장의 지혜만큼 강력한 교재는 없다는 것이 나의 소신이다

간간히 여성들의 약점을 거론하기도 했지만, 자기 성찰을 통해 성공 전략을 모색하는 데 진정한 뜻이 있었음을 이해해주기 바란다. 그리하여 보다 근본적으로는 "여성성이 부가가치를 갖는 새로운 시대가 왔다. 새로운 시대의 주인공들이여 , 당당하고 진실하게 여자의 이름으로 성공하라."라고 말하고 싶었다.

자, 마침내 '여자라서 성공하는 시대'가 왔다. 이제 축복받은 시대의 주인공답게, '당당하고 진실하게' 자신을 사랑하는 여자의 모습으로 세상 속으로 들어가보자.

c o n t e n t s

2부_실력으로 승부하라

3부_자유롭기 위해 조직에 적응하라

4부_여자라서 더 유리하다

5부_내가 누군가의 멘토가 되어준다면

〉 〉 〉 미래를 꿈꾸는 것은 사람만이 할 수 있다. 또한 꿈꾸는 것은 젊음의 특징이고 재산이다.

지금 당장 막막하다고 생각해도 자기가 하고 싶은 일의 목표를 크게 높게 잡자. 이와 함께 그 꿈꾸기를 포기하지 않는 것, 자신을 막막함 속에 방치하지 않는 것이 중요하다.

성공한 사람들의 특징은 꿈꾸고 준비한다는 것이다. 처음엔 막연한 희망이었지만 준비하면서 성장하는 사이에 꿈은 현실로 다가온다. 취미 생활도 10년 계속하면 전문가가 된다. 어떤 꿈이든 포기하지 않고 꾸준히 노력하면, 꼭 같은 것은 아닐지라도 비슷한 수준으로 이뤄 낼 수 있다. '포기하지 않으면 이루어진다.' 꿈꾸기의 제1법칙이다.

실컷 꿈꾸고, 실컷 실험하면서 자기 인생을 싱싱함으로 채워 나가자. 따지고 보면 방황도 불안도 싱싱함을 채우는 방법 중 하나이다. 적극적인 사람은 그것마저도 인생의 즐거움으로 삼는다.

1부 – 꿈꾸고
준비하라 〉〉〉

1장 | 당신의 목표는 무엇인가?

삶의 목표 정하기

인생의 준비물은 '목표 정하기'라고 이야기하고 싶다. 인생에 필요한 전략을 세우는 법에 대해서는 이미 많은 이론과 실전 도구들이 나와 있지만, 여기서는 여성이기에 헤쳐나가야 할 환경에 특히 주목하려 한다. 다른 책에서 진정한 애정을 가지고 다루지 않는 부분이고, 내 인생의 소명과 관련된 부분이기 때문이다.

한국 사회에서 여자가 안정된 삶을 살기 위해 가장 중요한 두 가지는 수익 구조와 인생 목표라고 생각한다. 앞에서 여성들에게 인생을 큰 그림으로 그리고 도착 지점을 높게 설정하라고 조언을 하였다. 그러면 지금부터 목표와 관련해 좀더 구체적인 이야기로 들어가 보자.

≫ 목표가 분명한 사람

자기가 가야 할 목표를 분명히 알고 있으면 방황하지 않는다. 목표가 생기면 현재의 자기 생활을 목표와의 연관성 속에서 찾게 될 것이다. 그리하여 현재의 생활을 미래의 목표와 한 방향으로 정렬하고 나면, 살아가면서 비롯되는 많은 어려움과 문제들에도 의미를 부여할 수 있게 된다. 그리고 의미가 생기고 나면 어려움과 문제들은 극복해야 할 대상으로 인식할 수 있다.

목표에 따라 의미 부여가 되지 않는다면, 크고 작은 어려움과 문제들은 단지 자기를 불편하게 만드는 것, 지루하게 만드는 것들로 이해될 뿐이다. 그렇게 되면 불평을 일삼게 되고, 불평은 결국 부정적인 사고를 낳게 된다. 생각해보라. 부정적인 사고는 문제를 해결하는 것이 아니라, 더 방황하게 만들고 더 힘 빠지게 만들지 않던가? 이런 사람은 자기 에너지를 미래를 준비하는 데 쓰지 못하고, 현재를 불평하는 데 다 소모시켜버릴 뿐이다.

목표를 설정하는 것은 자기 인생의 중심에 축을 박는 것과 같은 것이다. 멀리 나가더라도 근원이 되는 지점에서 이탈하지 않게 잡아줄 수 있는 중심축 같은 것이다.

>> 삶의 목표를 준비하라

사람이라면 누구나 인생에서 몇 번의 위기를 경험하게 된다. 직장, 건강, 사랑, 가족, 우정 등 수없이 많은 문제가 그 원인이 될 수 있다. 자신의 상상의 범위를 넘어서서 일어나는 치명적인 타격은 우리에게 심리적 위기를 겪게 할 것이다. 누구에게나 좋은 일이 일어날 수 있듯이 누구에게나 나쁜 일도 일어날 수 있으며, 최악과 최선은 공존한다.

그렇다면 어떻게 할까? 물론 우리는 예기치 못한 위기와 혼란에 노출되어 있는 우리 인생의 환경 자체를 바꿀 수는 없다. 하지만 최소한 준비할 수는 있다.

그 준비는 우선 경제적인 부분부터 시작해야 한다. 언제 어떤 자리에 있든, 자기에게 필요한 돈을 융통할 수 있는 능력을 갖춰야 한다. 돈이 없으면 만들어야 하고, 돈이 있더라도 그 돈을 운용할 수 있어야 한다. 자기 인생의 수익 구조를 마련해 두는 일, 그것이 일차적인 인생 준비다. 돈을 과소 평가하지 말자. 돈을 모르는 것은 더 이상 미덕이 아니다. 인생에 있어서 돈과 자유는 불가분의 관계가 있다.

둘째, 목표를 잘 세워야 한다. 목표가 있는 사람은 치명적인 사건이 일어나도 오랫동안 혼란에 빠지지 않고, 빨리 자기 자리로 돌아갈 수 있는 힘이 있다.

자신의 삶을 지켜주는 목표 의식을 갖고 산다는 것이 꼭 직장 생활을 통해서만 되는 것은 아니다. 통상적으로 학교 마치고 직장에 취직하는 것이 무난한 인생 코스라고 알고 있지만, 주위를 둘러보면 직장 생활로 직행하는 사람들은 결코 무난한 사람들이 아니다. 취업률, 여성의 사회적 위치, 결혼 선망 같은 요인들을 고려하면, 아무런 방황 없이 학교에서 직장으로 직행한 것은 오히려 특별한 사건이라고도 할 수 있다.

다시 말해 직장에 취직을 했든, 주부가 되었든, 백수의 한가함을 즐기고 있든, 이 모든 것은 인생의 한 과정이고 하나의 코스일 뿐이다. 지금의 위치가 영원한 것도 아니고, 어떤 우월성을 말해주지도 않는다. 취직을 했는가, 안 했는가보다는 인생의 수익 구조가 있는가, 목표 의식이 얼마나 뚜렷한가를 기준으로 삼는 것이 오히려 정확한 접근일 것이다.

내가 아는 40대의 한 전업주부는 최근 사업가로 화려하게 변신했다. 그녀는 대학 졸업 후 곧장 결혼을 했다. 그것이 여자 인생의 정답인 줄 알았단다. 하지만 막상 주부가 되어 살림살이를 하다 보니, 영 적성에 안 맞는 것을 발견했다. 이것 저것 배워 가면서 열심히 하는데도 늘 가사 노동 점수는 시원찮았다. 대신 돈 버는 쪽 머리는 기가 막히게 잘 돌아갔다. 그녀는 틈만 있으면 돈을 만들어낼 기회를 잡았다. 알뜰 시장이나 바자회가 열리는 곳을 쫓아다녔고, 인천에서 젓갈을 떼다가 팔았던 적도 있다. 살 만한 강남의 사모님이 푼돈 벌겠다고 인천 가서 젓갈을 떼서 판다는 것이 얼른 상상이 가는가?

이 주부는 마침내 사업가가 되겠다고 맘먹었다. 특별한 아이템이 있었던 것도 아니었는데, 늘 그런 생각을 가지고 부지런히 살기 시작했다. 끊임없이 공부도 했다. 인터넷으로 일어, 영어를 공부한 지 4년째이며, 최근에는 중국어도 추가했다는 이 주부는 늘 즐겁다. 밝고, 여성스럽고, 만나는 사람에게 기운을 전달해준다. 결국 이 주부는 자기 말대로 사업가가 되었다. 집에는 가정부를 고용해놓고, 자기는 사업에 몰두하며 산다.

이 주부의 경우를 보더라도 목표가 확고한 사람은 남다른 면이 있다. 첫째, 직장 경력이 있든 없든 항상 바쁘고, 자기 일에 몰두한다. 둘째, 목표 의식이 분명해서 모든 생활에서 자신의 목표를 놓치지 않고 산다. 셋째, 인생의 수익 구조를 만드는 일에 열중한다.

직장 생활을 했든 안 했든 누구든지 성공할 수 있다. 문제는 얼마나 자신의 내면이 준비되어 있는가이다. 목표가 있는 사람만이 성공하고, 즐거운 삶을 살 수 있다. 삶의 목표를 준비하는 일은 취직 준비보다 더 근본적이고 중요한 일이다.

≫나에게 맞는 내 방식대로의 성공

목표를 세울 때는 자신의 내면의 욕구에 민감해야 한다. 대체로 우리는 입시, 경쟁, 학벌, 인맥 같은 것으로 인해 획일적인 기준을 가지고 사는 데 익숙하다. 그래서인지 자신만의 독특한 욕구를 파악하는 힘이 약하다. 특히 여자들은 더 그런 것 같다. 소위 여자다운 여자로 자라는 과정에서 여성들은 자신의 개성과 욕구를 발전시키는 방법을 배우지 못한 것이다. 그래서 여자들에게는 진정한 자신을 찾기 위한 내면의 탐색 과정이 좀더 필요하다.

성공이란 단어가 많이 돌아다닌다. 여자의 인생을 성공이라는 관점에서 조명하기 시작했다. 반가운 일이지만 과연 성공이 무엇인지, 성공 자체에 대한 탐색이 이뤄지지 않는 것 같아서 안타깝다. 앞으로 많은 얘기들이 나오겠지만 이쯤에서 성공은 안에서부터 나오는 것임을, 그것을 전제로 이 글을 쓰고 있음을 밝혀 두고 싶다. 무엇보다 성공은 외부에 존재하는 어떤 대상을 쟁취하는 것이 아니라, 자신에 대한 내면적 탐색전을 거치고, 그 과정에서 걸러진 강점을 활용하여 비로소 얻어내는 산물이다.

이렇게 성공을 안에서부터 나오는 에너지로 본다면, 성공의 방식과 기준은 자신의 개성이나 세계관과 너무나도 밀접한 관계를 맺고 있다고 할 수 있다. 성공을 꿈꾸는가? 그렇다면 자기 자신을 탐색하는 일에 충분히 시간을 투자하자. 여자의 인생 목표 세우기는 자기 자신에 대한 탐구에서 시작되어야 하고, 자기 자신을 아는 일에 더 많은 투자를 해야 한다.

세상의 고정관념과 부모님이 가르쳐준 행복을 넘어 자기 자신이 내면 깊숙한 곳에서 원하고 있는 것을 만나게 되기까지는 많은 경험과 깊은 사색과 끊임없는 자극이 필요하다. 이 과정을 충분히 거친 후에 만나게 되는 진정한 목표를 기다리자. 조금 늦거나 빠른 것은 그리 중요하지 않다. 인생에는 늦둥이들이 있게 마련이다. 늦으면 늦는 대로의 멋과 맛이 있다.

그러므로 어떤 경우에도 지금 남들과 똑같아지려고 할 필요가 없다. 우리는 자기의 욕구를 더 민감하게 수용해서 그것을 더 발달시켜 나가는 과정에서 큰 수확을 거둘 수 있을 것이다.

목표 세우기의 세 가지 원칙

인생의 목표를 세우는 데 첫 번째 원칙은 안에서 밖으로 나간다는 것이다. 목표란 외부와 동떨어져 있는 것이 아니라 나로부터 표출되는 것, 세상에 대한 나의 자리매김이라고 할 수 있다.

목표 세우기의 두 번째 원칙은 자신의 장점에 집중하는 것이다. 세상을 살아갈 에너지는 약점을 보완하는 데서 나오는 것이 아니라, 장점을 활용하고 키워 가는 데서 나오는 것이다. 자신의 약점도 뒤집으면 장점의 일부가 된다. 자아성찰이라는 이유로 자신에 대한 청문회를 할 필요는 없다. 여자를 칭찬하는 데 인색했던 한국 문화, 그 속에서 우리는 칭찬받지 못하고 살았다. 그러니 스스로 자신을 격려하고 장점을 키워나가자.

목표 세우기의 세 번째 원칙은 장기적으로 보자는 것이다. 지금 당장의 이익을 따르는 것이 인생의 목표가 될 수는 없다. 80인생에서 오래도록 해도 괜찮을 일, 즐거울 일을 시작해보자.

2장 | 이런 투덜이가 누구에게 도움이 되지?

나를 키워주는 긍정적인 에너지

"항상 불만인 직원들이 많아요. 전화 받는 것도 그래요. 받고 나서 툴툴거리죠. 전 좀 다르게 생각했어요. 전화벨이 따르릉 울리면, '아! 기회가 왔다. 나에게 기회가 또 왔다!' 이렇게 생각했어요. 외부에서 걸려 오는 전화는 어떤 기회가 될지 모르잖아요. 승진해서 관리자가 된 이후에도 후배들에게 항상 강조했어요. 전산 업무를 담당하는 부서라 다른 부서에서 걸려 오는 전화가 많았어요. 전 제 부서 후배들에게, 전화가 오면 의자에서 엉덩이를 몇 센티미터 떼고 받아라. 전화 끊고 나면 총알같이 달려가라. 웃는 얼굴로. 다른 부서의 업무를 구경할 수 있는 아주 좋은 기회다, 하고 강조했어요."

(주) 코아링크 박경애 사장의 말이다.

〉〉종업원 마인드를 버려라

지금까지 내가 들었던 조언 중에서 큰 도움이 되었던 것은 '종업원 마인드를 버리고 주인 의식을 갖자'는 것이다.

나는 비판적인 생각이 발달한 사람이었다. 별명도 '투덜이', 그것도 '왕투덜이'였다. 모든 사람이 다 좋다고 그러는 것도 내가 들여다보기 시작하면, 낱낱이 해부되면서 비판의 대상이 되었다. 남들 안 하는 짓을 하는 것이 능력인 줄 알았는데, 나중에 보니 엄청 바보짓을 하고 있었던 것이다. 아무 도움도 안 되는 데에 기운을 쪽쪽 빼고 있는 어리석은 인간의 모습. 그것이 바로 나였다.

남의 험담 잘 하는 선수들 몇 명과 함께 밤새도록 아는 사람 도마 위에 올려놓고 '씹는' MT를 2박 3일만 해보라. 정상적인 사람이라면 탈진 상태에 들어간다. 비판과 험담은 다르지만, 부정적인 에너지를 쓴다는 면에서는 비슷하다. 싱싱한 기운을 유지하려면 좋은 말만 입에 담는 습관을 들여야 한다. 이런 사람이 생산성도 좋다.

실제로 품성이 순종적인 사람이라도 직장에 대해서는 욕할 것이 많은 것이 정상이다. 투덜이 기질이 강했던 나는 욕할 거리가 아주 많았다. 대체로 냉소적이고, 못마땅하며, 거의 마음에 안 드는 일이 많다 보니 항상 마음이 편치가 않았다. 물론 처음에는 회사 발전을 위하여 시작한 비판이었다. 그러나 비판이 비판을 낳고, 그 비판은 냉소를 낳고, 냉소가 무기력으로 연결되다 보니 더 이상 회사 다닐 이유도 없어졌다. 하지만 회사도 그만두려면 좋은 분위기에서 그만둬야지, 투덜거리다가 그만둘 수는 없는 일이었다.

그런데 이렇게 힘 빼는 과정으로 치닫다가 어느 순간 이런 생각이 들었다. '내가 지금 뭐 하고 있지? 이런 투덜이가 누구에게 도움이 되지? 그렇게 회사를 사랑한다면서 이렇게 투덜거린다고 무엇을 변화시킬 수 있단 말인가?' 갑자기 '바른 생활 어린이' 같은 생각이

들자, 투덜이의 동굴을 탈출해야겠다는 생각이 들었다. 그런데, 문제는 밖으로 나가는 길을 찾을 수가 없는 것이었다. 투덜이 노릇을 하는 사이에 동굴 안으로 점점 기어 들어가는 쪽을 선택하고 있었던 탓이다. 이후 나는 투덜이 동굴에서 탈출하기 위해 끊임없이 고민하고 노력했다. 그러다 보니 다행히도 좋은 조언자들을 많이 만날 수 있었다.

그 가운데 "시시하게 종업원 마인드로 살지 말아라. 주인으로 살아라."라는 한 스승의 조언이 아주 요긴했다. 분에 차서 꺽꺽거리며 울고 있을 시점이었는데, 그때 뭔가 '딱 깨친 바'가 있었던 것 같다. 내가 '주인 의식 과잉'이 되어서 살기 시작한 것도 그 즈음이었을 것이다. 오히려 불필요한 부분까지 주인 의식으로 받아들여 나 자신을 힘들게 하며 사는 병이 생길 정도가 되었다.

고달프긴 했지만 주인 의식이라는 열쇠를 찾고부터는 투덜이 습관을 대폭 줄이게 되었다. 그 이후로 나는 정말 많은 일을 해치울 수 있는 사람이 됐다. 우스갯소리로 남들이 평생 할 일을 다 했다고 말하곤 했는데, 어쨌거나 남 탓하지 않고 내 책임 하에 맡겨진 일은 무사히 다 마무리할 수 있었다.

>> 나는 내 인생의 주인

모든 사람은 자기 인생의 CEO다. 직장인이든 주부든 학생이든, 우리는 모두 자신의 인생을 경영한다. 무슨 일을 하든 어떤 자리에 있든 간에, 주인 의식을 가지고 사는 사람의 삶은 즐겁고 활기차고 효율적이다. 주인으로 일하는 사람은 시킨 일만 하지 않고 찾아서 일한다. 반면 수동적인 사람은 시킨 일만 한다. 시키지 않은 일은 필요한 일이어도 하지 않는다. 어떤 차이가 있을까?

어떤 회사의 부장이 예기치 않은 워크숍을 치르기 위해 콘도 방세 개가 필요했다. 부하 직원 A씨에게 방을 수배해 달라고 지시한다. 얼마 후 보고가 올라온다. 모든 방이 예약이 되어 있어서 안 된다고 한다. 어떻게 해보라는 지시를 다시 내렸으나, 같은 보고가 반복된다. A직원은 "지시받고 컴퓨터로 조회해보니 방이 다 차 있습니다."라고 말한다.

가슴을 치던 부장은 다른 부서의 직원 B씨에게 지시한다. 그는 다음날 아침, 방 세 개를 구했다고 보고한다. 없던 방이 어디서 생겼을까? B직원은 '예약자 명단 뽑아서 말 통할 만한 사람한테 양보받고, 콘도 지배인과 잘 아는 사람에게 줄을 대서 비상용 방을 뽑아냈다.'는 것이었다.

부장 입장에서는 누가 예쁠까? A와 B의 차이는 간단하다. 찾아서 하느냐, 시킨 것만 하느냐. 또 주인이 되어 내 일로 받아들이느냐, 남의 일 해주는 종업원 마인드를 가지느냐의 차이다. 이 두 사람이 같은 태도로 10년, 아니 3년을 지냈다고 가정하자. 어떻게 될까?

주인 의식은 사람을 유능하게 만든다. 많은 경험을 하고 시도하면서 성장하는 것이다. 어찌 직장 일만 그렇겠는가? 공부를 할 때도, 살림을 할 때도 이치는 똑같다.

항상 남의 탓만 하는 사람들이 있다. 이것은 저 사람 탓, 저것은 가정 환경 탓, 사회 구조 탓, 요즘 세상 탓, 환경오염 탓…… 이렇게 탓하는 동안 자기만 퇴보한다. 투덜거리는 것도 자꾸 하면 재미가 생긴다. 그 재미는 습관이 되고, 그 습관은 그만 인성이 되고 마는 것이다.

나를 돌아보아도 불평하는 시간은 나를 퇴보시켰고, 매사 긍정적인 마인드와 주인 의식은 나를 키웠다. 누가 시켜서가 아니라 나 스스로 찾아서 일을 하고 책임감 있게 처신하는 사이에 나는 내가 부쩍 성장했음을 알게 됐다. 부정적인 에너지로부터 자신을 보호하는 것은 중요한 처세 중 하나이다. 투덜거릴 시간 있으면 영화를 보거나 산보라도 하자. 아니면 그 시간을 자기 자신을 업그레이드시키는 데 사용하는 것이 현명하다.

행복한 인생을 원한다면, 투덜거림 뚝, 불평도 뚝 그쳐라. 주인으로, 긍정적인 마인드로 살면 일하는 재미가 솔솔 생겨날 것이다. 당신 자신이 쑥쑥 커갈 것이다.

부정적인 에너지 퇴치법

1. 부정적인 이야기를 시작하지 말라

말이 씨가 된다는 말이 있다. 사람은 말하는 대로 된다. 절대로 부정적인 말을 입에 담지 말고, 시작하지도 말라. 말이란 이상해서 한번 시작하면 점점 더 심해지고 많아진다.

2. 부정적인 언어가 많은 사람을 만나지 말라

입만 열면 남 욕하는 사람들이 있다. 이런 사람들에게 귀중한 인생의 시간을 빼앗기지 말자. 그에게 귀를 노출시키는 것만으로도 부정적인 에너지에 전염되고, 그 바이러스를 소독하는 데에 또 다른 시간을 써야 한다.

3. 너그러워져라

완벽주의자들은 스스로 기운 빼는 일이 많다. 자신의 모자람을 사랑하고 더 감싸 안자. 그 단점으로 인하여 당신의 장점이 생겨난다. 자신에게 너그러워지고 자신을 사랑하게 되면 눈에 거슬리는 일도 줄어든다. 어떤 경우에도 "그럴 수 있어. 괜찮아."라고 말하는 습관을 갖자.

4. 문화적인 관심을 길러라

눈앞에 보이는 대상에만 관심을 집중시키지 말자. 저 멀리 있는 것, 제3의 것으로 에너지를 분산시켜라. 문화 활동을 즐기는 것은 큰 도움이 된다.

5. 최선의 경우를 생각하라

잘못될 경우를 생각하지 말자. 아무리 철저하게 대비해도 잘못될 것은 잘못된다. 낙관적으로 생각하라. 그 일이 가장 잘될 경우의 행복을 생각하라. 그 순간을 시각적으로 표현해낸 상징물을 찾아 늘 옆에 두면서 바라보자.

6. 미래를 생각한다

10년 후, 20년 후를 생각한다. 시작은 미미해도 끝은 창대하리라는 성경 구절은 당신을 위해 있는 말이다. 지금은 비록 작고 갈등이 있고 자신이 없지만, 그 일을 앞으로 10년 후, 20년 후에 얼마나 키울 수 있을 것인지를 구상하라.

7. 칭찬하고 격려하는 연습을 하라

눈앞에 보이는 누구라도, 심지어 강아지라도 칭찬하고 격려하라. 약점은 자기 스스로가 가장 잘 알고 있다. 당신까지 그 일을 도울 필요는 없다. 하루에 10번 칭찬하기를 실천해보자. 칭찬과 격려는 최상의 선물이다.

3장 | 성공을 위한 준비물

현장 교과서를 펼쳐라

"학교서 배운 지식, 직장 생활 시작해서 사흘 만에 끝나더라. 현장의 지식을 배우는 것은 완전히 새로운 학습이다."

현재는 CEO가 된 한 40대 여성의 말이다.

>> 여자들의 사회 생활, 그 황당한 시작

집 안에서 바깥 날씨가 추울 것이라고 생각하면서 털모자에 오리털 파카로 중무장을 하고 집 문을 나섰는데, 바깥 날씨는 화창하기이를 데 없어서 어처구니없었던 경우가 있을 것이다. 반대로 화사한 날씨인 줄 알고 얄팍한 셔츠 한 장 걸치고 나왔는데, 막상 바깥에는 살을 에는 칼바람이 불고 있는 경우도 있다. 이럴 때는 빨리 날씨에 맞게 옷을 벗거나 입거나 해서 바깥 온도에 적응해야 할 것이다. 다시 옷 갈아입는 사이에 함께 나왔던, 옷을 제대로 입고 나왔던 동료들은 저만치 앞서갈 것이니 더 열심히 달려가야 할 판이다.

여자들이 시작하는 사회 생활도 이렇다. 학교나 집에서 배운 지식으로 단단히 준비된 줄 알고 나섰지만, 사회 생활 현장에 떨어지면 전혀 정보가 없는 낯선 환경과 만나야 하는 것이다. 이렇게 바깥 세계와의 황당한 만남에서 여자의 사회 생활은 시작된다.

"정작 사회 생활에 필요한 지식은 어디에서도 배운 적이 없었다. 왜 이렇게 중요한 걸 아무도 안 가르쳐줬지? 깨닫는 데 너무나 오래 걸렸다."

최근 대기업에서 어렵게 과장으로 승진한 한 30대 여성의 말이다.

직장 생활에서 여성이 성공하려면 빨리 '현장 교과서'를 펼쳐 드는 것이 중요하다. 학교 교과서가 틀려서 그런 것이 아니라, 보편적인 진리를 내용으로 하기 때문이다. 어떤 상황에서나 올바른 것이 '진리'이지만, 직장 조직이나 현실 사회를 움직이는 것은 '상황에 따라' 옳고 그름이 달라지는 처세의 논리이기 때문이다. 뉴욕에 가서 유창한 중국말로 의사소통하면서 좋은 평가를 바랄 수 없듯이, 현실로 빨리 눈을 돌린 여성일수록 성공할 가능성이 높아지는 것이다.

›› 현장 교과서를 빨리 펼쳐라

여자들의 사회 생활에는 몇 단계의 교과서가 있다. 초급자는 학교에서 배운 교과서를 그대로 들고 있다. 현실에서는 새로운 일이 벌어지고 있는데도 계속 옛 것에 집착한다. 만고불변의 '진리'를 믿으면서 교과서와 합치되지 않는 현실을 계속 못마땅해한다. 하지만 '세상이 잘못됐다'는 얘기를 아무리 해도 세상 돌아가는 데에는 영향을 미칠 수 없다. 계속 초급자로 살아가기를 선택하는 사람들도 있다. 이들은 오늘도 한 그루의 사과나무를 심으면서 세상과 무관한 성실파가 되거나, '투덜이 스머프 클럽'에 가입해서 불평하는 데 소진하며 살아갈 것이다.

중급자는 학교 때 배운 교과서가 사회 생활에 적합하지 않다는 것을 알고 재빨리 현장에서 발행된 새로운 교과서를 펼친 사람들이다. 중급자용 새 교과서는 사회 생활에서 어떻게 처신해야 할지 전한다. 초급용 교과서가 보편적 진리를 가르친다면 중급용 교과서는 그런 것에는 별 관심이 없고 상황적, 실리적, 경쟁적 지식을 가르쳐준다. 상당한 부분에서 초급 교과서의 내용을 수정하고, 때로는 정반대의 지식을 강조하기도 한다. 예를 들면 이런 것들이다.

초급 교과서는 실력이 있어야 성공한다고 되어 있지만, 새로운 현장 교과서는 처세를 잘하고 정치력이 있어야 성공한다고 본다. 초급 교과서는 난 사람보다는 된 사람이 되라고 하지만, 새로운 교과서는 난 사람이 되어 일단 '떠야' 성공한다고 한다. 유명해져서 인지도를 넓혀야 하는 것으로 보는 것이다. 초급 교과서에서는 지도자가 솔선수범해야 한다고 가르치지만, 새로운 교과서에서는 솔선수범하는 연기가 필요한 것이지 진짜 그렇게 하면 바보가 된다고 귀띔한다.

초급 교과서에서는 겸손하고 헌신적인 사람이 되라고 가르치며, 변덕은 부도덕한 것이라 한다. 그러나 새로운 교과서에서는 겸손해지면 하극상이 일어나니 파워 게임에서 승자가 되라고 가르치고, 변덕은 상황 대처능력이나 융통성이라 한다. 초급 교과서가 정의와 도덕을 가르친다면, 새로운 교과서는 실익의 윤리를 가르친다. 사회 생활의 윤리는 상황 적합성, 수익성을 기준으로 하며, 이것을 갖춘 사람이 유능하다고 평가받기도 한다.

이런 현장 교과서는 따로 보이는 것이 아니다. 비공식적인 인간관계를 통해서 사람과 사람 사이로 전수되고 소통되고 있는 까닭에, 학습할 곳을 찾아내는 것도 쉽지 않다. 그래서 여자들은 이 두 번째 교과서로 배우는 데 한계를 느낀다.

마지막으로 또 한 권의 교과서가 있다. 중급을 마스터하고 나면, 고급 교과서를 만날 수 있다. 고급 교과서는 다시 초급과 일맥상통하는 논지를 펼친다. 차이가 있다면 초급 교과서는 중급 단계를 모르는 사람들을 위한 것이고, 고급 교과서는 같은 얘기를 해도 중급 단계와 연관되는 설득 구조를 가지고 있다는 점이다.

성공한 사람들의 교과서는 고급 교과서이다. 중급 교과서로는 돈을 벌고 파워 게임에서 승리하는 법을 알 수 있지만, 총체적인 인생에서 성공하고, 신뢰와 존경을 주고받는 법은 알 수 없다. 장기적으로 크게 성공하는 사람들은 중급 교과서의 한계를 알고 있다.

여자들은 아주 소수만이 고급반까지 진급을 했다. 이들 소수의 고급반 졸업자들은 새로운 통합 교과서가 필요하다고 주장하기 시작해서 관심을 끌고 있는 상황이지만, 아직 이 주장이 받아들여져 교과서가 대체되기까지는 많은 과정이 남아 있다. 잊지 말아야 할 것은 현장 교과서 다음에 고급 교과서가 있다는 것이다. 그 단계로 넘어가야 제대로 된 '성공'이라고 할 수 있는 것이다.

그렇다면 성공이란 무엇인가? 성공이라는 말 자체가 세속적이고 속물적인 것 같아서 거부감을 일으키는 사람들이 있는 것으로 안다. 하지만 나는 졸부식의 성공을 말하고 있는 것이 아니다. 졸부식의 성공, 이기적인 성공, 경쟁적인 성공보다는 타인과 나누고, 유익하고, 합리적이고, 따뜻한 느낌을 주는 좀더 업그레이드된 이미지를 여자들의 성공의 개념 속에 담았으면 한다.

대학생들에게 '성공한 여자' 했을 때 떠오르는 사람의 이름을 대보라고 하면, 스타 연예인이나 아나운서 혹은 보통 사람들이 도저히 따라갈 수 없을 것 같은 유명인사들을 꼽는다. 통념적으로 '성공한 여자' 라고 할 때 떠오르는 이미지는 따뜻한 인품보다는 냉정하고 비인간적이고 이기적인 성격일 것 같고, 합리적이기보다는 편향적일 것 같으며, 공동체적 연대의식보다는 고립된 개체의 이미지로 나타난다.

내 경험으로 본다면 이런 통념이 아주 근거가 없는 건 아닌 듯하다. 대한민국 최고의 인지도를 확보한 스타급 여성 방송인들이 어느날 잘 나가는 사업가와 결혼을 발표한다. 그와 동시에 그녀를 성공의 대명사로 알고 선망해왔던 수많은 팬들은 그녀의 커리어 패스가 갑자기 실종돼버렸음을 알게 된다. 또 다른 부류의 똑똑한 성공 모델들이 있다. 이들은 기가 엄청나게 세거나 매우 똑똑한 여성들이지만, 이들의 성공은 나 같은 보통 사람에게는 도무지 공감할 부분이 없을 것 같다. 실종 또는 단절로 존재하는 '당신들의 성공' 이 현재 여성 성공학의 수준이라고 할 수 있다.

이 갑갑함을 벗어나기 위해서 우리는 좀더 우리 곁에서, 동시대인으로서 동행하는 기쁨을 주는 새로운 여성의 성공 모델을 찾고 싶다. 따뜻하게 격려할 줄 알고, 여자들이 존경심을 가지고 삶의 모델로 받아들일 만한 그런 여자들을 성공의 이름 아래 만나고 싶은 것이다.

현장 교과서의 고급 단계는 여유와 자아실현, 원칙과 신뢰, 인간미를 강조하고 있다. 아주 모범적이고 고전적인 기본 도덕을 상기시키는 것이 고급 교과서의 주된 내용이다. 품위 있는 성공을 한 단계 더 발전시켜서 새로운 여성 성공 모델을 찾아가는 작업은 이제부터 여자들이 정말 해야 할 일이다.

앞으로 이 책에서 강조하게 될 여성 리더십이란 이 고급 교과서에서 아주 중요한 맥락으로 등장한다. 여성 리더십이란 열악한 상황에서도 여성의 체험을 통해 발전해온 또 하나의 삶의 방식이며, 경쟁 중심, 효율성 중심의 교과서에서는 소화하지 못했던 많은 교훈을 포함하고 있다.

나를 변화시키는 CEO 마인드

1. CEO 마인드를 가지면 유능해진다

CEO는 항상 최대의 효율을 고민하는 사람이다. 적절한 재료를 투여해서 최대의 성과를 뽑아내기 위해서 항상 고민하고 연구한다. CEO는 수익을 올리는 일이 최대 관심사이며, 목표를 위해 항상 긴장하고 업그레이드를 하면서 살고 있다. 조직을 책임지고 꾸려 나가는 CEO의 눈으로 자신의 업무와 자신의 인생을 바라보다 보면, 어느새 유능한 일꾼이 된다.

2. CEO 마인드를 가지면 책임감을 기르게 된다

사장이란 맨 마지막에 책임을 지는 사람이다. 그 이후에 그의 결정을 번복해줄 사람은 없다. 따라서 그의 결정은 완벽하고 최선의 것이어야 한다. 경제적, 사회적, 윤리적, 법적으로도 최종 책임이라는 부담이 따른다. 사장은 항상 맨 마지막을 짚어보는 것이 몸에 배어 있다. 사장의 눈으로 조직을 본다는 것은 곧 책임감의 훈련이다.

3. CEO는 불평하지 않는다

불평은 수동적인 사람들의 몫이다. CEO 마인드를 가지면 불평할 시간이 없다. 어려움은 극복의 대상이고, 해결책을 찾는 데 열중한다. 내가 주인인데, 누구를 탓할 수 있고 불평을 할 것인가? 불평할 그 시간에 성과를 올릴 생각에 집중하라.

4. CEO 마인드를 가지면 문제 해결력을 높일 수 있다

내 일이라고 생각하면 안 보이던 문제도 보이고, 불가능해 보이던 일도 해결할 수 있다. 늘 일거리를 찾아내서 하고 에너지를 집중시키기 때문에 창의적인 해결책을 제시할 수 있다. 그 창의적인 해결책으로 인해 그 사람은 한 단계 더 신뢰를 높여갈 수 있다.

5. CEO 마인드를 가지면 리더십을 배울 수 있다

CEO는 회사 전체의 인력을 관리하고 조직을 조망한다. 조직의 사명과 목적 아래에서 생각하고 판단하는 습관은 리더십의 소양을 키운다. 조직의 사명을 숙지한 사람들은 대인 관계, 업무 처리, 그 외 모든 면에서 부지불식 간에 차이가 나고, 그 차이는 곧 리더로 성장하는 밑거름이 된다.

〉 〉 〉 **여성이** 성공하고 리더로 크는 데 필요한 1막 1장은 실력을 갖추는 것이다. 여성의 성공에 대해 무수한 논란이 있지만, 실력이 없으면 아무 소용이 없다. 그 모든 이야기는 실력을 인정받은 다음에 필요한 이야기들이다.

일터에서 실력이란 수능 점수처럼 정답이 있는 것이 아니다. 경험과 재능, 정보와 리더십, 인간관계, 모든 것이 어우러져 '실력'이란 이름으로 나타난다. 시험을 봐서 우열을 가리는 데에는 여성이 탁월하다. 그러나 일터의 현장이란 '성적순'이 아니라는 데 여자들의 어려움이 있다.

일하는 실력을 키우기 위한 공부는 책상에 코를 들이박는다고 되는 것이 아니다. 오히려 책상에서 시선을 떼고 밖으로 나가 현장의 모든 것을 배워가야 하는 것이다.

2부 - 실력으로
승부하라 >>>

1장 | 나는 실력 있는 사람인가?

실력, 여성 리더의 첫 번째 조건

"남자들에게 실력이란 성공으로 가는 여러 길 중 하나이다. 실력이 없어도 보충할 수 있는 방법이 많이 있다. 그러나 여자들에게 실력이란 인정받을 수 있는 유일한 방법이다. 실력으로 인정받지 못한 여자는 그 다음 이야기를 할 수가 없다. 실력이 없다는 것은 남자에겐 불편한 조건이지만, 여자에게는 생존을 불가능하게 만드는 치명적인 조건이다."

K사 50대 여성 임원의 말이다.

>> 내 일만 잘하면 되는 것 아냐?

맡은 일을 잘한다고 자신하는 사람들이 많다. 이 사람들은 새로운 일에 대해서 그 일은 내 일이 아니므로 관여할 수 없다고 말하기도 한다. 그렇다면, 내 업무만 정통하면 실력 있는 사람일까? 물론 아니다. 사회 생활에서 이야기되는 실력이란 아주 총체적이고 포괄적인 능력을 말한다. 일반적으로 실력, 능력이라고 말할 때는 크게 두 종류가 있다.

하나는 전문가로서의 능력이다. 여성 정책에 관한 전문성, 건축에 관한 전문성, 문화·예술에 관한 전문성과 같이 특정 영역에 관한 깊이 있는 실력과 경험을 말한다. 또 하나는 조직 안에서의 전반적인 업무 수행 능력으로 '역량(competence)'이라는 개념으로 이야기되는 것들이다.

역량은 경험, 기술, 재능의 총체를 말하는 것으로 개인의 자질과 업무 관련 기술, 경험의 폭이 한데 어우러진 것이라 할 수 있다. 이 부분에서 여성들은 불리한 위치에 있다. 그간의 경험의 폭이 적었다는 점, 그리하여 기술 개발의 기회가 적었다는 점 때문이다. 이 불리함을 벗어나기 위해서는 피나는 노력이 필요하다. 이밖에도 역량에는 리더십과 예산을 다루는 재정적 능력까지 포함된다.

실제로 역량을 평가한다는 것은 사회 구조의 영향을 받을 수밖에 없으므로 일반 조직 사회에서 말하는 여성의 약점은 그대로 반영되어 있다. 머리 좋은 우수한 여학생이 직장에 와서 모두 우수한 인력이 될 수 없는 이유가 여기에 있다. 시험 성적 외에 여자들이 잘 배울 수 없었던 여러 가지 능력들을 요구하는 것이 직장이기 때문이다.

전문가로서의 능력과 업무 능력 중에서 생존에 필요한 우선순위를 따지라면 서슴지 않고 후자라고 말하고 싶다. 전문가로서의 능력은 외부 충원이 가능하지만, 업무 능력은 조직 내부에서 해결하지 않으면 안 된다. 전문가로서의 능력을 키우기는 오히려 쉽다. 이미 여자들이 많이 갖춘 능력이기도 하다. 오히려 애매모호한 총체적인 의미의 실력, 업무 능력이란 것이 갖추기가 더 어렵다.

한참 직장 생활을 하면서 헉헉거리고 갈등한 이후의 어느 순간, 여자들은 일을 매우 잘하면서도 실상은 업무를 장악하고 있지 못하다는 사실을 깨닫게 된다. 그때의 원인은 주로 전문가로서의 실력이 부족해서가 아니라, 조직 적응력 쪽에 있음을 알게 된다. 유능하다는 소리를 들으면서 큰 여자들이 겪고 있는 어려움이기도 하다. 이런 총체적인 조직 적응력, 통솔력이 이른바 실력이라는 말 속에 포함되어 있다.

>> 전체를 볼 수 있는 능력, 맥을 짚는 능력

상사의 자리에 오르면 실력은 더욱 중요해진다. 조직은 먼저 그 사람의 업무 능력을 파악하기 위한 테스트를 하게 된다. 부하들도 조심스럽게 신참 상사의 역량이 어디까지인지 촉각을 세우게 될 것이다. 이 테스트를 통과할 수 있는 수준의 업무 능력이란 결코 쉬운 것도 아닐 뿐만 아니라, 갑자기 벼락치기 시험공부로 대비할 수 있는 것도 아니다.

이를 위해서는 평상시 업무를 수행하면서 맥락을 꿰는 눈을 키우는 것이 필요하다. 유능한 상사와 함께 일을 하면 같은 기간에 훨씬 많은 것을 배우게 된다. 업무를 하나하나 정확히 알아가는 것(이건 여자들이 아주 잘한다)과 함께, 업무와 업무가 한 조직 체계 또는 하나의 프로젝트에서 어떻게 유기적으로 연결되면서 통합되는지 파악하는 눈을 길러야 한다. 이 전체를 머릿속에 그리고 있을 때, 위기관리 능력, 조직관리 능력, 추진력, 리더십이 발휘될 수 있는 것이다.

흔히 여자들한테는 사소한 것을 따진다는 선입견이 붙어 있다. 또 '업무 경험이 한정되어 있어 전체를 보지 못할 것이다', '부하 직원들을 보호해주지 못할 것이다'라는 의심도 붙어 있다. 이런 의심이 꼭 근거가 없는 것만은 아니다. 여성들의 경험이 한정되어 있었던 탓이다.

"짚을 것은 안 짚고 넘어가면서 꼼꼼하기만 해서 쪼아대면 정말 피곤하죠. 실력 없는 상사를 만나면 고생해요. 여자 상사들이 그러면 더 욕먹어요. 남자들도 그런 상사들 많은데, 여자 상사가 그러면 여자라서 그렇다고 하는 거예요. 사실 실력 있고 자신 있는 사람은 쩨쩨한 것 가지고 피곤하게 안 구는 것 같아요. 자신 없고 콤플렉스 있는 상사들일수록 피곤하게 굴어요. 업무를 잘 모르니까, 맡겨도 되는 것과 직접 해야 되는 것을 구분하지 못하는 겁니다. 이사 자리 앉아서 김대리라는 별명을 가진 사람들이 그런 부류죠. 이런 상사 만나면요? 되도록 눈 안 마주치게 슬슬 피해 다니죠."

30대 중간관리자의 말이다.

일반적으로 자리가 높아질수록 많은 업무를 관장해야 한다. 그 아래로 담당자, 1차 관리자, 2차 관리자, 3차 관리자들이 포진하게 된다. 맨 위에 있는 CEO는 그 업무들을 어떻게 다 통솔할까?

유능한 CEO들은 업무의 세세한 부분은 모르더라도 정확하게 업무의 핵심을 파악하고 있다. 한 번도 현장에 나타나지 않았으면서도 보고서를 받으면 정확하게 현장의 문제점을 짚어내는 유능한 리더를 만난 적이 있을 것이다. 또 전화 몇 통화로 문제의 전모를 파악하고 정확한 방향을 제시하는 유능한 리더를 만난 적이 있을 것이다.

리더에게서 이런 모습을 보게 되면? 다른 것은 몰라도 업무 처리 능력에 있어서는 저절로 복종하게 된다.

이 유능한 리더들이 맨 위에서 복잡한 업무를 파악해나가는 방법이 있다. 이것을 '맥을 짚는다'고 말한다. 수많은 종류의 업무가 얽히고 설켜 있지만, 교차로와 같이 중요한 업무들이 교차되어 지나가는 지점들이 있다. 그 교차점에서 업무를 정리해주면 시간을 단축하면서도 많은 업무를 통솔할 수 있게 된다. 이런 것을 맥을 짚는 업무라고 한다. 인사 관리도 그렇다. 아무리 큰 조직이라도 10명만 잘 쓰면 된다거나, 대통령도 50명만 잘 쓰면 된다는 식의 말들이 나올 수 있는 것도 같은 원리다.

유능한 리더들은 이 맥을 짚어내는 감각이 본능적으로 발달한 사람들이다. 이런 리더 가까이에서 업무를 배울 수 있다면 대단히 큰 행운이다. 특히 지금까지 여성들이 경험한 보직의 경로라는 것이 대개 한정적이었기 때문에, 유능한 상사를 보고 다양한 업무 처리 능력을 학습하는 것은 매우 중요하다.

>> 여성 리더의 조건

"직원들보다 일단 실력이 뛰어나야 해요. 특정 분야의 실력이 아니라 보편적인 실력이죠. 여자들은 항상 특정 업무만 배치받기 쉬우니까 다른 업무에 배치받으면 약점이 드러나기 쉬운 거예요. 실력이 없으면 조직 장악력이 생겨날 수가 없습니다. 무슨 문제가 생겼을 때 부하들의 방패막이를 해줄 수 있는 실력, 결재받으러 온 사람이 미처 알지 못하는 방향을 제시해줄 수 있는 실력이 있는가를 말하는 겁니다. 그러려면 자기 업무를 완전히 알아야 해요. 가끔 슬쩍 넘어가려 할 때, 물 먹이려 할 때 딱딱 짚어주는 걸 할 수 있어야 힘이 있어요."

50대 여성 공무원인 K씨의 말이다.

지금은 고위직 여성을 많이 배출시켜야 한다는 국민적 합의가 이루어진 시대다. 정책적으로도 여성의 고위직 진출을 지원하고 있기 때문에 어느 때보다도 여성의 승진 가능성이 높아졌다. 때로는 남자보다 더 빨리 승진하는 일도 생긴다. 그러나 승진했다고 문제가 해결되는 것이 아니다. 그 높은 자리에 올라서 유능한 상사로, 유능한 리더로 인정받는 일이 더 어렵고 중요하다.

앞서도 언급했듯이, 일단 업무 능력을 의심받게 되면 리더십을 발휘하는 것이 원천적으로 불가능해진다. 모르는 사람이 하는 지시에는 그 어떤 권위도 실리지 않는다. 겉으로의 복종만 있을 뿐, 속으로는 '잘 알지도 못하면서 되게 피곤하게 구네.' 하는 무시하는 태도가 생겨난다.

따라서 많은 여성 선배들이 여성 리더의 조건으로 능숙한 업무 능력을 첫 번째로 꼽는다. 조직 생활에서 성공한 여자 선배들의 공통점은 실력에서 밀리지 않는다는 점이다. 여자가 업무 능력이 준비되지 않았을 때, 어떤 문제에 부딪치는가 들어보자.

"'저 여자가 얼마나 아나?', '여자가 얼마나 해내겠나?' 하는 의심을 가지고 봐요. 그런데 업무에서 헤매면 안 되죠. 말은 적게 하면서도 정확하게 맥을 짚어주면서 끌고 가야 따라오죠. 그게 안 되면 그 자리에서 못 견디죠."(40대 중소기업 이사)

"여자가 새로 오면 뒷소문이 쫙 퍼져요. 금세, 아무개가 뭘 얼마나 안다더라 하는 얘기가 쫙 퍼지죠. 아무개는 실력도 없는데 모시고 살자니 힘들어 죽겠다고 불평하는 소리가 들려요. 본인만 모르고 조직 내 모든 사람이 다 알게 돼요. 겉으로만 복종할 뿐 조직원들은 아예 그 사람은 제쳐놓고 살게 되죠. 본인은 원인을 정확히는 모르지만, 뭘 하려고 해도 잘 풀리지 않고 진전이 안 된다는 걸 느끼게 되요. 본인은 너무 힘들어지고, 죽고 싶은 상황에 부딪치게 되죠."
(40대 대기업 중간관리자)

아무리 주위를 둘러봐도, 여자들에게 업무 능력으로 무장하는 일은 생존 차원의 일이라는 생각이 든다. 그래서 우리의 선배들은 남자들보다 두 배, 세 배 일했다고 말한다. 선배들의 뼈를 깎는 노력에 힘입어 겨우 이만큼 여자들이 사회에서 자리를 차지하고 있는 것이다.

실력 없는 여자가 리더로 성장할 수 있는 방법이란 없다. 있다면 단 하나, 아랫사람들이 봐주는 것이다. 그러나 여자라는 이유로 봐주는 사람은 없다. 아무것도 모르지만 인간성 좋다는 평판을 받으면 우리가 좀 도와주자는 동정표를 얻을 수는 있겠고, 그 동정에 힘입어 그런 대로, 리더의 역할을 수행하는 듯이 보일 수는 있겠다.

그러나 그 동정에 의한 리더십이 얼마나 불안하겠으며, 인간성 좋다는 평판을 얻기까지는 또 얼마나 모진 시험을 통과해야 하겠는가?

실력 있는 사람의 12가지 습관

- 업무 지식이 풍부하다.
- 교제 폭이 넓다.
- 문제 해결력이 있다.
- 팀원을 보호할 수 있다.
- 조직에 헌신적이다.
- 방향 제시 능력이 있다.
- 위기 관리 능력이 있다.
- 조직 내외의 네트워크가 풍부하다.
- 정보 수집 능력이 우수하다.
- 추진력이 있다.
- 정확한 판단 능력을 가지고 있다.
- 조직 관리 능력이 있다.

2장 | 공부하는 사람은 즐겁다!

Upgrade Yourself!

성공한 여성들의 커리어에는 대개 학력을 높인 과정이 포함된다. 처음 입사할 때의 학력과 20년이 지난 후의 학력이 동일하지 않은 사람들이 많다. 고졸은 대졸, 대학원졸이 되었고, 대졸이었던 사람은 해외 연수를 하거나 대학원에 진학하거나 박사 학위를 땄다. 이중에는 독신도 있지만, 기혼 여성이면서도 아이 낳고, 살림하고, 근무해 가면서 학력 업그레이드까지 이룬 사람도 있다. 이처럼 직장만 다닌 사람들이 별로 없을 정도로 자기 계발에 단단히 투자를 해둔 것이다.

실제로 최근에 등장하는 여성 CEO들의 학습 의욕은 대단하다. 항상 배워가면서 공부한다. 그들은 늘 무엇인가 공부하는 중이다. CEO 과정이든, 전문가 과정이든 항상 무엇인가를 배우고 있다. 그들은 이렇게 준비하는 과정을 통해서 성장하고, 실력을 갖추어 나간다.

유능한 사람들은 공부를 좋아한다. 유능한 사람으로 태어나는 것이 아니라 만들어지는 것이다. 평소에 공부하는 것을 몸에 익힌 사람들은 기회를 만났을 때 더 좋은 성과를 낼 수 있다. 유능한 사람이 되는 가장 쉽고 빠른 길, 그것은 바로 공부하는 것이다.

>> 공부하면 자신감이 생긴다

30대 중반의 전자회사 과장인 이수영 씨는 공부를 생활화하니 자신감이 생기더라고 말한다. 그녀는 제품 광고 업무를 처음 맡게 되자, 부족함을 느껴서 관련 교육을 받기 시작했다. 그리고 한 강좌를 듣고 나니 재미가 붙어, 계속해서 관련 교육을 받게 되었다. 1주일에 두 번 저녁 6시에서 11시까지 공부하는 과정이 만만치는 않았고, 또그 시간에 배운 모든 지식을 수용했던 것도 아니다. 그래도 보고서나 기획서에 전문 용어를 사용할 수 있게 되니, 한층 업그레이드된 성과물을 낼 수 있었다는 것이다.

그러나 공부보다 더 중요한 것은 같은 분야에서 일하는 사람들을 만날 수 있는 기회가 생겼다는 점이다. 이때 함께 배우면서 만난 사람들과의 끈끈한 유대는 일하다가 막힐 때 뚫어줄 수 있는 요긴한 힘이 되었다고 한다.

"관련 업계 사람들을 만난 것이 재산이 됐어요. 힘들게 공부하고 맥주도 마시면서 서로 친해졌고, 일에서도 서로 도움을 받을 수 있게 됐어요. 모르는 것이 있을 때, 확실한 자료가 필요할 때, 전화 한 통 걸어서 격의 없이 물어볼 수 있게 됐죠."

물론 공부하는 과정이 쉽지는 않다. 늘 전화에 시달리고 바쁜 스케줄 속에서 자신감을 잃고 살던 직장인이 집중력이 필요한 지적 노동을 하기란 따분한 노릇일 수 있다. 이 과정을 극복하기 위해서는 편안한 마음을 갖는 것이 중요하다고 이수영 씨는 조언한다.

"처음 공부할 때는 의자에 가만히 앉아 있는 것 자체가 힘들었어요. 그런데 한 3년 계속 하니까 습관이 돼서 힘든 줄 모르겠고, 이제는 오히려 안 하면 이상해요. '공부한다 생각하지 말고 노느니 앉아 있자', '쉬는 시간이다' 하는 편안한 마음으로 했어요."

이수영 씨는 대학원도 다녔다. 토론에서 논리가 강한 동료를 보면서 대학원의 힘을 느끼게 되었고, 마침내 대학원 진학을 감행했다. 처음엔 엄두가 안 났지만 일단 저지르니까 되더라는 것이다. 그녀는 자신의 경험에 비추어 다른 여성들에게도 일단 저지르는 방법을 권하고 있다.

이런 과정을 거치면서 가장 좋은 점은 자신감이 생긴다는 것이다. 또 직장 생활에 대한 갈등이 느껴지는 순간에도 공부에 집중함으로써 잡념을 줄이고 갈등을 극복하는 데 도움이 됐다고 한다. '난 오늘도 공부한다. 이렇게 1년만 지내보자.' 하다 보니 남들 술자리에서 놀 때 그 자리에 끼지 못하는 불안감이 극복되고 내공이 쌓이기 시작하더라는 것이다.

>>아는 것이 곧 힘이다

지방 도청의 K과장은 유능한 사람이라는 평판을 얻고 있는 여성 공무원이다. 항상 배우고 공부하는 자세로 업무를 해나가는 여성이다. 모르는 업무를 맡아도 자료 뒤져서 공부해가며 해결하기 때문에 새로운 업무를 맡는 것을 두려워하지 않는다.

그녀가 갑자기 홍보실로 발령을 받았을 때다. 홍보 업무는 처음이어서 긴장하고 있었는데, 설상가상으로 격월간 잡지를 발행하라는 지시를 받게 되었다. 잡지 발간에 대해서는 문외한이었던 K과장은 그 특유의 공부하는 열정을 발휘했다. 일단 그는 서점을 찾았다. 그리고는 잡지 만들기와 관련된 책 십여 권을 사가지고 돌아와서는 읽기 시작했다. 모르는 용어가 나오면 메모를 해두었다가 주변에 물어보면서 낯선 용어들과 하나 둘 친해져 갔다. 늘 새로운 분야에 대해 읽고 배우는 것을 즐기던 탓에 이번 공부도 재미를 느낄 수 있었다.

새로운 것을 배우는 재미, 지시받은 업무를 완성해야 한다는 책임감 속에 푹 빠져 들어가는 사이에 그는 한 단계 업그레이드되고 있었다. 기획에서 인쇄에 이르는 복잡한 공정에 대해서도 현장 실습을 신청해서 학습해 두었다. 이와 함께 광고하는 법, 카피를 쓰는 법, 기획하는 법 등 모든 것을 배워 나갔다. 이렇게 공부하면서 K과장은 마침내 훌륭한 잡지를 만들어낼 수 있었고, 그가 만든 잡지는 관련 기관으로부터 좋은 잡지로 선정돼 상도 받았다.

평범한 공무원이었다면, 비슷한 샘플 하나 구해다가 용역업체 한 곳에 맡겨서 해결했을 수도 있다. 큰 사고가 없는 한 평범한 공기관에서 잡지 하나 나왔다는 것은 그리 큰 이슈가 되지 못하므로 어물쩍 넘어갔을 일이다. 그런데 K과장은 업무에 접근하는 방식이 전혀 달랐다.

공부하는 사람들은 누가 시켜서가 아니라 자기 자신의 욕구 때문에 공부를 시작한다. K과장도 자기 스스로 공부하는 과정을 거친다. 낯선 분야에 대한 두려움을 접은 채 책을 사다가 공부를 시작한다.

사실 공무원에게 카피며, 광고며, 매스 커뮤니케이션 원론이 꼭 필요한 지식은 아니다. 알면 좋겠지만 몰랐다고 해서 큰일 날 일도 아니다. 그러나 K과장의 발상은 달랐다. 시키더라도 내가 알고 시켜야 하고, 기본 개념을 알아야 아이디어를 낼 수 있다는 것이다. 그런 과정을 거친 그녀는 이제 책 내고, 광고 유치하고, 홍보하는 종류의 일이라면 훤하게 꿰뚫고 있는 전문가가 되었다.

>> 공부하는 리더는 다르다

존경하는 상사의 모습 중에는 자기 계발을 철저히 하는 모습이 빠짐없이 거론된다. 누구나 자기 계발을 하고 싶은 욕구는 있으면서도 실행을 못하는 것이 문제라고 생각하기 때문에 그런 일을 감행하는 사람을 보면 존경스러워지는 것이 사람의 심리다.

내가 아는 광고회사의 남자 상무님은 지독한 워커홀릭이다. 출근 시간은 아침 5시 반, 퇴근 시간은 모른다. 부장급 회의 소집도 아침 7시다. 그의 회사는 아침 7시 반이면 기획 회의가 끝나고 업무에 들어간다. 아침 시간에 깨질 것 깨지고, 다음 목표 점검하고, 필승 다짐도 끝나 있다. 그 전날 새벽 3시까지 술을 마셔도 그의 출근 시간은 새벽 5시 반. 그때 출근해서 외국어를 공부한다. 영어 10분, 일어 10분의 전화를 통한 강습이 끝나고 나면, 테이프를 듣는다. 각각 30분씩 공부하고 나면 6시 반, 그때부터 1시간 정도는 독서 시간이다. 이 시간에 그는 관련 업계의 사정을 알 수 있는 자료와 광고주나 고객과 관련된 자료를 섭렵한다.

그는 사내에서 성질이 이상하기로 유명한 상사다. 그러나 부하 직원들은 아무도 그에게 반론을 제기하지 못한다. 일단 수십 년째 새벽 공부를 계속하고 있는 그의 근면과 철저함에 기가 질려 있는 상태다. 게다가 그가 지시해주는 방향은 항상 정확하다. 그의 말을 들으면 실패하지 않는다. 항상 공부하는 자세를 보여주는 것만으로도 이미 그는 리더십을 확보하고 있다. 강력한 리더십은 솔선하는 것으로 시작된다.

그는 회의 시간 이후로는 늘 농담만 하고 산다. 진짜로 진지하게 말하는 것을 찾아보기 힘들 정도다. 그래도 부하들은 그의 머릿속에 얼음물보다 차가운 정신이 들어 있다는 것을 믿어 의심치 않는다. 이렇게 공부하는 리더는 그 자체로 힘을 갖는다. 항상 공부하고, 시대 흐름을 따라가면서 새로운 아이디어를 제시하는 사람은 곧 실력 있는 리더로 평가받는다.

공부는 하지 않으면서 자신의 아이디어를 확신하고 지시하는 스타일의 리더는 매우 위험하다. 이런 리더들은 시대가 변한 줄 모르는 채 자신의 아이디어를 무작정 제시하고, 추종자가 없더라도 자신의 권위를 이용해서 그 일을 추진한다. 가끔은 그런 일이 성공할 수도 있다. 그러나 그런 일이 반복되다 보면 그의 주변에는 유능한 사람들이 남아 있지 않게 된다.

새로운 아이디어의 원천은 공부하는 데서 나온다. 아이디어에서 아이디어가 나오는 것이 아니라는 얘기다. 공부라고 해서 반드시 책을 보는 공부만 생각할 필요는 없다. 하지만 개념을 정리하고 논리적인 사고를 훈련하고, 변화의 추세를 분석하는 과정은 필수적이다.

공부하는 방법이야 달라질 수 있겠지만, 이런 핵심적인 부분들은 아무래도 차분한 독서와 사고를 통해서 나오게 되어 있다.

공부하고 연구하는 과정을 거치지 않은 아이디어는 산만하고 즉흥적이기 쉽다. 그런 아이디어는 잠시 반짝할 수는 있겠지만, 깊이가 없기 때문에 철저한 기획과 실행으로 옮겨지기가 힘들다. 또 이런 아이디어는 즉흥성 때문에 실무자들을 괴롭게 만든다. 게다가 계속 변화하고 있는 시대의 추세를 따라가지 못한 채 높은 자리에 앉아 있으면 자신이 정체될 뿐 아니라, 그가 가진 결정권을 제대로 쓰지 못하였으므로 조직 자체가 정체되기 쉽다.

>> 공부는 가볍게, 서클 활동처럼

자기 계발에서 여자들은 불리한 게 사실이다. 직장에 다니면서 시험 볼 일이 생겼을 때 남녀의 차이가 극명하게 드러난다. 남자들은 부인이 해주는 보약을 가지고 다니면서 오로지 공부에만 집중하지만, 여자들은 시험공부를 한다고 해도 경조사 챙기는 것도 면제받기 힘들다.

남자들은 수많은 조찬회와 저녁 모임에 참가하면서 최신 동향에 대한 귀동냥을 열심히 하고 산다. 그러나 여자들은 아무래도 자기 계발의 시간을 내기가 쉽지 않다. 새벽은 새벽대로, 밤은 밤이라서 가족들에게 매어 있는 여자들은 자기 계발의 여유를 쉽게 내지 못하는 것이 현실이다. 하지만 그 빡빡한 현실에서 개미 같은 시간을 내서라도 자기 계발에 필요한 공부 시간을 확보하는 것은 여성 리더십에서 대단히 중요한 요소가 될 것이다.

부담스럽지 않고 흥미를 느낄 수 있는 강좌를 찾아서, 정기적인 모임에 참석하듯이 1주일에 한두 번 공부하는 것이다. 공부한다는 생각보다는 사람 만난다, 서클 활동을 한다는 기분으로 가볍게 가는 것이다. 그런 곳까지 가서 밑줄 치면서 달달 외는 시험공부를 할 필요는 없다. 안 들리면 안 들리는 대로 앉아 있어도 머릿속에 키워드 한두 개는 남아 있게 된다. 그 키워드 한두 개를 들은 적이 있는가 없는가는 앞으로 큰 차이를 가져오게 된다.

---

power advice

제일 중요한 학습능력은 열린 생각

급변하는 시대에 자기의 직접적인 공부와 경험만으로 모든 것을 다 커버할 수는 없다. 자신의 능력과 범위를 넘어서는 수많은 지식과 통찰력을 커버할 수 있는 방법은 유연하게 사고하는 능력을 기르는 일이다. 또 상사, 동료, 부하 직원들의 말에 진심으로 귀 기울일 줄 아는 열린 생각을 갖는 일이다. 유연하고 개방적으로 생각하는 것은 실력이 없는 사람, 공부하는 자세가 되어 있지 않은 사람은 절대로 할 수 없는 일이다. 마음을 열고 다르게 생각해보자. 특히 나와 다른 세대의 의견은 미래 지향적인 변화를 위해서 꼼꼼하게 들어 둘 필요가 있다.

3장 | 일을 잘 저지르는 사람이 성공한다

추진력은 생존력

"그 일은 여자에게 어울리지 않아. 밤낮 없이 뛰어야 하는걸. 너무 힘들고, 너무 어렵지, 미스김은 빼자구."

이런 대접을 받으면서 지내고 난 5년 후 승진 심사 회의실, 그런 대접은 탈락의 근거로 바뀐다.

"근속 연수는 됐지만 경험이 전혀 없군. 팀장이 현장을 모르면 통솔이 안 되지. 리더라면 어려움을 헤쳐나간 경험이 있어야지. 나이는 어려도 남자를 팀장으로 하자고."

대접받던 '미스김'은 계속 승진에서 물먹고 있다.

>> 일을 저지르는 것도 큰 능력

새로운 일을 하기 위해 회의를 해보면 두 가지 타입이 나온다.

첫째는 그 일이 왜 안 되는지에 대한 101가지 이유를 대는 타입이다. 왜 그런지 모르겠지만 이런 사람들은 꼭 일이 안 되는 쪽으로만 생각하고 상상한다. 조목조목, 논리 정연하게 왜 그 일이 안 되는지에 대해서 말하기 시작하면 상당히 설득력이 있어 보인다.

둘째는 그 일을 잘 해내기 위한 방법에 대해 아이디어를 내는 타입이다. 역시 왜 그런지 모르겠지만, 이런 사람들은 일이 잘 된다는 것을 전제로 하고 더 잘 되게 하기 위한 아이디어를 낸다. 이들의 발언에는 주로 아이디어가 많기 때문에, 논리적이거나 침착하지 않고 좀 들떠 있는 것 같기도 하다.

생각해보자. 우리가 지금 하려는 일은 새로운 일이다. 나의 머릿속에만 있는 일, 그러나 잘하면 될 것도 같은 일, 이 일을 맡아줄 사람을 찾고 싶다. 당신에게 선택권이 있다면 어떤 타입의 사람을 택하겠는가?

단적으로 말해, 돌다리도 두들기며 가는 과잉 신중형, 아이디어는 있지만 머릿속으로만 생각하는 앉은뱅이형, 이 두 가지 타입은 새로운 일을 하는 데 적합하지 않다. 이런 사람들과는 회의를 하는 것도 비생산적이다. 이런 사람들은 실컷 회의를 하고 나서는 그 다음 회의에 와서 생각해봤더니 이런저런 이유로 안 되겠다는 말을 한다. 이런 사람들에게 일을 맡겨놓으면 도무지 진도가 나가지 않고 흐지부지된다.

물론 이런 앉은뱅이형은 개인적으로는 아주 좋은 사람들이다. 꼼꼼하고 실수도 적다. 경우에 어긋난 일도 하지 않고 성실하다. 그러나 새로운 일을 벌여 나가거나 기존의 일을 확대하려 할 때, 위험을 감수하면서 불안한 상황을 돌파해야 할 때, 이런 신중함만으로는 일이 추진되지 못한다. 이보다는 과감히 치고 나가고, 부딪치는 돌파력과 추진력이 필요하다.

우리 여자들은 일터에서 꼼꼼하다, 섬세하다, 정직하다고 칭찬을 받는데, 칭찬받는다고 좋아하고만 있을 일이 아니다. 한 회사나 사업이 확장되는 순간에는 불안정한 현실에 부딪히면서 위험을 감수하고, 새로운 시도를 해나가는 적극성, 과단성이 필요하다. 이런 순간의 업무를 담당한 사람이 공적을 세우고, 승진도 하고, 보상도 받는다. 이 중요한 순간에 꼼꼼함과 섬세함을 찾을지, 과감한 돌파력을 찾을지 생각해볼 일이다.

>> 부딪치고 저지를 때 성장한다

기회가 된다면, 가능한 한 많은 일을 경험해 두는 것이 남는 것이다. 자칫 오지랖이 넓다는 말을 들을 수도 있겠지만, 일을 무서워하지 않고 부딪쳐보려고 하는 사람이 발전할 수 있다. 처음에는 실수도 있고, 모자란 점 때문에 비판도 받고, 스스로 좌절도 하겠지만, 결국 그 실패의 경험이 쌓여서 그를 유능하게 만들 것이다.

내가 아끼는 후배 중에 새로운 일 맡기를 좋아하는 것으로 각인되어 있는 보영이라는 친구가 있다. 보영이는 대학교 졸업 후 첫 직장으로 출근한 곳에서 나와 함께 일했던 적이 있다. 보영이는 성격이 좀 느긋했다. 말도 느린 편, 행동도 느린 편, 이해하는 것도 느린 편이었다. 성질 급하고 정확한 것을 좋아하는 나로서는 당연히 답답했다. 그래도 보영이는 참 착했고, 안정감이 있었으므로, 그것이 좋아서 사람들은 그의 여유와 실수에 적응해가고 있었다.

그런데 보영이가 부지런한 것이 한 가지 있었다. 바로 일을 떠맡는 것. 무슨 일이 생겨서 둘러앉아 회의를 할 때 '근데 이 일을 누가 하냐?' 하고 고민에 빠져들라치면, 보영이는 냉큼 "제가 해볼게요!" 하면서 나섰다. 나머지 선배들은 다 눈이 동그래졌다. '보영 씨가? 저 느린 선수가 이런 일을 한단 말이야?'

처음에 보영이가 나선 일은 브로슈어를 만들어내는 일이었다. 모든 것을 새롭게 창작해내야 하는 난이도가 높은 브로슈어였는데, 보영이는 하겠다고 나섰다. 그 환하고 편안한 표정으로 "해볼게요." 그러는 것이었다. 나는 '참 용기가 좋구나, 몸을 사리지 않는 용기가 좋다'는 생각이 들어서 해보라고 했다. 마음속으로는 '아직 시간 있으니까, 사고 생기면 내가 처리하지'라고 생각하면서.

보영이는 열심이었다. 여기저기 미비한 점도 있기는 했지만, 한두 군데는 또 대단한 히트를 치기도 했다. 그 여유로운 스타일을 수용하고 믿어주니까 멋진 작품도 나오는 것이었다.

그 이후로 보영이는 새 일이 보일 때마다 냉큼 "제가 해볼게요." 하고 외쳐댔다. 별것을 다 하겠다고 했다. 남에게 넘겨도 될 것 같은 힘든 일인데도 자기가 한다고 했다. 때로는 그의 이런 기질 때문에 동료들에게 이용당하기도 했다. 일만 보면 맡아가는 무차별적 수주형임을 파악한 동료들은 교묘한 방식으로 그에게 일거리를 넘기기도 했다. 보영이의 책상은 항상 일거리로 넘쳐흘렀고, 항상 야근을 해야 했고, 항상 뛰어다녀야 했다. 입술도 항상 부르터 있었다.

언젠가는 큰 이벤트를 치른 적도 있었다. 이 일도 어김없이 보영이가 해보겠노라고 했다. 보영이가 감당하기에는 규모가 너무 큰 행사였음에도 그의 의지는 가상하기까지 했다. 선배들은 슬슬 몸을 사렸지만 보영이는 그 특유의 환한 미소를 보이면서 또 "해볼게요." 그랬다.

우리는 그 의지를 높이 사서 그를 담당으로 하고, 뒤를 체크해주는 방법을 쓰기로 했다. 보영이가 신나게 자기 식으로 저질러보게 하고, 선배들은 그 뒤를 따라가면서 흘리고 간 것들을 주워 담아서 가져다주는 방법이었다. 어이없는 일도 있었고, 맹탕 같은 일도 있었지만, 일은 잘 끝났다.

그런데 "제가 할게요."를 외친 지 6개월 후, 보영이는 엄청 다른 사람이 돼 있었다. 그는 회사의 거의 모든 업무를 꿰고 있었다. 철부지 같았던 보영이가 현장 일터에서 마구 부딪치면서 경험을 쌓고 커가는 모습을 지켜보는 것은 나에게는 큰 기쁨이었다. 이제 보영이는 처음 왔을 때처럼 느린 말투로 사람을 답답하게 하는 대졸 신입사원이 아니었다. 많은 일을 하는 동안 보영이는 말도 빨라졌다. 가끔씩 썰렁한 이야기로 우리를 배꼽 잡게 하기도 했다.

그러다 보니 나는 어떤 새로운 일이라도 보영이가 "제가 해볼게요."라고 청하면 걱정 없이 맡게 되었다. 비록 지금은 부족한 점이 없지 않지만 그는 곧 유능해질 것이다. 그의 경험이, 그의 용기가 그를 유능하게 만들 것이다.

>> 모험에 단련된 남자들

여자들이 일을 저지르려 하면 설친다든가 거칠다는 부정적인 시선으로 보아왔던 것에 비해, 남자들이 일을 저지르는 것은 과감하고 배포가 크다고 좋게 봐주던 것이 사실이다. '남자란 모름지기' 하는 논리가 그들을 지원해왔으니까 말이다. 그렇다면 모험에 익숙한 남자들에게서 우리는 무엇을 배울 수 있을까?

내 주변의 남자친구들부터 둘러보자. "구멍가게를 하고 있어."라고 자기 소개를 하는 사람들은 거의 다 자기 사업을 한다. 그것이 첫 번째 사업이 아니고, 내 또래인 마흔쯤이면 적어도 서너 개 사업체를 세웠다, 엎었다 해봤던 경험이 있는 것이 보통이다. 이 친구들이라고 별 특별한 재주가 있었던 것 같지는 않다. 남자들의 세계에서 사업 한두 개 저질러보고 안 되면 망하거나 문 닫고, 어찌 어찌 해서 다시 돈 마련해서 다시 하나 차려보는 것은 어렵지 않은가 보다. 그러면서 그들은 성장하고 강해진다. 그리고는 우리 앞에 사업가가 되어서 나타나는 것이다. 스케일이 큰 남자라고 격려받기도 하면서 말이다.

CEO 모임에서 만났던 한 남자 사업가를 다시 6개월 만에 만난 적이 있다. 나는 그 모임에서 그가 간부를 맡아서 매우 활발하게 활동했기 때문에 안정된 사업을 하는 줄 알았다. 그런데 다시 만난 그가 내민 명함이 새로운 회사라서 물어보았더니, 그것이 두 번째 세운 회사라고 했다. 그럼 두세 달 만에 회사를 하나씩? 그날 우리는 오랜만에 만났다고 맥주 한잔을 함께했다. 그 자리에는 사업가인 그의 친구도 있었다.

그날 그들이 들려준 남자들의 사업 역정이란 참으로 처참하고 찬란했다. 돈 꾸어다가 사업 벌여서 망하고, 빚더미에 올라서 집에도 못 들어가고…… 술집 웨이터, 택시기사, 노점상을 전전하다가, 최악이었을 때는 벼랑에서 떨어져 죽을 생각을 했다가 너무 무서워 내려왔다는 이야기는 인생의 밑바닥을 보는 것 같아서 처참했다. 그러나 그 처참한 스토리에 담겨 있을 인생살이의 경험 폭을 생각하니, 찬란했다고 말하고 싶은 것이다.

그로부터 한 1년 뒤에 그에게서 전화가 왔다. 이번엔 웬 수입품을 팔고 있다면서 나의 동향을 물었다. 우아! 또 새로운 회사를? 참 능력도 좋다!

>> 추진력은 생존력

여자들의 성공기에서도 '실패'를 어떻게 소화하고 해석했는가는 중요하다. 단번에 이뤄지는 성공은 별로 없기 때문이다. 주목받는 게임업체인 ㈜컴투스의 20대 CEO 박지영 사장은 캠퍼스 동아리 친구들끼리 창업을 했다. 어린 만큼 자잘한 시행착오들이 많았지만 그는 실패를 '성공으로 가는 과정'이라고 생각하고 있으며, 후배들에게도 실패를 잘 소화하라고 조언을 하곤 한다.

"사업에 실패해서 돈을 잃으면 다시 벌어서 보충할 수가 있어요. 하지만 자신감을 잃어버리면 회복하기가 너무 힘들어요. 사실 자신감을 잃는 게 가장 두려운 일이지요. 실패하면 많은 걸 배워요. 왜 실패했는지 알게 되기 때문에 다음에 같은 실수 안 하면 되거든요. 큰 재산이죠. 실패는 성공으로 가는 과정이라고 생각해요."

앉은뱅이 타입의 신중함이 미덕이라면, 저지르는 타입의 과감성 역시 대단한 미덕이다. 이 두 가지 기질을 두루 갖추는 것이 최상이다. 조직에서도 이런 두 가지 성향의 인력이 적재적소에 배치되어 있으면 최고의 생산성을 기록할 수 있다. 한 쪽에서는 저지르면서 헤쳐 나가고, 다른 한 편에서는 꼼꼼하게 챙기고 따져보는 역할 분담이 잘 이루어진다면 환상적인 팀워크가 될 수 있을 테니 말이다.

그러나 지금 여자들의 성공이라는 키워드를 놓고 볼 때는 저지르는 쪽의 기질을 격려하는 것이 더 필요하다고 생각한다. 전통적으로 여자들에게는 꼼꼼한 쪽의 성향을 장려해왔다. 모험하고 추진하는 것은 남성다움의 범주에 들어가는 일이었다. 하지만 비즈니스 세계에서 살아남기 위해서는 현장 추진력이 필수적이다. 불투명한 가능성 속에서 뭔가를 만들어내는 것, 불안감 속에서 안정감을 잃지 않는 것, 거센 광풍 속에서 나를 지키는 것 등 거센 세계와의 대면이 불가피하기 때문이다.

지금까지 여자들이 세상을 경험하는 폭은 너무 소박하고, 너무 안전했다. 여자들의 사회 진출이란 아직까지 취업하기, 조직 내 승진하기 정도에 머문다. 이 사회의 경제 구조와 맞부딪치는 강도가 약한 것이다. 한 조직의 경계에 얌전히 소속되는 것, 그것이 아직까지도 여자들의 목표가 되고 있다. 거기서 여자들은 유리천장을 말하고, 성차별을 말하고, 승진과 절망에 대해서 말한다.

그러나 이제 점점 여자들은 성공 대열에 합세할 것이다. 이 여자들은 뭔가 새로운 일을 일으켜야 하고 해내야 한다. 불투명함을 선택해서 들어가는 이 여자들에게 일 저지르는 재주란 축복과도 같다. 일을 잘 저지르는 여자들을 격려하고 반겨 주자. 아직도 한참 여자들은 더 많은 일을 저질러봐야 한다.

해보지도 않은 채 주저앉아 계산기만 두들기고 있으면 현실의 공포는 더 크게 다가온다. 현실의 공포를 깨는 유일한 방법은 부딪치는 것이다. 이런 여자들이 몸을 던져 틈새를 마련할 때 여자들이 우리 사회의 경제 구조에서 자리잡을 수 있는 틈이 간신히 생겨나는 것이다.

그러므로, 일 저지르는 여자들 파이팅!

power advice

일 저지르는 여자가 되기 위한 8가지 지침

1. 안 될 이유는 생각하지 말자.
2. 일은 몸이 한다고 생각하자.
3. 우리 인생에 안전한 것은 원래 없다고 생각하자.
4. 없는 것을 만들어내는 사람이 되자.
5. 실험, 모험, 경험, 세 가지 '험'을 사랑하자.
6. 앉아서 뭉개느니, 뛰면서 느껴라.
7. 어려움은 극복하기 위해, 문제는 해결하기 위해 존재한다고 생각하라.
8. 실패도 경력이다. 모든 성공은 여러 번의 실패 끝에 가능하다.

4장 | 피하지 말고 당당하게 맞서라

조윤숙 사장의 '돌파식' 성공법

"제 성공 비결이 뭐냐고요? 포기하지 말라는 이야기를 하고 싶을 뿐이에요. 피할 수 있다는 생각 자체를 하지 마세요. 어떻게 할 수 있을까, 그것만 생각하세요. 그러면 답이 보여요."

여성 CEO들에는 여러 가지 스타일이 있다. 일단 내지르고 수습하는 스타일, 직관과 감성에 의존해서 경영하는 스타일이 있는가 하면, (주)STI의 조윤숙 사장처럼 꼼꼼하게 시스템 구축에 심혈을 기울이는 스타일도 있다. 그는 GIS 기술과 휴대폰 품질보증 기술을 기반으로 활약하는 중견 IT 기업인이며, 직원이 30명, 매출 50억 원인 회사(2002년 5월 현재)를 운영하고 있다.

'시스템 조'라는 닉네임을 가진 조윤숙 사장은 일견 매우 꼼꼼해서 제자리에 앉아 있는 것을 좋아할 것처럼 보인다. 그러나 그의 핵심 파워는 '돌파식' 성공법이다. 새로운 문제에 맞닥뜨려도 늘 포기하지 않고, 정면으로 부딪치면서 도전해나가는 힘이 그의 성공을 만들어내는 것이다.

>> 한 번도 해보지 않은 분야의 도전

조윤숙 사장의 저력은 어린 시절부터 배양된 힘이기도 하다. 늘 가난했던 그는 대학교 때도 열심히 공부하는 학생이었다는데, 가장 큰 이유는 그저 '장학금 못 타면 학교 못 다니니까' 였다. '안 하면 안 된다' 는 생각밖에 없던 그에게는 늘 '어떻게 하면 될까?' 가 고민의 주제였다고 한다.

조윤숙 사장은 몇 차례, 전혀 모르던 새로운 분야와 부딪쳐서 적응에 성공한 경험을 가지고 있다. 첫 번째는 전산과 출신이었던 그가 국토개발연구원에서 연구원 생활에 적응하던 경험이다. 그는 54대 1의 경쟁을 뚫고, 영어 성적이 워낙 우수했다는 이유로 학사 출신으로는 유일하게 연구원으로 채용됐다. 전산 전공을 잘 살릴 수 있을 것이라고 생각했지만, 사회과학 중심의 연구원에서 전산 분야는 별로 주목을 받지 못하는 분야였다. 그는 이공계 출신들의 공통적인 약점이지만 특히 자신의 생각을 글과 논리로 표현하는 것이 서툴렀다.

"플로차트 그려내는 것은 쉬운데, 글로 써야 하는 것이 너무 어려웠어요. 토지 개발 대책, 부동산 안정 대책 같은 사회과학적 연구들을 해야 하는 곳이었거든요. 근데 전 훈련이 안 되어 있어서 기획서를 잘 못 쓰는 거예요."

이런 도전에 부딪치면 어떤 길을 택할 것인가? 소위 말하는 '공순이' 가 사회과학도로 변신한다는 것은 꽤나 큰 도전이다. 아무나 이런 선택을 하지는 않는다. 배경이 전혀 다른 분야이기 때문이다. 성적도 나쁘지 않고, 영어도 자신 있는 사람이라면, 슬그머니 '적성에 안 맞는다' 면서 포기하는 것이 대부분이다. 그러나 조윤숙 사장은 야무지게 마음먹었다. 새로운 것을 배운다는 각오를 세우고, 글로 표현하는 연습을 시작했다. 처음에는 너무 어려웠지만, 남들 한 것을 참고로 다시 시도해보고, 배우고 하면서 조금씩 연구계획서 비슷한 것을 쓰기 시작했다.

그렇게 2년을 보내고 나니 자신감이 생겼다. 이제는 어떤 문제이건 기획서 써내는 것은 쉬운 일로 여겨진다고 한다. 중요한 것은, 그에게 가장 큰 콤플렉스가 되었을 수도 있는 분야가 자신 있는 재산으로 바뀌었다는 것이다. 그러니 그 효과는 두 배, 세 배라고 할 수 있지 않을까?

공대생의 논리력과 사회과학도의 글발이 만났을 때의 시너지 효과를 생각해보라. 조윤숙 사장은 새로운 문제를 피하지 않고 부딪쳐 풀어냄으로써 커다란 자산을 갖게 되었다.

>> 내 인생을 바꾼 창업

두 번째 돌파 경험은 그의 창업기에서 찾을 수 있다. 연구원에서 남들은 최소한 석사 이상인데 4년제 대학 졸업장만으로 버티자니 금세 한계가 보이는 듯했다. 연구원에 오래 있으려면 학위가 필요하다는 것을 직감한 그는 첫 아이를 낳고 생각해보았다. 석사 과정을 거치느라 보내는 시간과 정열, 아이를 기르면서 겪게 될 종종거림 등을 계산해보니, 투자보다 보상이 너무 작다는 판단이 들었다. 고생고생 해서 석사 학위를 얻었다고 생각해보자. 무엇이 달라지는가? 고생한 것에 비해 달라질 것이 별로 없다는 결론을 내렸다. 그리고 나니 차선은 창업이었다.

그는 GIS 기술에 관한 한 아주 잘 알고 있는 전문가였고, 당시 사람의 손에 의존했던 수치지도 품질 검사를 자동화 프로그램으로 만드는 틈새 시장을 발견한 터였으므로 성공을 확신하고 있었다. 마침내 그는 둘째 아이를 출산하고 3개월 후 창업을 한다. 대출받은 돈과 퇴직금을 합해서 최소 자본금 5천만 원을 만들어서 시작했다. 그러나 막상 창업을 해보니 상황은 예상과 전혀 달랐다. 기술만 정확히 알면 성공한다고 믿었던 처음의 생각은 너무나도 순진한 것이었음을 깨닫게 된 것이다.

"사무실 한 층 얻고 PC 20대 사고 나니까 돈이 없었어요. 다음 달부터 월급 줄 돈이 없는 거예요. 참 난감했죠."

창업자라면 누구나 동감할 이 난관을 어떻게 뚫었을까? 조윤숙 사장은 새로운 카드를 던지는 방식으로 창업 초기의 난관을 해결했다. 정보통신부에서 IMF 실직자에게 일자리를 마련해주기 위한 정책을 펴던 중이었는데, 이것을 기회로 삼은 것이다. 새로운 프로젝트를 마련해 정보통신부에 제안하면 그것을 사업으로 책정하는 방식이었다.

당시 정보통신부는 실직자들을 훈련시켜서 수치지도를 작성하는 인력으로 투입하는 프로젝트를 진행하고 있었다. 조윤숙 사장은 품질 검사의 중요성을 설득하고 이를 자동화하는 프로그램을 개발해 이 프로젝트에 참여했다. 이것으로 초기의 난관을 극복할 만한 기반은 되었다.

>> 시스템으로 승부한다

프로젝트가 기본인 회사는 프로젝트가 있을 때는 좋지만, 프로젝트가 끊기고 나면 '손가락 빨고 있는' 상태가 된다. 다음 프로젝트를 확보하지 않으면 불안해지는 것이다. 프로젝트가 없어도 고정비는 계속 지출되어야 하기 때문에, 회사가 휘청거리는 것은 시간 문제이다. 그렇다면 프로젝트 위주의 회사에서 안정된 수익 모델을 가질 수 있는 돌파구는 무엇이었을까?

조윤숙 사장은 다시 새로운 카드를 던진다.

"프로젝트가 끝나면 걱정이 보통이 아니지요. 들어오는 것은 없고, 고정비 지출은 계속되니까요. 밤마다 프로젝트 따는 고민 때문에 잠을 못 잤어요. 새로운 프로젝트가 있다는 소문을 듣고 찾아가서는 문전 박대를 당하기 일쑤였고, 이렇게는 안 되겠구나 생각했어요. 그래서 저는 어려울 때 더 사업을 확장했어요. 어렵다고 위축되면 아예 죽을 것 같았어요. 무선통신 솔루션 사업을 시작해서 사업본부를 2개로 만들었지요. 사업 본부끼리 경쟁하게 되니까 회사가 활력이 생기고 더 좋아졌어요."

이제는 새로운 기술을 팔아야 하는 영업력이 중요한 회사가 된 것이다. 그러나 조윤숙 사장은 여성 경영자의 영업력 한계를 금세 깨닫게 된다. 더구나 도덕성 강한 콩쥐형 경영자들은 혼탁한 환경에는 매우 약하다.

"전 방법론을 몰라요. 나쁜 짓도 못해요. 내가 할 수 있는 일은 사정하는 것이 고작이었어요. 매일 새로운 자료를 가지고 방문해서, 왜 이 일이 필요한가를 설득하는 것이 내 영업력의 최대한이었어요.

마음 속으로는 절박하죠. 갈 때마다 결심했어요. '오늘은 꼭 확답을 받아 와야지, 안 된다고 하면 바지 가랑이라도 붙들고 늘어지면서 사정해야지' 하지만 힘들죠. 여성 사업가로서 한계를 느끼는 분야가 바로 영업이에요. 너무 어려워요. 이미 남자들의 인맥이 완전히 형성돼 있어서 거기에 끼어들 수가 없어요."

이런 현실은 여성 사업가라면 누구나 겪는 어려움이다. 개중에는 잘 하는 여성들도 있지만, 모범생형의 여성 사업가들한테는 아주 어려운 난관이 아닐 수 없다. 이 상황에서 조윤숙 사장이 택한 것은 '시스템으로 승부한다'는 것이었다.

"이런 영업 풍토에서 살아남으려면 대안을 찾아야 한다, 회사 조직을 갖춰야겠다는 생각을 했어요. 사장이 이래라 저래라 일일이 말로 지시하고, 그걸 했네, 못 했네, 들었네, 못 들었네 하는 상황이 생기면 분위기가 이상해져요. 또 사장이 일일이 영업하러 다닐 수 없기 때문에, 자율적으로 동기 유발을 하고 영업력을 높이면서 일할 수 있는 조직 시스템이 필요하다고 생각했어요."

조윤숙 사장은 IT 기업인협회 월례논단에서 회사 체계를 잘 갖춘 회사로 사례 발표를 할 만큼 탄탄한 조직 시스템을 자랑하는데, 그의 최장점인 시스템 구축이 바로 이 시점에 마련된 것이다.

그는 모든 것을 시스템으로 만드는 것을 좋아한다. 전산 전공자에 프로그래머였던 그의 장점이 발휘됐다고도 할 수 있는데, 모든 것을 프로그램화하는 데는 가히 천재적이다. 그의 시스템 만들기는 치밀하고, 공평하다. 나도 창업 이후 회사의 제반 규정을 만드는 데 벤치마킹 자료로 조윤숙 사장 회사의 규정집을 구해서 옥편처럼 참고하고 있다. 보면 볼수록 치밀하다는 생각을 하게 된다. 심지어 아이들 키우는 데도, 보상을 하는 데도 시스템을 만들어놓고 있다고 한다.

따지고 보면 그가 경영 시스템을 잘 만든다는 평판도 괜히 얻어진 것이 아니다. 사실 이공계 출신의 여성 경영자는 경영 조직화의 지식을 배울 기회가 없었을 것이다. 그러나 조윤숙 사장은 '공부' 또 '공부' 하는 것으로 이 약점을 극복해 가고 있는 대표적인 케이스다. 대체로 성공한 여성 CEO들은 학습 의욕이 높다는 공통점을 갖고 있기도 하다.

≫ 강한 추진력과 집념을 갖춘 단단한 콩쥐

조윤숙 사장은 '콩쥐'의 승리를 증명해주는 대표적인 사례다. 성실하게, 체계적으로, 자기 방식으로, 그리고 무엇보다 착한 마음을 가지고 사업을 해 나가는 콩쥐형의 여성 경영자 말이다. 나는 그들이 우리 사회를 바꿔 나갈 수 있는 주역이라고 믿고 있다. 남성 중심적인 편법과 부정이 만연한 사회에서 여성들이 성공하기란 그리 쉬운 일이 아니다. 그래서인지 착실하게 소신을 지키면서 성공의 길을 가고 있는 여성들의 가치는 더욱 빛이 난다.

한 걸음씩 착실하게 전진하는 콩쥐형의 경영자, 포기하지 않는 집념으로 부딪쳐 새로운 자산을 만들어 가는 돌파력 있는 경영자, 끊임없이 공부 또 공부하는 것으로 자기의 모자란 부분을 극복해가고 있는 겸손한 경영자, 30대 중반을 막 넘어서고 있는 조윤숙 사장에게서 이런 기분 좋은 에너지를 본다. 그의 번창을 확신한다.

포기하지 않으면 길이 보인다

새로운 문제에 부딪혀도 늘 포기하지 않고, 정면으로 부딪치면서
새로운 도전을 자기 것으로 만들어 나가는 힘이 성공을 만들어
낸다. 한 걸음씩 착실하게 전진하며 새로운 자산을 만들어가는
'돌파식 성공법'은 그래서 더욱 아름답다.

5장 | 영업에 기여하라

나를 강하게 하는 영업 마인드

단도직입적으로 말해서, 직장 생활에서 사랑받는 방법은 돈을 버는 사람이 되는 것이다. 당신은 취직해서 얼마를 벌 수 있는가에 관심이 크겠지만, 회사는 그보다 훨씬 더 돈 버는 일에 관심이 많다. 당신이 벌어 올 돈에 비상한 관심을 갖고 있는 것이다. 유능하고 충성스런 조직원이라면 회사의 이런 지대한 관심에 호응해줘야 한다.

>> 조교형, 전문인형, 영업형

직장 생활을 하면서 우리는 흔히 세 가지 유형의 인력을 만날 수 있다.

조교형은 대학교 교수 연구실의 조교처럼 시킨 일만 열심히 하는 사람들이다. 조교로 발탁되는 사람들은 얌전하고 우수하며, 꼼꼼하고 조용한 사람들이다. 조교의 능력은 교수님이 시킨 일을 잘 해내는 것으로 증명된다. 성실하기로는 최고의 인력들이다. 그러나 새로운 일을 만들어낼 때, 위험을 감수한 모험이 필요할 때, 즉각적인 판단이 필요할 때, 매출을 올려야 할 때 조교형은 무능하다.

전문인형은 자기 분야가 확실하다. 자기 영역에서 이들은 최고이다. 한정된 분야에서 최고의 능력을 보이는 것으로써 전문가의 부가가치가 높아진다. 전문가는 일의 완성도를 높이는 데는 꼭 필요한 인력들이고, 보수도 비싸다. 그러나 이들 역시, 새로운 영역을 개척하거나, 돈을 벌어야 하는 부분에서는 무력하다.

조교형, 전문인형, 모두 돈을 쓰는 쪽의 인력이다. 이들을 벌어먹여 살리는 사람들이 영업형이다. 이들은 돈을 버는 일에 대해 하루 24시간을 고민한다.

회사에 조교형과 전문인형이 너무 많으면 인력 수준은 높을지 모르지만, 풍요롭게 살 수가 없다. 쓰는 일이 많기 때문이다. 반대로 돈을 벌어들이는 영업형 인력이 충분히 포진해 있으면 회사가 풍족해진다. 보통 사회에서는 영업을 그리 품위 있는 일로 생각지 않지만, 회사 입장에서는 더할 나위 없이 중요한 부분이다.

조교는 없으면 내가 직접 하면 된다. 조금 불편할 뿐 그런 대로 견딜 만하다. 전문인이 없으면 업무의 질이 좀 낮아지고, 부가가치 생산이 적어지겠지만, 좀 수준 낮은 제품으로 돈 적게 버는 방법을 택해서 해결할 수도 있다. 그러나 영업이 없다면 생존을 보장할 수 없다. 영업형은 단지 외판 사원만을 말하는 것이 아니다. 영업 마인드를 가진 인력을 말한다. 영업 마인드란, 모든 업무를 수익 창출의 과정으로 생각하고 수익 창출에 기여하는 사람이다.

영업 마인드를 키우기 위해서, 회사의 모든 업무를 돈을 들여서 돈을 거둬들이는 과정으로 해석하고 설명해보자. 지금 내가 하고 있는 업무들, 언뜻 보기에 돈과 관계가 없어 보이는 업무들, 예를 들어 자료 조사, 회의 주선, 비서 업무 등도 영업 마인드로 접근하면 돈 속의 지도가 나타날 것이다. 돈 속의 업무 지도는 수익 창출로 가는 단계 중 어디쯤에 내 업무가 위치하는지를 분명하게 해주고, 자신의 수익 가치를 분명하게 드러내줄 것이다. 이는 자기 자신의 자긍심을 위해서, 또 외부로 자신을 표현할 때 아주 중요한 일이다. 그리고 이 계산을 분명히 하는 사람들이 프로가 될 수 있다.

진정한 프로란, 받은 것 이상으로 벌어다 주는 인력이다. 그래서 프로는 반드시 돈을 받는다. 그것도 매우 많은 돈을 받는다. 그 이상의 수익으로 자기가 받은 돈을 보상하기 때문이다.

〉〉회사의 이익에 민감한 사람

신입 사원을 뽑는 면접이 진행 중이다. 4년제 대학을 졸업한 여성 응시자 차례다. 그는 왜 취직을 하려고 하느냐는 면접관의 질문에 이렇게 답한다.

"자아실현을 통해서 회사에 기여하고 싶습니다."

자아실현을 하는 데 취직이 왜 필요하냐고 묻는 면접관의 질문에는 이렇게 답한다.

"취직을 해야 돈을 벌 수 있고, 경제력이 있어야 자아실현을 할 수 있습니다."

다음은 2년제 전문대를 졸업한 여성 응시자의 차례다. 면접관은 왜 이 회사를 선택했냐고 질문한다.

"저는 대학 시절 이 회사와 관련된 업계의 영업, 사무 분야에서 임시직으로 일했던 경험이 있습니다. 영어에 자신 있고, 귀사에 필요한 핵심 업무 능력을 갖추었습니다. 특히 해외 영업망 개척에 기여할 수 있다고 자신합니다."

면접관은 왜 취직을 원하는가 다시 묻는다.

"회사 매출에 기여함으로써 나를 발전시키는 경험을 해보고 싶습니다."

당신이 면접관이라면 누구를 채용하겠는가? 회사 입장에서 사람을 뽑을 때 가장 중요한 사항은 '저 인력을 투입하여 얼마만큼 벌 수 있을까'이다. 회사의 이런 관심사에 대해 면접 응시자라면 마땅히 답을 준비하고 가야 할 것이다. 그리고 자아실현을 위해서라고 답하는 사람보다는 수익 창출의 능력을 보이겠다고 답하는 응시자가 매력적일 것은 분명하다. CEO들은 외모나 학벌이 좀 떨어져도 돈 벌 각오로 열심히 일하는 직원들을 훨씬 더 귀중하게 생각하지 않겠는가?

취업철이 오면서 면접 요령에 관한 이야기들이 많다. 메이크업 방법부터 말하는 요령, 표정 관리에 이르기까지, 외모를 멋지게 만들기 위한 방법이 많이 제시되고 있다. 그러나 정말 준비해야 할 것은 외면이 아니라 내면에 있는 사고방식과 자세라고 생각한다. 그렇다면 영업 마인드, 수익 마인드를 준비하는 것이 취업 준비에서 가장 중요한 일이 아닐까 싶다.

직장 생활이라는 것은 멋지고 우아한 일이 아니다. 본질적으로 '고달프고 치사한' 일이 바로 직장 생활이다. 오히려 고달픈 현장에 한번 부딪쳐보겠다고 마음먹는 것이 직장 생활을 잘할 수 있는 방법이다. 곱게 자란 젊은 여성들에게 이런 얘기는 별로 달갑지 않을 것이다. 좀더 멋지게 사는 인생에 대해 듣고 싶은데, 모든 직원이 수익 베이스가 되어야 한다느니, 당신이 매출에 얼마나 기여할 수 있는지 말해보라느니, 내년도 매출 계획서를 작성하라느니 하는 주문들은 찬물을 끼얹는 일인 것 같기도 하다.

회사도 직원들에게 이런 주문을 해야 할 때 그리 좋은 기분은 아닐 것이다. 하지만 달리 방법이 없다. 매출에 기여하지 못하는 인력을 회사가 건사할 여유가 없기에, 영업 마인드를 갖추라는 것이다. 회사 생활을 하는 이상 수익에 대한 압력은 벗어날 길이 없다.

이런 주문이 자연스럽게 여겨지지 않고 부담스럽게 느껴진다면, 회사를 떠나 NGO 활동을 해보는 것도 좋은 방법이다. 돈에 대한 부담 없이 하고 싶은 일을 하면서 살 수 있는 것이 NGO의 매력이다. 공직자가 되는 것도 한 방법이다. 공직자는 국가가 정해준 예산을 가지고 잘 쓰는 일을 하는 사람들이다. 청렴하게, 공평하게 잘 쓰는 일을 하면 매출에 대한 부담을 느끼지 않아도 된다.

그러나 공무원도 NGO도 아닌 일반 회사는 수익 창출이 존립의 기반이다. 매출에 대한 부담을 느끼느냐, 아니냐에 따라 회사원과 공무원, 회사원과 NGO 활동가의 정체성은 달라진다. 선택은 각자의 몫이다.

>> 영업은 회사의 꽃

앞서 말했듯이, 직장인은 회사의 이익을 실현하는 사람을 말한다. 이왕 시작한 직장 생활이라면 회사의 이익에 기여하는 데 발벗고 나서보자.

우선 영업에 대한 부정적인 생각을 버리자. 영업이라면 뭔가 구차한 기분이 든다고 생각하는 사람들이 많다. 그러나 영업력은 회사의 핵심 능력이다. 영업력이란 있는 물건을 내다 파는 것만이 아니다. 영업력이 있는 사람은 새로운 시장을 개척하기도 한다. 영업력이 있는 사람은 생산 라인에 있어도 새로운 제품을 생산하고, 개선하는 것으로 영업에 기여한다. 에스키모인에게 냉장고를 팔 수 있는 것도 대단한 영업력이지만, 에스키모인에게도 쓸모가 있는 냉장고를 생각하고 만들어낼 수 있는 것도 영업력이다. 영업력만으로 버틸 수 있는 직업도 무수히 많다. 보험 판매원, 아줌마들로 흘러 넘치는 네트워크 판매업, 각종 세일즈들은 영업력이 관건이다.

또한 회사 임원이 되면 기획력, 관리 능력도 중요해지지만 영업력이 훨씬 더 절실해진다. 매출에 대한 압력은 절대적이다. 어떤 분야든, 전문가나 고위직이나 그들에 대한 최종 평가는 영업력이다. 영업력의 기반이 무엇인가는 차이가 나겠지만, 영업력의 중요성을 비켜 갈 수는 없는 것이다.

매출을 올리는 것은 밖으로 돌아다니는 영업 사원만 하는 일이 아니다. 안내 데스크의 여직원도 환한 웃음으로 고객의 만족도를 높임으로써 영업에 기여하며, 교환원도 질 높은 서비스로 영업을 지원한다. 지체 높은 CEO도 결국 영업 사원이다. CEO의 덕목과 이미지

관리에 대해서 그토록 많은 지침이 있는 이유도 다름아닌 CEO의 영업력을 높이기 위한 것이다. 회사 임원들, 간부들의 리더십과 관리능력 등에서도 핵심은 영업이다. 그래서 영업직은 회사의 꽃이다. 업무의 중앙본부이다.

〉〉수익 경력을 쌓자

여성들이 회사에서 중요한 사람이 되고 싶다면, 수익 경력을 쌓아야 한다. 한 회사에서 수익을 올려본 경험이 있는 사람은 다른 회사로 옮길 때도 큰 가산점과 부가가치를 인정받게 된다.

그런데 의외로 이런 수익 올리는 능력을 가진 사람들이 많지 않다. 수익을 올리는 것은 무에서 유를 창조하는 일이므로, 대단히 공격적이고 창의적이고 추진력이 있어야 한다. 광고직에 있었다고 해서, 마케팅 부서에 있었다고 해서 영업을 잘하는 것은 결코 아니다. 마케팅 부서에서도 밤낮 전략만 짜고 있는 이들이 많다. 수익의 창출은 무에서 유를 창조하는, 강력한 에너지를 필요로 하는 일이다. 이것은 어느 날 갑자기 훈련되는 능력이 아니다. 평상시에 조금씩 영업 마인드를 연습하고 준비해 두어야 기회가 왔을 때 빛을 낼 수 있을 것이다.

회사 입장에서 보면 유능한 영업 인력은 가장 필요한 인력이므로 돈을 많이 주더라도 수익 경력이 있는 사람을 뽑으려고 한다. 돈을 벌어 올 사람에게 월급을 좀더 주는 것은 가치 있는 투자라고 생각한다.

돈 버는 것은 남의 일이 아니라 내가 해야 할 가장 중요한 일이다.

나의 능력을 회사에 돈을 벌어주는 것으로 보여주자. 일터에서 성공하는 원칙 한 가지, 영업으로 당신의 능력을 보여라.

나를 강하게 하는 영업력

지금 내가 하고 있는 업무들, 언뜻 보기에 돈과 관계 없어 보이는 업무들도 영업 마인드로 접근하면 수익 창출에 기여할 방법을 찾을 수 있는 것이다. 이 계산을 분명히 하는 사람들이 프로가 될 수 있다. 진정한 프로란, 받은 것 이상으로 벌어다 주는 인력이다. 돈 버는 것은 남의 일이 아니라 내가 해야 할 가장 중요한 일이다.

6장 | 사소한 일에 목숨을 걸어라

작은 일 잘하는 사람이 큰 일도 잘한다

'사소한 일에 목숨 걸지 말라'는 말이 있다. 작은 나무에만 집착하지 말고 큰 숲을 보라는 뜻이다. 그러나 일을 배우는 단계에서는 '사소한 일도 큰 일처럼 중요하게 생각하는 습관을 들이라'고 말하고 싶다. 더 강조하자면, 일을 잘하려면 '사소한 일에 목숨 걸라'고 말하고 싶다.

회사 생활을 처음 시작하는 단계에서는 사소한 일들이 많이 떨어진다. 복사부터 식당 예약, 책상 위치 옮기기, 전화 받기 등 자잘한 일을 할 때가 많다. 그러나 이런 일을 중대한 의사결정이 아니라고 무시하거나 쉽게 생각하면 안 된다. 사소한 일이라고 해서 우습게 여기면 큰 일 돌아가는 데 지장을 주고 다른 사람들이 불편해질 뿐만 아니라, 그 일을 맡고 있는 사람의 이미지와 역량 평가에 부정적인 영향을 남기기 때문이다.

>>자기 일을 끝까지 책임지는 사람

팩스 심부름이든, 중대한 계약이든, 난이도의 차이가 있는 것이지 중요도의 차이가 있는 것은 아니다. 내가 해야 하는 일이라면 어떤 일이든 가장 중요하고 가장 큰 일이다. 최선을 다하는 사람이 가장 아름답다. 최선을 다하는 사람에게 사소한 일이란 없다.

철저하게 일 잘하는 사람 중에서 사소한 일이라고 실수를 남발하는 것을 본 일이 있는가? 아마 없을 것이다. 작은 일부터 철저히 챙기고 마무리하는 습관이 들지 않은 사람은 결코 유능해질 수가 없다. 한 가지 명심할 일은 일 잘하는 상사들은 거의 다 '꼼꼼하다'는 것이다. 업무를 훤하게 잘 알고 있기 때문에 사소한 실수도 정확하게 짚어내고, 사소한 문제도 흐트러지는 것을 민감하게 감지한다. 사소한 수준의 업무 수행 능력도 상사는 다 체크하고 있다.

아랫사람뿐 아니라 윗사람일 경우에도 사소한 것을 철저히 하는 능력은 중요한 리더십 덕목이다. 보고서를 받을 때 사소하지만 중요한 핵심 몇 가지를 짚어주면 리더십이 저절로 생겨나고, 실력 있는 상사라는 좋은 소문을 얻게 된다.

그러니 사소한 일부터 책임감을 가지고 최선을 다하라. 이것이 몸에 배면 사회 생활의 기초는 다져진 것이므로, 처음부터 잘 훈련해 두는 것이 좋다. 나중에 높은 직위에 올라서 이런 습관이 들어 있지 않으면, 아주 큰 건에서 결정적인 실수를 하게 된다. 높은 자리에서는 팩스 문서 전송이 안 된 수준의 실수가 아니라, 엄청난 손실로 연결되는 실수가 발생할 수가 있다.

중요한 것은 회사에서 어떤 자리에 있든, 일을 책임지는 사람이 되어야 한다는 것이다. "저 사람한테 시킨 일은 잊어버려도 돼. 문제가 생기면 즉각 보고가 올 것이고, 보고가 없으면 책임지고 마무리하고 있는 거야." 우리는 이런 수준의 신뢰를 얻는 것을 직장 생활에서의 목표로 삼아야 한다.

사실 사소한 일, 궂은 일은 사람 사는 동네면 어디서나 따라다닌다. 비유하자면, 잘해도 빛은 나지 않지만 꼭 해야 하는 가사노동 같은 일거리들이다. 이런 일들은 대개 '막내'들에게 주어지는데, 검사, 판사도, 대학교수, 국회의원도 막내의 위치에 있으면 이런 일들을 처리해야 하는 상황에 처한다. 세상사를 자세히 들여다보면 사소한 일, 궂은 일이 모여서 큰 일을 이룬다는 것을 알게 될 것이다.

>> 사소하지만 사소하지 않은 9가지

1. 팩스 보내기

팩스 문서를 보내는 일은 결코 쉽지 않은 일이다. 용지 부족, 기기 고장, 수신자 부재, 수신처 통화 중 등 너무나도 많은 실패 가능성이 있다. 무사히 상대편 수중에 문서가 들어가게 하고, 그 일의 완료를 확인하고 보고하는 것까지가 팩스 송신 업무이다.

팩스 송신을 부탁해놓았다가 제대로 마무리되지 않아서 곤란을 겪었던 적이 여러 번 있었다. 공부도 많이 하고, 전문직을 추구하는 사람들일수록 단순한 일을 하찮게 여기기 쉽지만, 단순한 기능이 제대로 수행되지 않으면 큰 불편이 생겨난다는 것을 명심하라.

2. 전화 받기

많은 업무가 전화로 이루어진다. 전화 목소리로도 사람의 성품과 전문성과 사회 경력을 감지할 수 있다. 그러므로 정확하게, 친절하게, 너무 어려 보이지 않게 전화를 받는 습관을 기르자.

전화를 받으면 먼저 인사하는 것부터 실천해보자. 참 사소한 것인데 훈련되어 있지 않은 사람이 많다. 짧은 시간에 자신에 대한 좋은 이미지를 전해줄 수 있는 아주 좋은 기회가 '전화 받는 시간' 이다.

다른 사람에게 전화 메시지를 전달할 때도 정확히 하자. 메모한 후 확인해서 부재중 업무에 지장이 없도록 해주자.

3. 오자 검토

보고서를 받았는데 결정적인 부분에 오자가 있으면, 보고서 전체의 신뢰도가 떨어진다. 메일을 받았을 때 내용은 구구절절 다 좋은데, 오자가 있으면 역시 신뢰도가 떨어진다.

의외로 오자를 검토하고 서류를 내는 사람이 많지 않다. 예산서에서 0자 하나를 더 붙여 자릿수 하나가 차이 나게 만드는 경우도 봤다. 사람 이름, 책 제목, 회사명 등 오자에는 성역이 없다. 오자 검토를 생활화하자.

4. 문서 작성의 기술

문서를 작성하고 나면, 오자를 검토하는 것과 함께 편집에도 신경쓰자. 한글문서 10포인트 바탕체로 작성된 평범한 문서와 약간의 편집이 더해진 문서는 일단 가독성에서 차이가 난다. 또 편집을 하면

성의 있어 보이는 느낌을 준다.

문서를 볼 사람을 생각하고, 작은 것 하나에도 정성을 들이는 자세, 그것은 단순히 형식이나 테크닉만의 문제가 아니다.

5. 보고하기

지시받은 일이 있으면, 묻기 전에 보고하는 것이 상식이다. 지시한 사람이 확인하지 않을 수도 있다. 그렇다고 지시한 것을 잊어버리지는 않는다.

한번 지시해놓으면 믿고 맡길 수 있다고 신뢰를 받는 사람들은 적절한 순간에 보고하는 습관이 몸에 배어 있다. 반면에 보고할 사항과 알아서 할 사항이 분간이 안 되는 사람들이 있다. 보고라는 것은 상사의 책임 아래 있음을 확인하는 것이므로, 진행자의 입장에서는 보험을 들어 두는 것과도 같다. 그리고 평상시 묻기 전에 보고하는 습관을 가지면, 상사의 신뢰를 얻게 된다.

6. 메모 습관

전화기 옆에 메모 수첩을 두자. 그리고 '오전 10시 25분, 김수진 과장, 방문할 때 자료를 준비해줄 것' 등의 전화통화 내용을 간단히 기록한다. 이 기록이 쭉 쌓이면 하루 일과를 검토하는 업무일지를 대신할 수 있다.

상사나 후배와 업무 지시를 주고받을 때도 핵심어만 기록해 둔다. 이런 메모 수첩을 잘 관리하면 '빼놓고 안 한다' 든지, '까먹는다' 든지, '마감 날짜를 혼동한다' 든지 하는 일은 생겨나지 않는다.

회의를 할 때도 회의 내용을 되도록 자세히 기록해놓으면, 요긴한 자료가 될 수 있다. 뼈대만 기록하는 것이 아니라, 되도록 자세하게 그런 말이 나온 맥락까지도 자세히 적어 두는 것이 좋다.

혹시 시비를 가릴 일이 생겼을 때, 사소한 기록이 모인 메모 노트는 대단히 강력한 효과를 발휘한다. 법정 시비가 벌어졌을 때도, 메모 노트는 자기를 변호해줄 자료로 쓰일 수 있다.

7. 사후 관리

주요 업무만큼이나 중요한 것이 사후 관리다. 개인 생활에서나 사회 생활에서나, 행사나 일이 끝나고 난 다음에는 감사의 뜻을 전하자. 물론 간단하지만 하기 힘든 일이다.

행사 이후에 감사 편지를 보내는 습관을 갖자. 행사 사진이 있다면, 함께 동봉하자. 온라인이건 오프라인이건, 일이 끝나고 나서 잊어버릴 시점에 감사의 편지와 사진을 받으면 그 행사에 대한 기억이 오래도록 남는다.

회사에서 누군가와 다투거나, 업무상 갈등 상황에 처했을 때, 본의 아니게 소리를 질러야 했을 때의 사후 관리는 더욱 중요하다. 거칠어진 감정을 어루만져 노기를 없애는 작업이다. 사후 관리가 잘되면 그 다음 일을 하기가 쉬워진다.

8. 확인 또 확인

위에서 예로 든 많은 일들은, 따지고 보면 '확인하지 않는' 데서 발생한다. 확실한 것 같아도 확인하고, 또 확인하자. 수많은 경우의

수를 통제할 수 있는 방법은 확인하는 것밖에 없다.

회의실을 예약했다, 식당을 예약했다, 서류를 전달했다, 메일을 보냈다 할 때도 반드시 확인하자. 별다른 예외가 없을 것 같을 때도, 확인해보면 반드시 복병이 튀어나온다. 이런 불확실성을 통제할 수 있는 것도 능력에 포함된다. 그 능력을 키우는 방법은 사소한 것을 철저히 하는 것이다. 확인, 또 확인하는 것이다.

일할 때는 마지막 순간까지 무슨 일이 생길지 모른다. 일이 완전히 끝나 상대편의 영역으로 들어가는 마지막 그 순간을 확인하자. 이렇게 일하는 사람들은 조직에서 매우 큰 신뢰를 얻게 된다.

9. 결과로 말하라

어떤 사람은 지시받은 사항을 '시도했다'는 것만으로도 지시를 이행했다고 생각한다. "했어요?" 하고 물으면 "전화했거든요. 세 번이나 통화하고 말했습니다." "전달했습니다."라고 대답하고 그것으로 자기 책임이 끝났다고 생각한다.

그러나 중요한 것은 전화를 걸었다는 사실이 아니다. 전달했다는 사실도 아니다. 그 전화를 한 후 기대했던 성과를 얻었느냐가 문제다. 시도했다는 것으로 책임을 다했다고 생각하지 말라. 업무는 결과로 말하는 것이다.

유능한 사람은 꼼꼼하다

작은 일부터 철저히 챙기고 마무리하는 습관이 들지 않은 사람은
결코 유능해질 수가 없다. 일 잘하는 상사들은 거의 다 '꼼꼼하다'
는 것을 명심하라. 업무를 훤하게 잘 알고 있기 때문에 사소한 실
수도 정확하게 짚어내고, 사소한 문제도 흐트러지는 것을 민감하
게 감지한다.
사소한 일부터 책임감을 가지고 최선을 다하라. 세상에 '사소한'
일이란 없다.

7장 | "네가 '갑' 이다. 정신 차려라"

여성이 알아야 할 협상의 법칙

한 대졸 신입 사원이 인쇄를 맡기기 위해 전화를 하고 있다.

"아, 그런 거예요? 그런 건 잘 모르거든요. 전부 다 해주시면 안 될까요?"

고양이한테 생선을 맡길 일이다. '잘 모른다' 는 순진한 고백은 무 엇이며, '알아서 해달라' 는 부탁은 또 뭔가? 옆에 있던 선배가 충고 를 한다.

"네가 '갑' 이다. 정신 차려라."

>> 겸손도 지나치면 병이다

사람은 혼자 사는 것이 아니므로 언제 어디서나 다른 사람과 의견 을 조정하는 절차를 거쳐야 한다. 또한 사람은 누구나 의견이 다르 므로 협상의 절차를 거쳐서 차이를 조율해 나가야 한다. 일상 생활 의 사소한 일에서부터 수천억 원대의 커다란 계약에 이르기까지 사 람 사는 일은 크고 작은 협상의 연속이다. 협상에 임할 때는 너무 자기를 내세우는 것도 좋지 않으며, 반대로 지나치게 자기를 깎아내리고 위축된 자세를 보이는 것도 고쳐야 할 일이다.

일반적으로 '겸손하라'고 교육받은 여자들은 스스로 아는 것만큼도 표현하지 못하고 살기 쉽다. 그러나 웬만큼 알아도 '잘 몰라요'라고 말하는 것은 비즈니스 세계에서는 상당히 위험한 겸양이 될 수 있다. 겸손도 지나치면 병이다. 협상 테이블에서는 상대방을 불편하게 하지 않으면서도 적절하게 주도적인 위치에 서는 감각이 필요하다.

언젠가 후배 회사와 우리 회사가 한 팀이 되어 계약을 하러 나간 일이 있었다. 당시 계약서 상에 우리는 '을'이었지만, 우월적 을의 입장에 서 있었다. 그런데 계약서에 도장을 찍기 직전, 우리 팀에서 분란이 일어났다. 갑자기 우리 후배가 도장 뚜껑을 열던 손을 멈추더니, 떨리는 목소리로 "아무래도 안 되겠어요. 몇 가지 사항에 대해 정확하게 짚고 나서야 도장을 찍을 수가 있겠어요."라고 하는 것이었다. 이건 또 웬 폭탄인가. 하지만 일단 터진 폭탄은 수습이 불가능했다.

"그건 우리끼리 할 이야기니까 그만해라." 하고 저지하는데도 후배는 상대편을 걱정하면서 계속해 나갔다. 도대체 누구 편인지 모를 정도로 상대를 걱정하는 말만 골라 하고 있었다. 그러지 않아도 돈을 주면서도 '우월적 을'을 받아들여야 하는 것 때문에 억울했던 '갑'은 후배의 말마다 맞장구치면서 대화를 이어 나갔다. "그렇다면 이걸 해야 되겠네요." "그런 점을 피하기 위해서는 이런 걸 명시해야겠군요." "이런 보고서를 작성해주시면 도움이 되겠네요." 등등. 점점 우리 쪽은 불리해지고만 있었다.

무엇을 얻었겠는가? 이 쪽에서 말을 하면 할수록 우리의 주도권은 슬금슬금 무너져 내렸다. 우리한테 부탁하고 감사해하던 상대방은 갑자기 의무 조항들을 마구 만들어내면서 갑의 실력 행사를 했다. 결국 우리는 을의 의무 조항을 만들고 그 계약을 끝내야 했다.

물론, 그 후배는 정말 착한 사람이다. 늘 남에게 폐가 되지 않을까 걱정하고, 항상 남에게 감사하고, 책임을 다하기 위해 애를 쓰면서 산다. 그날도 이 후배는 착한 마음씨로 상대를 걱정했고, 일이 정확히 진행되지 않을 것을 걱정해서 그런 말들을 한 것이다. 상대방에게 필요한 것이라면 우리가 당연히 해야 한다는 속 깊은 배려였을 수도 있다.

계약서 사건 이후에도 그 후배는 그날 현장에서 무슨 일이 있었는지를 정확하게 파악하지 못하고 있었다. 내가 상대방의 월권에 대하여 불쾌해하고 있는 그 상황에서도 후배의 고운 마음씨는 한결같았다. "전 그 분이 세세한 것까지 잘 챙겨주시는구나. 참 고맙다고 생각했어요. 정말 관심이 많으시다고 생각했어요." 그러나, 이 사슴같이 선한 마음씨가 통하는 세상이라면 얼마나 좋을까?

상대에 대한 배려가 지나쳐서 자기가 불리해지는 것도 마다하지 않는 이타적인 마음은 언제 봐도 감동적이다. 그런데 현장에서는 이런 착한 마음이 정글의 법칙에 따라 얼마든지 이용당할 수 있다는 것을 알아야 한다.

〉〉"저는 잘 모르거든요."

어느 교수님과 미팅을 할 때였다. 그 교수님과는 친분도 있고, 또 신뢰가 두터운 편이라 공적으로나 사적으로 교감을 즐기는 편이다. 그래도 그렇지, 난 그 편한 기분 때문에 '모른다'는 것을 내보이는 실수를 했다가 함께 자리했던 나의 파트너에게 무척 혼이 난 일이 있었다.

나는 그때 여성 경영자들을 위한 효과적인 경영학 교육 코스를 기획하고 있었다. 최고의 효과적인 강사를 구하겠다는 일념이 강했던 터라, 좋은 자문을 해줄 만한 사람이라면 어디든 찾아갔다. 그 교수님도 실력이나 인품이나 모든 면에서 최상급의 사람이었으므로 당연히 자문을 구했다. 그런데 자문을 구하는 방식에서 난 나의 무지를 전제로 이야기를 풀어가려는 습관이 있다는 것을 알게 됐다.

"여성 경영자들이 이제 막 생겨나기 시작하지만, 경영학적인 기초가 없어서 고생을 많이 합니다. 특히 재정 부분이 취약해서 이를 효과적으로 보충할 방법을 찾고 있어요. 사실 저도 잘 모르거든요. 다른 건 많이 해봤지만 치밀하게 재정 분야의 전략을 세우는 것은 배울 기회가 없었어요. 어깨 너머로 배워서 되는 일도 아닌 것 같아요."

나의 이 '겸손한' 대화의 목적은 좋은 강사, 좋은 프로그램 운영과 관련된 참신한 아이디어의 수집에 있었다. 나는 나의 목적에 집중한 나머지 내가 매우 어리석은 방식으로 접근하고 있다는 것을 알아차리지 못했다. 직접 아이디어를 구하는 단계로 가도 좋았을 것을 전초전이 너무 길었고, '저도 잘 모르거든요'를 남발하는 어리석음을 보이고 만 것이다. 사실 전문가로 알려진 사람이 '저는 잘 모르거든요' 하고 나올 때 상대는 이야기할 의욕이 싹 사라진다. '내가 왜 모르는 사람과 이야기해야 하나?' 하는 생각이 들기 때문이다.

어떤 상황에서나 '모르는데요' 라는 것은 한풀 죽고 들어가는 일이다. 같은 말이라도 표현을 다르게 할 수 있지 않을까? "모르는데요." 대신 "그건 나의 전공 분야가 아니다." 또는 "난 그 분야 전문가는 아니다."라고 말하는 편이 훨씬 자기를 깎아내리지 않는 말이다.

무역을 하는 사람들 사이에는 자기 물건을 '싼 물건' 이라고 표현하지 않는 관례가 있다고 한다. 일례로 1달러짜리 옷을 사고팔 때에도 파는 쪽은 자기 물건을 "싸다(cheap)."고 말하는 대신 "비싸지 않다(inexpensive)." "굉장히 싸다."가 아니라 "환상적인 가격이다(It's great price)."라고 말한다.

저렴한 물건을 파는 협상에서도 자기 물건의 상품성을 높이는 언어를 사용하고 있는데, 하물며 사람들이 자기를 깎아내리지 않는 것은 얼마나 중요한가? 모른다고 말하고 싶을 때, 잠깐 멈추고 다시 생각해보자. 난 정말 그렇게 모르는가? 외부에 공표할 만큼 모르는가? 사실 모른다고 말할 정도면 이미 상당히 알고 있는 사람이다. 또 당신보다 더 모르는 사람들이 수두룩하다. 그들의 무지는 자기가 아는지 모르는지를 분간하지 못할 수준이다. 단지 자신의 무지를 공개하지 않는 차이가 있을 뿐이다.

〉〉 '자존심 싸움' 은 금물

이렇게 여자들의 결벽증과 양심 과잉은 늘 '모른다' 고 말하는 자기 비하적 습관을 만들어낸 공이 크다. 이 습관이 협상 테이블로 연결되면, 겸손이 아니라 주도권 상실로 나타난다. 주도권을 상실하면 신나게 일할 수 없으므로 결과도 좋을 수가 없다.

그러므로 '충만한' 자신감으로 협상에 임하자. 협상 테이블에 나가기 전에 자기가 왜 그 자리에 나가는지, 무엇을 얻어야 하는지 목표를 정리해서 머릿속에 넣고 나가자. 또 협상을 할 때는 양보할 수 있는 폭을 미리 정해 두자. 1차, 2차, 마지노 선을 정해놓고, 물러나야 할 경우를 대비해 두자. 최악의 경우 마지노 선에서 타협되더라도 치명적인 손실이 없도록 손익에 대한 그림을 그려 두는 것이다. 평상시 업무나 대인관계를 협상이라는 개념으로 보기 시작하면 좀 더 신중하고 조심스러운 자세를 갖게 될 것이다. 자주 이런 기회를 만들면서 조금씩 능숙한 협상가로 성장하고 있는 자신의 모습을 지켜보자.

또 한 가지, 협상의 목적은 좋은 인상을 남기면서 실익을 확보하는 것이다. 자존심보다는 실익을 선택해야 한다는 것을 잊지 말자. 언젠가 한 번 쓴 계약서를 다시 쓸 일이 있었다. 새로 작성된 계약서에 '벌금' 조항이 들어가 있었는데, 그것을 보면서 기분이 나빠졌다. '그렇지 않아도 힘들지만 열심히 하는 건데, 거기다 벌금까지 걸어놓다니.' 이에 대해 선배 한 분이 타일렀다. "중요한 건 네가 기분 나쁘다는 게 아니야. 실익을 생각해야지. 다른 건 다 수용하고, 그 벌금 조항만 빼자고 그래. 그게 제일 중요한 거야." 그 말을 듣고 맞다고 생각했지만, 결국 벌금 조항을 없애지는 못했다. '말하기 싫고, 구차하고' 등등의 이유였다.

협상에 임하는 가장 바람직하지 못한 경우가 바로 이런 경우다. 공연히 기분 나빠하고 실익은 챙기지도 못하고 시간만 버렸으니 말이다. 이때의 못난 협상을 거울삼아, 다음부터는 '기분보다는 실익을' 하는 말을 주문처럼 외고 산다.

인생은 협상의 연속

'겸손하라'고 교육받은 여자들은 스스로 아는 것만큼도 표현하지 못하고 살기 쉽다. 그러나 웬만큼 알아도 "잘 몰라요."라고 말하는 것은 비즈니스 세계에서는 상당히 위험한 겸양이 될 수 있다. 겸손도 지나치면 병이다. 그리고 인생은 협상의 연속이다. 협상 테이블에서는 상대방을 불편하게 하지 않으면서도 적절하게 주도적인 위치에 서는 감각이 필요하다.

8장 | 여성은 임원이 되기 힘들다고?

우리 시대의 멘토, LG CNS 이숙영 상무

"자기 일을 해내는 것은 여자들이 남자들보다 월등합니다. 그러나 임원이 되면 자기 일만 하는 것이 아니라, 다른 부서와 협력 체계로 일을 해야 합니다. 많은 사람을 만나면서 협조를 얻어내는 것이 핵심 업무 중 하나죠. 여자들은 그게 치명적으로 약해요. 지금처럼 남성 중심적인 풍토라면, 대기업에서 여자가 임원이 되기란 현실적으로 불가능하다고 봅니다."

여자들은 네트워크가 약해서 리더가 될 수 없다고 자신하는 대기업 인사 담당 부장의 말이다. 그의 논리는 분명하고 그럴듯한 것 같았다. 그때 나는 부끄럽게도 "맞아요, 그래요."라며 공감을 했었다. 이 세상이 너무 남자 중심적인 풍토여서 여자들이 리더가 되기가 절망적일 만큼 불가능하다고 생각했던 것이다. 특히 조직력이 가장 탄탄한 대기업에서 여자가 임원이 되기란 더욱 불가능하다고 생각했다.

지금 생각하면 그때 내가 그런 반여성적인 주장에 공감했던 것이 후회스럽고 부끄럽다. 그때 나는 조직과 여성이라는 것이 서로 조화를 이루기 힘들 것이라는 생각에 차 있었다. 그러나 다행스럽게도 내 주변에는 훌륭한 여성의 사례들이 있어서 나의 잘못된 판단을 깨우쳐주고, 여성의 가능성을 확신하게 해주었다. LG CNS의 이숙영 상무, 그가 바로 그런 훌륭한 여성의 사례다.

〉〉최연소 임원이 되다

LG그룹은 비교적 여성 임원이 많은 기업이다. 특히 LG CNS는 여성 친화적 기업으로 선정되어 여성부로부터 상을 받은 적도 있다. 여직원 비율도 23%(2002년 현재)나 된다. 구본무 회장이 LG 내의 여성 임원들을 따로 만나서 여성 임원의 중요성과 여성 인력 양성에 대한 관심을 표명하기도 했을 정도이다.

2001년 이숙영 상무는 LG그룹의 여성에 대한 각별한 관심과 함께 특별 승진을 하여 주목을 받았다. LG의 인사 체계는 부장, 수석, 상무로 이어진다. 부장에서 수석으로 올라가도 파격인데, 수석을 생략하고 상무로 올라간 것은 창사 이래 최고의 파격적인 인사였다. 최고 경영자의 결단이 이런 기적과 파격을 가능하게 했다.

최연소 임원, 최초의 여성 임원 등 눈부시게 명예롭고, 한편으로는 숨막히게 긴장되는 기록의 주인공이 된 이숙영 상무를 만날 기회가 있었다. 대기업의 상무 자리에 오른 사람이라면 삭막할지도 모르겠다는 생각을 하는 이도 있겠지만, 이숙영 상무는 소탈한 분위기로 신뢰감을 주었다.

나와는 동갑인 그와 점심을 먹으려고 마주앉았다. 그때 나는 지레

짐작인지 모르지만 그와 좋은 친구가 될 수 있을 것이라는 직감을 가졌다. 나이에 비해 무거운 직함을 달아야 했던 여자로서의 애틋함 같은 것이 느껴져서 그에게 물었다. "직함이 무겁다는 생각이 들지요?" 소탈한 인상의 그녀는 빙그레 웃었다.

>> 오로지 업무로 승부한다

여자의 승진은 원래 남자보다 늦은 것이 보통이다. 여자들은 입사 동기인 남자들을 상사로 모시는 데 익숙하다. 호봉이 적은 것도, 후배 상사를 모시는 것도 적응해야만 하는 일이다. 여성계의 대표격인 한국일보 장명수 사장마저도 처음엔 동기가 상사가 되더니, 나중에는 후배를 상사로 모시게 되었다고 말할 정도니까.

이런 정상적인 흐름을 완전히 거슬러 임원이 된 여자의 조직 적응은 어땠을까? 여자, 최연소라는 악조건을 가지고 있었던 이숙영 상무는 어떻게 조직 적응에 성공했을까? 그의 핵심 키워드는 바로 업무로 말한다는 것이다.

"임원이 되어서 와보니, 부장 6명이 다 저보다 나이가 많았습니다. 한 명씩 다 불렀죠. 오직 업무를 중심으로 호흡을 맞추어 일을 해나갈 수 있겠는가를 물었어요. 나이가 어리다거나, 여자라거나 하는 등의 이유를 달지 않고 일을 해나갈 수 있겠는지 확인한 것이죠. 다들 좋다고 그 자리에서 대답했는데, 그중 한 사람이 대답은 안 하고 시간을 좀 달라고 했어요. 시간이 얼마나 필요하겠느냐고 물었죠. 1주일만 달라고 하더군요. 그러자고 했지요. 1주일 후에 다시 찾아와서는 할 수 있겠다고 말했습니다. 그 후로는 저를 더 잘 도와주고 있어요."

나중에 따로 들은 바에 따르면 LG그룹 내의 보수적인 남자들에게 이숙영 상무의 발탁은 그야말로 충격이었다고 한다. 부하였던 여자 부장이 어느 날 자기 상관이 되는 현실을 받아들이기란 쉽지 않았으리라. 그 소용돌이 속에서 파격 인사의 주인공 이숙영 상무가 임원으로 자리잡아 가는 과정은 보이지 않는 긴장과 싸움의 연속이었을 것이다.

"다른 것은 보지 않고 업무에 충실했어요. 전체 구도 속에서 업무를 조정하면서 이끌어 가는 모습을 보이는 거예요. 일로써 부하들을 끌어안으면서 갔다고 할까요? 차츰차츰 따라오는 것이 느껴졌어요. 저를 믿고 따르면, 일이 더 잘 돌아가고 좋은 결과가 나오는 것을 경험하게 되면서 점차 나아지는 겁니다."

업무 중심주의란 여자들의 조직 처세에서 가장 합리적인 방식인 것 같다. 업무란 상대적으로 중립적, 중성적일 수 있는 유일한 영역이다. 나이, 성별에서 비교적 자유로울 수 있는 분야이기도 하다. 그런 점에서 여자들은 무엇보다 업무로 승부하는 것이 효과적이다. 업무로 승부할 수 있는 자리를 잘 선택하는 것도 좋은 노하우다.

〉〉네트워크? 여자라서 더 건강하다

이숙영 상무는 여자들이 네트워크가 약해서 임원으로서 자질이 부족하다는 주장에 대해서, 꼭 그렇지는 않다고 자신 있게 말한다.

"그럴 때 말하는 네트워크라는 것이 술 마시고, 비공식적으로 흥정하는 것을 말한다면 그런 조직은 문제가 있다고 봐야죠. 중요한 결정들이 합리적인 업무 라인에서 일어나지 않고, 술자리 접대에서 해결되어야 한다면 조직이 건강하지 못하다는 얘기겠죠. 그런 조직을 기준으로 해서 여자들이 그것을 잘 못하므로 임원이 될 수 없다는 것은 억지입니다. 만약 술자리 접대가 필수적인 업무로 요구된다면 제가 한계를 느끼겠죠. 그러나 합리적인 조직 속에서라면 큰 문제가 될 것이 없다고 봐요.

업무에 도움이 되는, 업무로 연결된 협조적인 네트워크는 여자들도 얼마든지 잘 만들어요. 오히려 진실하고 정직하게 협조하는 시스템을 만들어 나가면 더 건강한 네트워크를 만들 수 있다고 생각해요."

그녀는 대기업의 임원 역할도 여성이기 때문에 훨씬 더 유리하다고 말한다. 사람들이 말하는 꼼꼼함, 정직함, 도덕성이라는 자질 때문에 사람들이 더 신뢰한다는 것이다.

"여자들은 얼렁뚱땅하면서 대충대충 넘어가지 못하죠. 융통성이 없다고 말할 수도 있지만, 그만큼 정확하다고 할 수 있어요. 좀 답답하다고 할 수도 있겠지만, 정도(正道)와 합리성을 추구하는 사람들에게는 이런 정확성이 오히려 큰 장점입니다. 점점 사회 분위기가 이런 쪽으로 향해 가고 있기 때문에 여성들의 이런 자질이 앞으로 큰 자산이라고 봐요. 여자가 임원이라거나, 여자가 책임자라고 말하면 상대방이 더 안심하고 믿어준다는 것을 느끼기도 하지요. 신뢰받을 수 있다는 것은 여성의 큰 장점이라고 봐요."

난 이숙영 상무가 '명예 남성' 스타일이 아니라서 얼마나 다행스럽고 고마웠는지 모른다. 이만한 위치에 있는 여자, LG그룹 여성 임원이라는 여자가 '여자들은 이런 약점이 있어. 고쳐야 해. 이런 것은 배워야 해.' 하며 남성 조직에 남성적인 방식으로 순응할 것을 권하고 있다면, 그 일을 또 어떻게 할 것인가?

>> 역할 모델의 힘

이숙영 상무는 또한 새로운 차원에서 여성 간의 교류를 강조했다. 그는 '20년 전에 자신이 어려움을 겪었던 문제들을 지금의 후배들이 똑같이 고민하고 있는 것을 보면서 여성 간의 협조와 교류가 필요하다'고 절감했다고 한다. 여자의 사회 진출 자체도 결코 쉽지 않았던 시절에 직장 생활을 시작했을 때, 그는 늘 혼자였던 기억이 있다. 의논할 사람도, 힘이 되어 줄 동지도 만나기 힘들어서 혼자서 끙끙댔던 기억, 그것은 후배들에게는 결코 물려주고 싶지 않은 기억이었다.

그러나 그는 최근 여직원 모임에 나가서 만난 여자 후배들이 20년 전 자신이 겪었던 문제로 똑같이 고민하고 있다는 것을 알게 됐다. 그동안 많은 발전이 있었고, 이제 여성들의 직장 생활도 자신의 외로웠던 기억보다는 한층 더 나아졌으리라 막연히 생각했던 것과는 딴판이었다. 그리하여 그는 어떤 식으로든 후배들에게 힘을 줄 수 있는 선배 역할을 해야겠다는 생각을 진지하게 하고 있다. 여성부의 사이버 멘토링 사업에서 멘토로 활약하는 것도 그런 맥락이다. 그는 현재 다른 대기업에서 직장 내의 적응과 성공에 대해 고민 중인 멘티와 짝을 이뤄 상담과 조언을 해주는 멘토 역할을 하고 있다.

여성부 포털 사이트인 위민넷(www.women-net.net)에서는 대기업 과장급 여성 5명을 불러 좌담회를 한 적이 있었다. 대기업의 대표 주자인 삼성, 현대, LG, 대우와 언론사에서 해당 연차의 여성들이 참석했는데, 다른 기업의 여성들은 자기 위에 여자 상사가 없어서 의논할 곳도 없고, 어디까지 어떻게 가야 할지 막막하다는 이야기를 했다. 이에 비해 LG 직원은 여성으로서 어려움과 불리한 점에 대해서는 공감을 하면서도 여성 상무가 있다는 데에서 안도감과 힘을 느낄 수 있다고 말했다.

"여성 상무가 나온 다음부터는 여직원 회의 분위기가 달라졌어요. 옛날에는 여직원들이 '과장 정도까지 하면 되지' 하고 생각하다가 과장까지 오면 '그만두어야 하나 말아야 하나' 하는 고민을 많이 했어요. 그런데 이제 여성 상무가 실제로 있으니까 '나도 포기하지 말고 저기까지 가야지' 하고 자기 커리어를 길게 잡게 됩니다."

바로 이런 효과가 역할 모델이 있는 데서 오는 힘이 아닐까?

실력, 가장 합리적인 성공 방식

업무 중심주의란 여자들의 조직 처세에서 가장 합리적인 방식인 것 같다. 업무란 상대적으로 중립적, 중성적일 수 있는 유일한 영역이다. 나이, 성별에서 비교적 자유로울 수 있는 분야이기도 하다. 그런 점에서 여자들은 업무로 승부하는 것이 가장 효과적이다. 또한 업무로 승부할 수 있는 자리를 잘 골라서 선택하는 것도 좋은 노하우다.

〉〉〉 **직장** 생활을 하면 할수록 여자와 남자는 참 다르다는 생각을 하게 된다. 비슷한 얘기를 하는데, 방식도 다르고 받아들이는 것도 다르고 대처하는 방식도 다르다. 그래도 모든 사회 생활은 남자의 것을 기준으로 삼고 있어서, 남녀의 차이란 실상 여자의 '모자람'으로 해석되고 있다. 여성의 입장에서는 여성의 특성을 모자람으로 단정하는 논리에 동의할 수가 없다. 여성적 가치에 대한 자부심과 우월성을 알고 있기에 말이다.

남녀의 차이는 《화성에서 온 남자, 금성에서 온 여자》,《말을 듣지 않는 남자, 지도를 읽지 못하는 여자》에서 설명되면서 양자간의 소통 방법이 권장되고 있지만, 우리나라 실정에는 아직까지 여자들의 적응력 쪽을 강조해야 한다는 생각이다. 지금은 화성에서 금성여자가 적응하는 법, 지도 못 읽는 여자가 말을 듣지 않는 남자를 설득하는 방법 찾기가 우선시 되어야 하는 시점이니까.

여자들의 적응력을 강조하는 이유는 보다 큰 자유를 위해서라고 말하고 싶다. 자유롭기 위해서 여자들은 더 강하고 유능해져야 하며, 그러기 위해서는 사회 생활 현장의 지리와 생태를 더 잘 알아 두어야 할 것이다. 3부에서는 여자들의 '조직 적응' 문제에 대해 폭넓게 다뤄보았다.

3부 - 자유롭기 위해
조직에 적응하라 〉〉〉

1장 | 여자는 왜 조직 적응력이 약할까?

경기장의 규칙을 학습하라

조직 적응의 1차적 요건은 '성실과 끈기' 다. 우선 참는 것이다. 많이 들어봤겠지만 조직 생활은 '남성의 세계', '남성의 규칙' 으로 움직인다. 여자들이 익숙하지 않은 규칙에 몸을 맞추려면 어렵고, 고통스럽고, 외롭고, 서럽다. 그렇기 때문에 여자들의 조직 적응에는 남성보다 더 성실과 끈기가 필요한 것이다. 실제로 조직 생활 20년 쯤 된 여자들의 조직 적응 성공기에는 산전수전, 공중전까지 겪은 많고 많은 이야기들이 들어 있다.

조직 생활 잘한 여성들의 화려한 스토리를 관통하는 것 중 한 가지는 '인내심' 이다. 평소에는 겸손하게 참고 기다리다가, 결정적인 순간 자기에게 힘이 있을 때 자신을 주장하고 표현하는 것이다. 두 번째로 중요한 것은 여성으로서의 비전과 자신감이다. 무조건 참는 것만으로는 만족할 수 없다. 남자들의 세계에서 무지해서 당하고, 몰라서 손해 보는 일을 피하기 위해서는 게임의 규칙을 알아야 한다.

우리가 그 세계에 순응하려는 이유는 보다 큰 세계로, 보다 멋진 세계로 들어서기 위한 것이다. 남자들의 조직에서 잘 살아남은 여자들도 기성 조직의 규칙이 여성들과는 잘 맞지 않는다는 것을 잘 알고 있다. 또 여자들의 방식이 훨씬 더 아름답고 우월한 가치가 있다는 자신감도 있다. 궁극적으로 여성으로서의 자신감, 비전을 말하는 것이 내가 이 글을 쓰는 목적이기도 하다. 그러나 그 목적을 말하기에 앞서 우리의 지상 명제는 '살아남아야 한다' 는 것이다. 살아남아서 승자의 위치에서 여성의 자신감을 말할 때, 설득력이 있을 것이다.

때로는 독자 여러분에게 여성으로서 달콤하지 않거나, 썩 기분 좋지 않은 얘기를 꺼낼지도 모르겠다. 그러나 이는 나 자신을 향한 채찍이기도 하다. 더 중요한 가치와 미래의 방향 설정을 위한 여성 자신의 전략으로서 받아들여 주기를 바란다.

〉〉 '조직인' 이라는 낯선 이름

취직이 되어 직장 생활을 시작했다고 하자. 지금부터 당신은 조직인이라는 새로운 신분을 하나 더 갖게 되었다. 조직인? 낯선 이름이다. 적어도 여자들의 교육 과정에 조직인이라는 이름은 없었다. 그런데 초등학교 다니는 우리 아이들만 봐도 무시할 수 없는 남녀 차이가 생긴다. 아들은 좀 내성적이고 마음도 약한 아이인데, 친구들과 '조직' 을 형성하며 논다. 아들의 조직은 '조직원은 별명이 있어야 한다' 는 가입 자격을 기준으로 하며, 현재 조직원이 다섯 명이다. 조직원의 혜택은 준비물을 안 가져갔을 때 안심하고 도움을 받을 수 있다는 것이다.

반면 활달하고 씩씩한 딸아이는 세 명이 짝꿍이 되어서 저희들끼리만 논다. 조직은 누구든지 가입 조건만 되면 가입할 수 있고 계속 세를 불려 나가지만, 짝꿍은 더 이상 회원을 받지 않으며 배타적이고 비조직적이다. 딸아이는 짝꿍과 모여서 매일 매일 소곤거리면서 역할 바꾸기를 하며 소꿉장난에 열중한다.

나의 어린 시절을 생각해 보아도 그랬다. 나도 굉장히 활달한 성격의 여자아이였다. 남자아이들한테 맞고만 있지 않았고, 여자친구를 혼내는 남자아이들이 있으면 쫓아가서 대신 싸워주곤 했다. 그래도 나 역시 친구 사귀는 데에는 예외가 아니었는지, 짝꿍을 항상 옆에 두고 살았다. 초등학교, 중학교, 고등학교, 대학교까지 내 옆에는 늘 가장 친한 짝꿍이 있어서 그 아이와 소곤대면서 모든 것을 함께했었다. 동아리 활동도 했지만, 단짝의 자리를 대신하지는 못했다.

여자 짝꿍들은 '모든 것'을 '낱낱이' 공유하며 커뮤니케이션을 한다. 섬세하고 내면적인 커뮤니케이션이 일상화된다. 이렇게 관계 지향적이고 친밀한 관계에서 이타적인 성향, 심미적인 기질을 발휘하는 커뮤니케이션이 발달하게 된다. 반면 남자아이들은 성장 과정에서 여자들이 하는 짝꿍식 커뮤니케이션을 잘 모른다. 남자아이들은 친구끼리 일기장을 바꿔 본다거나, 한 일기장을 함께 쓰는 행동으로 우정을 표현하지는 않는다. 조직 행동에 익숙한 남자아이들은 인간관계를 조직의 맥락에서 권력 관계와 역할 수행, 위계 구조를 중심으로 배워 나가게 된다. 여자들처럼 심미적이고 섬세한 성향은 당연히 '남자답지 못하다'고 배제시켜 나간다.

군대는 남자들에게 최고의 조직인 양성 과정이다. 윗사람의 명령과 아랫사람의 복종으로 이루어진 계급 사회에서 개성은 버려둔 채

오직 조직인으로서만 존재하는 행동 양식을 철저하게 배워 나간다. 그리고 군의 규율이 몸에 배어 가는 동안 조직에 동화되지 않고 혼자서 튀는 것이 얼마나 치명적인 손해를 가져오는지를 알게 된다. 남자들은 직장 생활을 하기 전에 일종의 조직인으로 학습하는 과정을 거치는 것이다. 중요한 포인트는 조직 생활의 방법도 '학습' 되는 것이라는 점이다. 남자의 사회화 과정 속에는 여자와 달리 '조직인 양성 과정' 이 구조적으로 들어 있는 것이다.

조직인으로서 적응력 훈련은 학교 교육에서는 전혀 이루어지지 않는 것들이다. 그리하여 학교 교육이 전부인 여자들은 조직인의 처신이 무엇인지 전혀 알지 못한 채 직장에 들어간다. 조직의 권력관계를 전혀 모르고, 조직의 규율 아래서 자신의 개성을 죽이는 방법과 가치를 알지 못하는 여자들은 본인도 힘들지만 조직에서도 봐주기 힘든 조직 초년병의 위치에 서게 되는 것이다.

취직을 하게 되면 일단 여자들은 구조적인 약자로서의 위치를 이해하고 염두에 두어야 할 것이다. 직장은 단순히 월급 몇푼 받는 자리가 아니다. 직장 생활을 통해서 사람을 만나고, 일을 배우고, 문화를 배우고, 성공을 하고, 인생을 그려 나간다. 따라서 직장 생활을 잘한다는 것은 여러 가지 면에서 많은 자원을 갖게 되는 것을 말한다.

직장 생활을 할 때는 '뭘 배울까?' 하는 자세로 접근하면 좋겠다는 생각이 든다. 앞서 말한 대로 여자들은 조직 생활의 초년병이다. 업무의 숙련도를 떠나서 조직 문화 자체가 낯선 사람들이다. 조직 생활은 철저하게 남자들의 세계였다. 그동안 사회 생활에서 성공한 여자들이 많았지만, 조직 안에서 성공한 여자들은 없었다. 남자들로 둘러싸인 조직 생활에서 여자들이 좋은 평판을 얻어내면서 조직의 승자가 된 경우는 매우 드물다. 이런 선배가 당신 주위에 있다면, 그녀는 정말 존경받아야 마땅하다.

적진에 뛰어든 병사의 위치를 생각해보면, 직장 생활을 시작한 여자들의 상황을 정확하게 설명할 수 있다. 직장 조직이 여자들에게 구체적인 적의를 가지고 일부러 미워하고 쫓아내려 한다는 뜻이 아니다. 그렇게 명백한 적의라면 차라리 쉬운 일이다. 그런 적의는 명백한 '위법'이니까. 그러나 내가 말한 '적진'이란 환경은 여자들이 잘 알지 못하는 문화로 둘러싸여 있다는 의미이다.

〉〉유식한 선수 vs 무지한 선수

축구 경기가 진행될 예정이라고 하자. 한 팀은 게임의 규칙도 아주 잘 알고 있고, 훈련도 충분히 해왔고, 심판이며 보도진, 경기장 운영자 등 게임 관계자들을 소상히 알고 있다. 또 경기장의 지형과 구조를 훤하게 꿰고 있으며, 더욱이 이 팀을 훈련시킨 감독은 많은 경험을 쌓고 관련 정보를 꿰고 있다. 반대로 다른 팀 선수들은 게임의 규칙도 모른다, 훈련도 안 했다. 또 경기 관련자는 아무도 모르고, 경기장 구조도 전혀 모른다. 이 팀의 감독은 아마추어이다. 이 두 팀이 경기를 시작한다. 어느 팀이 이길 것인가?

웬만해선 이런 경기는 아예 성립도 못하겠지만, 그래도 우격다짐으로 경기가 벌어졌다고 치자. 이 무지한 팀의 선수들은 우왕좌왕하며 자살골을 넣기도 하고, 자기 편끼리 싸우다가 부상을 당하기도 하고 엉망진창이다. 그러나 주변에서는 아무도 그들에게 게임의 규칙을 가르쳐주지 않는다. 그들이 무엇을 잘못하고 있는지 그 팀을 제외한 모든 사람들은 잘 알고 있지만, 입을 꾹 다물고 있다.

아주 간단한 규칙이지만, 그것을 아느냐 모르느냐의 차이는 대단히 다른 결과를 가져온다. 가만히 보고만 있으면 이 무지한 팀은 제 풀에 지쳐서, 또는 엉뚱한 일로 다쳐서 몇 명 퇴장당하기도 할 것이다. 유식한 팀은 굳이 힘 빼고 싸울 필요도 없어서 자기들끼리 모여 환담을 나누면서 슬슬 걸어 다니고 있다. 어느덧 무지한 팀이 완전히 지쳐 버리면 승리는 자동적으로 유식한 팀의 것이 된다. 이런 식의 불리한 대진표, 이것이 바로 여성들의 직장 생활이다.

다른 한편에서는 농구 경기가 열리고 있다. 늘 벤치만 지키고 있던 예비 선수들이 '동등한 참여 기회'를 주장하면서 경기 참가를 요구했다. 마침 중요하지 않은 시합이 있어서 감독은 벤치 선수들의 요구를 받아들여 주기로 한다. 마침내 한 선수가 들어가서 뛰기 시작한다. 이 선수는 잘 해냈을까?

두 가지 경우가 가능하다. 예상을 뒤엎고 탁월한 공적을 세웠을 가능성도 있다. 기가 막힌 어시스트, 리바운드, 슈팅 등 현란한 플레이가 나왔을 수 있다. 신데렐라 같은 스타 탄생이다. 그리고 또 다른 가능성도 있다. 이 벤치 선수가 잘 못하는 경우이다. 실습해본 적이 없기 때문에 팀의 전략을 잘 이해하지 못하고, 패스를 놓치고, 사인이 안 맞아서 득점 기회를 빼앗긴다. 머리로만 알았지 실제 경기에 적용해보지 못한 까닭이다. 또 처음 뛰어보기 때문에 당황해서 완벽한 기회를 득점과 연결시키지 못할 수도 있다.

어느 쪽이 더 가능성이 높다고 생각하는가? 보통의 선수라면 후자일 가능성이 높다. 왜냐하면 경험이 곧 능력이기 때문이다. 해본 적이 없는 일을 처음부터 잘하는 선수는 참으로 드물다.

후자의 경우 진정으로 벤치 선수를 키울 의지가 있는 감독이라면 벤치 선수의 실수에 대해 인내심을 발휘해야 한다. 처음 나온 선수가 실수를 하는 것은 당연하다. 실수를 줄이는 것은 경험을 쌓는 것밖에 없으므로 그가 계속 실수하게 기회를 줄 것이다. '이번 경기는 대세에 치명적이지 않으므로 우리 벤치 선수들의 연습 기회로 삼겠다'는 판단을 할 수 있는 감독도 있을 것이다. 아무쪼록 이런 멋진 감독들이 많이 나오기를 바란다.

조직 생활에서 여성들은 벤치 선수와 같아서, 멋진 리더만이 스타 플레이어를 발굴해낼 수 있다. 여성들이 실수하면서 성장할 수 있는 기회를 봉쇄한 채 여성의 고위직 진출 기회를 넓히겠다는 주장은 극히 추상적이고 공허하다. 여성 리더 배출에 있어서는 더욱 그렇다.

물론 선수들 자신의 노력은 필수이다. 이와 함께 여성들이 자의든 타의든 조직 속에서 어떤 모습으로 비쳐졌는가에 대한 객관적인 점검도 함께 해야 한다. 여성들이 성공하고자 하는 열망으로 남성과 동등해지려 한다면, 노력도 동등해야 한다. 혹시 조직에서 여성들은 여성이라는 이유로 조금 덜 위험하고, 조금 덜 손해 보는 처신을 좋아하지는 않았는가? 또 남성들이 함께 일하는 '동료'로 인정할 만큼 과연 여성들이 조직원으로서 책임을 다했는가? 혹은 충실한 조직원이 되기 위해 남자들만큼 노력했는가? 자신을 객관적으로 파악한 후 스스로 업그레이드할 의지를 가져야 할 것이다.

경기장의 규칙

1. 조직의 규칙을 따르는 자에게 가산점을 준다

자연인 아무개와 조직인 아무개의 차이를 이해해야 한다. 조직인으로서의 정체성을 가진 사람은 조직의 이해(利害)를 자신의 이해보다 우선한다. 따라서 조직의 요구에 헌신적으로 따르고 조직 문화에 적응하기 위해 최선을 다한다. 개인의 개성이나 감성은 억제하고, 조직의 규칙을 따른다.

2. 조직의 권력 지도에 따라 움직인다

조직을 움직이는 권력 지도를 읽을 수 있어야 그에 따라 길을 찾을 수 있다. 조직의 권력 지도는 여러 개의 버전이 존재한다. 그러므로 가장 최근 버전, 가장 정확한 권력 지도를 가지고 있어야 하고, 그 지도에서 사용된 기호들을 해독할 수 있어야 한다. 이 권력 지도는 가고자 하는 목표 지점으로 가는 가장 효율적인 길을 안내해 준다.

3. 정치적 교섭력이 승부를 결정한다

경기는 교과서대로만 이루어지지 않는다. 경기장에서의 실력은 기본적인 공통 필수, 교양 필수 정도에 해당한다. 경기장의 최종 승부는 정치적 교섭력이 좌우한다. 정치적 교섭력은 규정집에 명문화돼 있지 않다. 아는 사람만 아는, 그러나 웬만한 사람은 다 아는 특별한 규칙이다.

4. 같은 팀끼리만 자원을 공유한다

한 조직 안에 있다고 모두 한 팀이 아니다. 여기에는 이너서클(innercircle)이 존재한다. '팀' 의식에는 보다 강력한 내부 결속과 신뢰가 필요하다. 우리에게는 한 팀인지를 테스트하기 위한 기회가 여러 차례 주어질 것이다. 그 기회를 확실하게 포착하고 당신이 한 팀에 소속된 팀원임을 증명하자. 조직의 생리는 같은 팀원이어야 자원을 나누고, 신뢰해준다.

5. 포지션으로 말한다

팀원으로서 도움이 되는 기능을 보여줘라. 팀에 결정적으로 도움이 되는 기능을 가진 선수라면, 경기장에 출전할 기회가 주어질 것이다. 포지션을 가지고 경기에 임하면 조직 내 위치도 확고해지고, 성과를 올리기도 쉽다.

6. 생존이 실력에 우선한다

먼저 퇴장하면 진다. 경기 도중 먼저 퇴장하는 선수는 두말 할 것도 없이 패배한다. 실력이 뛰어난 선수라 해도 먼저 경기장을 벗어나면 패배자다. 심판이 불공정하다, 경기장 환경이 불결하다, 상대 선수가 반칙이 심하다, 같은 팀의 협조가 부족하다 등 그 어떤 변명도 퇴장한 선수의 패배를 뒤집을 수는 없다. 경기장에서는 오래 남는 자가 승리한다.

2장 | 그저 열심히 일만 했을 뿐인데…

파워 센서티비티를 기르자!

조직 생활에서 배워야 할 파워 센서티비티(power sensitivity)란 무엇일까? 파워는 권력, 센서티비티는 민감성이란 뜻이니, 두 단어를 합치면 권력 관계 또는 정치적 관계에 민감해진다는 뜻이 된다. 최근 성 문제에 민감하다는 뜻으로 '젠더 센서티비티(gender sensitivity)'란 말이 등장했는데, 이 말은 성(性) 감수성이라고 번역한다. 따라서 파워 센서티비티란 성 감수성을 변형한 말로, '권력 감성' 정도로 해석할 수 있겠다.

조직에는 권력 지도라는 것이 있다. 물론 보이는 사람에게만 보이는 지도다. 조직원으로 인정된 사람들끼리만 판독법을 공유하며, 조직의 모든 자원과 정보는 이 권력 지도에 그려진 길을 따라 움직인다. 조직에서 작동되는 파워 구도, 권력 지도를 읽는 눈과 감수성을 기르자. 이것은 여자들이 가장 취약한 부분이기도 하다.

>> 조직 속의 '권력맹'

우리나라는 정치 의식이 이상하게 발달된 나라이다. 정치인을 엄청나게 불신하고 혐오하면서도 정치인을 닮아 있다. 각종 이유로 '맥'을 형성하고, 일의 본질보다는 주도권이 우선이며, 정쟁적 사고 방식에 능숙하고, 책임을 부인하는 '청문회형 언어'에 익숙하다. 직장 생활이나 사회 생활도 정치판의 구도를 벗어나지 못했다고 말해도 비교적 틀리지 않다. 그러므로 이 속의 권력 판도를 빨리 읽어야 권력 게임의 희생자가 되는 일을 막을 수 있다.

남자들과 여자들의 차이가 확연한 것이 이 부분이 아닐까 싶다. 꼬마 때부터 소꿉놀이를 하고 인형놀이를 하면서 자란 사람들이 권력을 알 수가 없다. 그 결과 자연히 여자들은 일터의 현장을 권력의 판도로 읽는 데 익숙하지 않다. 권력을 잡아본 적도 없거니와 권력을 잡아도 그것으로 무엇을 할 수 있는지 알지 못하니까. 그리고 타고난 도덕성과 훈련받은 윤리성, 거기다가 모성적 이타성(利他性)까지 가미되면 윤리적으로는 우월하지만 조직인으로서는 취약한 '권력맹(權力盲)'이 만들어진다. 조직의 권력 지도를 읽지 못하는 여자가 고위직으로 직행했을 때, 이유도 모르고 권력 게임의 희생자가 되는 불상사도 이와 관계가 있다.

사회 생활이란 더없이 치열한 권력의 세계다. 정글과 같은 이곳에서 살아남는 방법을 배우는 것은 생존을 위해 필수적일 뿐 아니라, 나중에 자신의 조직을 만들었을 때 능수 능란한 지휘자가 되기 위해서도 필요한, 아주 요긴한 준비 과정이다.

여자들이 권력 감성을 훈련할 수 있는 기회는 여성운동, 학생운동, 소수의 직장 조직 정도이다. 사회운동가들은 기본적으로 세력을 규합하고, 적과 대면하고, 전략을 짜고, 세를 넓혀가는 사고방식에 익숙하기 때문에 조직과 주도권 개념이 발달할 수밖에 없다. 내가 만난 여성들 중에서 권력 감성이 높아 조직 생활을 잘하는 여성들은 대개 학생운동 또는 여성운동 출신들이었다. NGO 조직의 역동성이 그들을 리더로 키운 것이다.

직장 조직에서는, 싸움에 직면한 바 있는 여성들이 권력 감성을 높일 수 있게 된다. 큰 도전을 받지 않았던 여성들, 자기 일만 하면서 적당히 인정받고, 큰 야망 없이 직장 생활을 해온 여성들은 직장 조직이 권력판인지도 모른 채 퇴사하는 경우도 많다.

〉〉 권력에 대한 뛰어난 관찰자

조직 속의 권력이란 이렇게 설명할 수 있다. 첫째, 다른 사람에게 일을 시킬 수 있는 능력이다. 둘째, 자원을 동원할 수 있는 능력이다. 셋째, 목표 달성을 위해 필요한 결정을 내릴 수 있는 능력이다. 넷째, 중요하고 가치 있는 기회에 접근할 수 있는 능력이다. 다섯째, 주도권을 행사할 수 있는 능력이다.

조직 속의 권력이란 직급, 직함만을 뜻하는 것이 아니다. 직급은 상당히 중요한 권력의 원천이기는 하지만, 모든 것을 설명하지는 못한다. 권력은 생각보다 특별한 것이 아니다. 아주 일상적이고 보편적인 속성을 가지고 있다.

첫째, 권력은 관계 속에서 존재한다. 권력은 상대가 인정해주고 상대가 영향을 받을 때 성립한다. 둘째, 권력은 가변적이며 유동적이다. 권력은 고정되어 한 사람에게만 소유되는 것이 아니다. 상황에 따라 강자와 약자는 변할 수 있다. 셋째, 권력은 만들어낼 수 있다. 권력은 외부로부터 주어지는 것이 아니라 순간의 상호 작용과 모든 문화, 행동 속에서 만들어진다. 넷째, 권력은 모든 곳에 반영돼 있다. 몸짓, 시선, 예술, 건물, 말, 법 등 모든 것 속에 권력은 스며들어 있다.

권력이란 렌즈를 통해 직장 조직을 다시 보면 사무실 전체가 권력의 총 집결지이고, 근무 시간은 권력의 활동 시간임을 알 수 있을 것이다. 사무실에서 일어나는 모든 대화, 책상 배치, 동선, 회의 양식, 문서 절차 등 일체의 것들은 모종의 '파워'를 상징하고 있다. 여성적 통찰력이 보여서 좋아하는 책 《이너써클》에서 저자 캐서린 리어돈은 이렇게 표현한다.

"권력은 일상적인 행동 속에 깊이 뿌리박혀 있다. 너무나 일상적이어서 아주 날카로운 관찰자만이 그 존재를 파악하고 영향력을 감지할 수 있다. 권력에 대한 뛰어난 관찰자가 되는 것과 권력을 받아들이거나 거부할 선택권을 가진다는 것은 전혀 별개의 문제다."

권력 감성을 높이라는 주장은 이런 일상적인 권력의 환경을 '감지'하고 '인식'하자는 의미다. 파워 게임에서 승리자가 된다는 것과는 좀 다른 얘기다. 물론 권력 감성이 높은 사람이 파워 게임에 관심이 있다면 승리할 가능성이 높을 것이다. 그러나 '여성 리더십'이란 출발선상에 있는 지금, 우리 사회의 '파워 게임' 그 자체에 대해서는 회의적이지 않을 수 없다. 권력 감성을 높이라는 주장은 오히려 여성들이 정치적, 전략적 행동 방식을 배워서 그 무익한 파워 게임에서 희생양이 되지 말자는 뜻이다. 이는 또한 여성들이 가능성을 한껏 펼치기 위해 준비해야 할 방어력에 대한 이야기이기도 하다.

>> 파워 센서티비티 훈련

지금부터 (주)코레아(가상의 조직)의 조직도를 참고하여 파워 센서티비티 훈련을 해보자.

이 회사의 공식적인 조직도는 사장, 전무, 이사, 부장, 과장으로 이어진다. 편의상 간단히 그렸다.

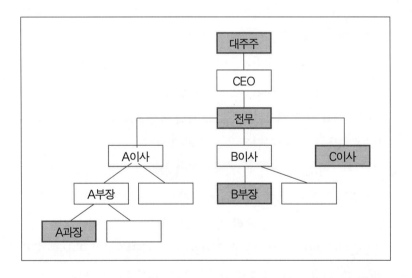

A과장으로부터 출발해보자. A과장의 업무는 A부장, A이사를 거쳐 전무, 사장으로 이어지는 것이 공식적인 결재 라인이다. 그러나 중요한 일이 있을 때 A과장은 B부장을 찾아가서 의논하고 도움을

청하며, B부장은 고교 후배인 그를 적극 도와준다. 또 B부장은 C이사와 절친하다. 동향인 데다 대학 시절 같은 동아리에서 활동한 선후배 사이다. 그리고 C이사는 전무와 가까운데, 전무는 CEO와 친하지 않다. CEO는 최근 공채를 통해 외부에서 들어왔지만, 전무는 오래된 조직원이다. 전무는 대주주의 신뢰를 받고 가깝게 지낸다.

이 조직의 인간관계 망은 A과장 - B부장 - C이사 - 전무 - 대주주로 이어진다. 이 인간관계의 망은 실제 이 회사의 중요한 파워 라인이다. 이 라인이 회사를 움직인다면 조직원 사이에서 회사의 '실세'로 인식되고 있을 것이다.

이런 비공식적인 라인은 인맥, 학연, 지연 등을 이유로 해서 형성되고, 그중 어떤 라인은 힘이 있는 라인으로 성장하기도 한다. 사내 정치가 활성화된 조직일수록 이런 라인이 복잡해지고, 결재 라인 중심의 공식적인 조직도를 위협하기도 한다. 권력 감수성이 높은 사람이라면 신입 사원 때부터 '힘 있는 라인'에 속하려고 노력할 것이다. 반대로 그렇지 못한 사람은 높은 자리에 있더라도 자기 라인을 만드는 데 관심이 없고, 그 결과 조직 장악에 실패한 리더로 남게 된다.

안정되지 못한 조직, 정치적 분위기가 팽배해 있는 조직, 외풍이 심한 조직일수록 '라인 관리'가 중요해진다. 이런 조직에서는 최고 결정권자라 해도 자기 '라인'이 없으면 조직 장악에 실패하고, 혼자 '왕따'가 되고 만다. 그래서 새로운 조직의 책임자가 될 때 가장 먼저 하는 일이, '자기 사람'을 중요한 포지션에 심어두면서 조직을 장악하는 일이 되기도 한다.

회사에서는 흔히 어떤 사안의 해결 방식을 두고 대립 구도에 놓

일 수 있다. 이는 겉으로는 가 방식과 나 방식의 차이처럼 보이지만, 실상은 두 라인의 세력 다툼의 반영일 수가 있다.

가끔 이런 복잡한 정보의 유통망과 인맥 속에서 어디에도 끼지 못하고 고립되는 조직원들이 있다. 바다 위의 섬처럼 혼자 고립되어서 열심히 일만 하는 조직원들이다. 대체로 여자들이 이렇게 되는 경우가 많고, 그 고립된 위치는 많은 불이익을 예고하곤 한다. 파워 센서티비티, 즉 권력 감성을 훈련하자는 것은 이런 조직 내의 숨겨진 파워 라인을 읽는 눈을 갖자는 것이다.

이런 식의 요구가 이해가 안되거나 너무 싫다고 느껴진다면, 자기에게 맞는 조직을 잘 선택해야 할 것이다. 정치적 행동이 덜 필요한 조직, 그러니까 안정되고 동질적이며, 비정치적인 조직을 선택해서 명확한 자기 분야 속에서 살아가면 이런 신경은 좀 덜 써도 될 것이다. 그러나 어떤 조직, 어떤 업무도 권력 관계로부터 자유로울 수는 없다고 장담한다. 또한 권력 관계를 모르는 채 일만 잘한다는 것은 너무나도 명백한 한계를 가지고 있다는 이야기와 다름아니다.

조직에서 한 개인을 바보로 만드는 것은 '누워서 떡먹기'다. 조직이 신뢰해주지 않으면 아무리 유능한 사람일지라도 능력을 발휘할 수가 없기 때문이다.

얼마 전에 대기업 과장으로 근무하던 30대 중반의 한 인재가 사표를 쓰고, 한의학 공부를 시작했다. 그가 사표를 쓴 이유 중에는 이런 현실에 대한 염증도 들어 있다. 눈 앞에 보이는 그 복잡한 권력망 속에 들어갈 엄두가 안 난다는 것이었다. 물론 이렇게 아예 판을 떠나는 것도 용기 있는 선택이겠지만, 또 다른 용기를 내볼 사람들도 있을 것이다.

어떤 판단을 내리든, 조직의 권력 지도를 파악하는 것은 직장 생활에서 필수적인 적응 과정이고, 학습 과정이라고 할 수 있다. 포기하더라도 알고 포기하자. 그리고 있을 동안만이라도 이왕이면 잘 지내보는 것이 어떤가?

power advice —————————

권력 감성을 높이기 위한 6단계 액션 플랜

1. 조직도를 숙지한다.
2. 몇 가지 업무의 사이클을 그려본다. 어떤 업무는 어떤 단계에서 없어지고, 또 다른 업무는 어떤 단계에서 힘을 얻어서 진행된다. 이 업무의 추진 단계에 개입하는 인물들을 분석한다.
3. 정보의 흐름도를 그려본다. 특히 비공식 정보들이 어디서 발생하여 어디로 모이는지를 관찰한다.
4. 핵심 문제의 결정 과정에 관여하는 인물들을 관찰한다.
5. 공식적인 조직도와는 전혀 다른 조직도가 2, 3, 4에 의해 만들어질 것이다. 새로 만들어진 조직도는 그 조직의 실제 권력의 흐름도와 조직의 핵심 인물을 보여주게 된다. 실세를 드러낸 조직도에 의해 자신의 위치를 그려보자.
6. 새로운 조직도의 흐름을 무시하면 일이 제대로 되지 않는다는 것을 명심하자.

3장 | "왜 여자만 커피 심부름을 해야하나요?"

여자들이 알아야 할 직장 내 정치학의 법칙

흔히 여자들은 '튄다'고 말한다. 여자들은 조직이나 부서 안에서 동화되지 못하고 무작정 자기를 주장한다고 말한다. 이런 말이 나올 수 있는 근거는 여성들이 조직의 역학 관계를 모르고, 또 거스르고 있기 때문일 것이다.

사람들은 그 관계의 법칙을 알고도 거스르면 '배신' 했다고 말한다. 그러나 그 법칙이 있는지도 모르기 때문에 나오는 돌출 행동에는 '튄다'고 말해준다. 배신은 조직의 권력 구조를 위협하지만, '튀는 행동'은 위협적이지 않다. 따라서 배신은 복수하고, 단죄하고, 응징하는 대상이 되지만, '튀는 자'는 그럴 만한 대상이 못 된다. 간단하게 소위 '왕따' 시키는 것으로 충분하다. 그리고 튀는 자는 결코 '이너서클' 에 들어갈 수 없다.

여성들이 권력 감성이 낮기 때문에 생길 수 있는 현상은 과민한 젠더 센서티비티의 표출이다. 다시 말해 성차별에 대해 민감해지는 일이다. 흔한 예로 커피 타기가 쟁점이 되는 경우가 많다. '커피', '카피', '미스'는 아직도 여성들의 신경을 거스르는 말이다.

>> 커피와 바꾼 생존

여기 커피와 관련된 직장 내 여직원들의 에피소드가 있다. 대졸 여성이 한 명밖에 없는 어느 부서의 부서장인 김차장은 전근대적이고 가부장적인, 좀 촌스러운 타입이다. 아직도 여자는 '사무실의 꽃'이어야 한다고 믿는 차장님은 손님만 오면 대졸 여사원 K양에게 커피 심부름을 시킨다.

K양은 '너무 바쁜데, 그건 내 일이 아닌데, 왜 나에게만 커피 심부름을 시키나' 하는 고민을 해왔지만, 말도 못하면서 꾹꾹 눌러 참으면서 지냈다. K양이 유난히 바빴던 어느 날, 그날도 차장의 손님이 오셨다. 아니나 다를까, 차장님은 경황 없는 K양에게 늘 하던 대로 커피 심부름을 시킨다. 주문을 받은 K양이 주변을 보니, 남자 직원들은 다 펑펑 놀고 있다. 차장의 손님도 사적인 손님인 듯했다. 너무나 부당하다는 생각에 눈이 뒤집힐 만큼 화가 난 K양은 드디어 거사를 일으킨다. 그것도 손님 앞에서.

"차장님, 제가 지금 너무 바쁘거든요. 죄송하지만, 이 일을 막 마감해야 하는데요."

K양의 정색한 태도와 갑작스런 도전에 긴장하는 차장님. 썰렁해진 사무실에 위기감이 감돈다. 갑자기 상냥한 목소리가 등장한다.

"차장님, 제가 탈게요. K양이 지금 너무 바빠서 정신이 없나봐요. 제가 K양 몫까지 보태서 두 배로 맛있게 타다 드릴게요."

K양의 선배 격인 고졸 사원 고참 P씨였다. 평소 고참으로서 텃세를 부리면서 K양을 불편하게 하더니 마침내 결정타를 날리는 것이다. 그 다음부터 K양에게 사무실 분위기는 영 껄끄럽다. 그는 여

전히 자신이 옳다고 생각한다. 그는 전문직의 유능한 사원이며, 커피 타기는 그의 업무 범위에 들어 있지 않다. 차장의 지시는 잘못된 것이다. 잘못된 지시는 거부할 수 있다. 그는 정치적으로 옳았다.

그러나 문제는 고졸 사원 고참 P씨는 그 부서에서 사랑을 듬뿍 받는 여사원이 됐고, 유능한 대졸 사원 K양은 미운 오리 새끼처럼 돼 버렸다는 것이다. 사람들은 K양을 가리켜, 똑똑한 여자지만 세상 물정을 잘 모르고 철이 없는 애송이라고 말한다. K양은 뭘 잃고, 뭘 얻었을까?

K양은 정치적으로는 옳지만 실익이 없었다. 그 직장에서 크고 싶었다면 이런 처신은 자신에게 치명적인 손실을 가져온다. 이런 것을 'PC 페미니즘(Politically Correct Feminism)'의 함정이라고 한다. 실익과 명분 사이에서 무엇을 선택할 것인가?

두 번째 에피소드. 취업 관련 사이트의 게시판에 실린, 커피 심부름과 관련된 한 직장 여성의 수기다.

이 여성은 상관이 너무 잔심부름을 많이 시키더라면서 이야기를 시작했다. 직장에 나간 지 한 달도 안 된 시점이었는데 또 잔심부름을 시켰단다. 도저히 참을 수 없어서 "난 이런 일 하려고 입사한 것 아니다."라고 잘라 말했더니, 그 상사의 대답. "우린 그런 일도 할 줄 아는 사람을 원하는데, 서로 안 맞는 것 같으니 내일부터 나오지 마세요." 이 여성은 그 길로 책상 열쇠를 책상 위에 올려 두고 나왔다고 전했다.

그 글 밑에는 '그런 상사는 혼내줘야 하고 그런 회사는 아주 잘 그만두었다'는 글이 몇 개 달려 있었고, 한 개의 글은 '너무 경솔한 것 아니냐, 그런 행동을 하기에 너무 이르다' 는 내용이었다.

이 여성 역시 옳았을지도 모르겠다. 하지만 이 여성의 손익계산서
는 '잔심부름을 거부하다 단칼에 잘렸다' 는 것이다. 그 직장을 그만
둔 것이 꼭 잘못된 것은 아닐 수도 있다. 전화위복이라고, 더 좋은
기회를 만날 수 있을지도 모른다. 그래도 일단 회사를 들어갔으면
되도록 좋은 경험을 하고, 그만두더라도 자기 주도적으로 그만두어
야 할 것이다. 직장에서는 그 어떤 경우라도 자기가 원하지 않는 도
중하차는 좋지 않다. '생존' 이라는 것은 그 어떤 것과도 대신할 수
없다. 직장에서 여성 평등운동을 하려고 해도 일단 직장에 여성이
생존해 있어야 할 것 아닌가?

›› 유연하게, 슬쩍 넘어가는 방법

중요한 것은 커피와 생존을 바꾸지 말라는 것이다. 지금 커피 심
부름을 하고 있다고 해도 그 일을 천년 만년 할 것도 아니고(그 일만
해야 한다면 문제가 있다), 그 일 다음에는 당신이 원하는 가치 있는
일이 올 것이다. 그 단계로 가기 위한 과도기적인 일이라면 조금 다
른 시나리오를 생각해볼 수 있지 않을까?

그리고 당신이 그것을 바꿀 수 있는 권한을 가진 자리에 가게 되
었을 때, 후배들을 위해 그것을 제도적으로 개선해주는 것이다. 단
기적으로 지금 당장 내가 싫은 것, 불편한 것을 안 하겠다는 생각을
하기보다는 내가 5년쯤 지나 어떤 자리에 가게 됐을 때, 10년 후에
어떤 결정권을 가지게 될 때, 혹은 여성의 수가 몇 명쯤 됐을 때 하

는 식으로 장기적인 생각을 해보는 것이 좋을 것 같다.

알레르기가 있는 체질은 불편하다. 알레르기는 잘 낫지도 않아서 평생 조심하면서 살아갈 수밖에 없다. 알레르기는 병이라기보다 환경에 몸이 잘 적응하지 못하는 있음을 알리는 증후들이다. 여성의 직장 생활이란 이 알레르기 같은 것이다. 알레르기가 불편해도 삶 자체를 포기할 생각을 안 하듯이, 여자들에게 잘 맞지 않는 조직 문화가 있다 해도 그것은 직장 생활 자체에서 얻을 수 있는 것들에 비하면 아주 사소한 것이다.

앞에서는 '사소한 것에 목숨 걸라'고 말했다. 그러나 이럴 때는 정말 '사소한 것에 목숨 걸지 말라'고 말해주고 싶다. 당신 앞에 있는 큰 산을 보라. 그 큰 산을 넘어가는 과정에 등장하는 작은 계곡, 오르막길이 있을 것이다. 그 계곡과 오르막길의 어려움을 큰 산을 만날 기대감으로 참아내듯이, 여성이라서 생기는 문제들은 그렇게 참으면서, 유연하게 슬쩍 넘어가는 방법을 터득해야 한다. 그러는 사이에 당신의 조직 생활 단수는 높아진다.

>> 하극상을 다스린 여자들

여자들이 윗자리에 오를 때 반드시 거치는 통과의례가 있다. 하극상 다스리기가 그것이다. 하극상이란 여자라서 일어난다기보다는 약자가 윗자리에 있을 때 생겨나는 전형적인 파워 게임이다. 남자라도 권력 기반이 신통치 않을 때는 실력 있는 아랫사람이 권좌 탈환 시나리오를 시도하게 되어 있다. 여자들은 대개 약자의 속성을 많이 가지고 있는 터라 하극상이 일어나기가 더 쉬운 것이다.

중간관리자급 이상의 여성들이라면 누구나 '하극상'을 경험해봤을 것이라고 생각한다. 하극상은 상급자의 권위가 하급자에게 통하지 않거나, 하급자가 상급자를 거스르는 현상을 말한다. 사소한 눈길에서부터 중대한 결정 과정에 이르기까지 당해본 사람은 '이보다 더 나쁠 순 없을'만큼 최악의 기분을 경험한다. 윗자리에 오른 여성들이 부딪칠 수 있는 하극상의 몇 가지 사례를 들어보자.

홍보부 여성 과장 K. 자기보다 나이 많은 애기아빠인 직원 N 때문에 골치다. 마초 기질이 있는 N은 사사건건 '개기는' 습관이 있다. 시키는 일도 제대로 안 한다. 모범생 성향의 K과장은 정말 그를 볼 때마다 심사가 뒤틀린다. 그래도 표시낼 수 없다. 여자 상사가 불편한 언행을 하는 것은 스스로 무덤을 파는 일임을 누구보다도 잘 아는 까닭이다. N이 일하는 습관은 이렇다.

K과장: 홍보자료 마감이 지났네요. 오늘 오후 4시까지는 마감하세요.
N: 저쪽에서 자료가 오늘 넘어왔습니다. 오늘은 안 될 것 같네요.
K과장: 4시까지 마감하세요.
N: 불가능한데요. 과장님이 쓰시죠. 글 잘 쓰시잖아요. 30분 만에 끝내주게 쓰시던데…….

N은 늘 K과장에게 이런 식이다. 물론 다른 남자 과장이나 상관에게는 그러지 않는다. 여자라고 우습게 보냐고 화를 낼 수도 없는 터

라(그러면 더 우습게 보이니까) 겉으로는 표현하지 않는다. K과장은 이럴 때, 더 큰 권력을 사용한다.

> K과장: 4시 30분에 부장님이 가지고 오랍니다. N씨가 작성하는 것을 알고 계세요.
> N: 부장님이 직접 보신데요? 네, 알겠습니다.

어떤 여성은 말 안 듣는 남자 직원을 간접적으로 통제하는 방법을 쓴다. 남자 직원이 꼼짝 못할 만한 학교나 고향 선배, 전 직장의 상사를 활용해서 간접적으로 영향력을 행사하는 방법이다. 말 안 듣던 남자 직원은 여자 상사가 마음에 안 들더라도 남자들의 선후배 관계 차원에서라도 한결 고분고분해진다는 것이다.

업무로 제압하기, 무시하는 것으로 이겨내기, 1대1 상담으로 설득하기 등 하극상을 다스리는 여성들의 처신에는 사실 정답이 없다. 자신의 성향과 상황, 상대에 따라 최선의 방법이 정해지기 때문이다. 다른 사람의 방법을 서로 공유할 수 있다면 큰 도움이 될 텐데, 그런 공유의 시간을 마련하지 못하는 것이 안타깝다.

또 다른 사례를 살펴보자. 한국 IT업계 여성 기업인의 대표 주자인 K사장은 사업 경력 8년차다. K사장이 CEO가 되는 과정에서 첫 번째 겪은 위기 역시 하극상 다스리기였다.

여자가 CEO가 되자 실장급의 남자가 공공연히 '실세'를 자처하고 나섰다. 공금 유용, 선심 공세 등의 월권을 하면서 여자 CEO를 바보로 만들어가고 있었다. CEO로서 당장 제거해야 할 조직의 적이었지만, K사장은 자신이 없었다. 첫째는 기술 분야를 모른다는 것, 둘째는 처음부터 누군가를 잘라내는 악역을 하고 싶지 않다는 것, 셋째는 그 사람도 한 가정의 가장이라는 생각이 그녀를 망설이게 했다. 그러나 K사장은 고민 끝에 조직을 보호해야 할 CEO로서 결단을 내리기로 하고 그와 담판을 지었다. 조용한 레스토랑에서 저녁을 함께 하면서 적절한 보상을 제시하고 그의 죄목을 열거했다. 다음날 그 실장은 사표를 제출했고, K사장은 그 자리에서 즉시 사인하는 것으로 마무리지었다.

CEO 입문기에 이 같은 대사를 치른 K사장이 말했다. "직원들이 비로소 저를 CEO로 인정하는 것을 느낄 수 있었습니다. 다른 직원들도 그 실장의 월권에 대해 불만을 가지고 있었다는 것을 알게 됐죠. 직원들은 제가 회사 조직을 보호하고 회사를 발전시킬 수 있는 능력이 있다는 것을 인정하게 됐고, 회사는 저를 중심으로 하여 더욱 결속됐습니다."

여자 CEO들에게 이런 종류의 하극상이란 일종의 통과의례와도 같다. 보통 회사 소유주인 경영자라면 대개 실권을 가지고 있어서 안전지대를 확보하고 있는 편이다. 그러나 여자들의 경우는 회사 소유주라고 해도 안전지대에 있는 것 같지 않다. 이런 문제의 해답은 분명하다. 하극상은 단 1초도 용서치 말라는 것이다.

>> 유능한 지도자는 파워를 다룰 줄 안다

직장 생활이 끝나고 당신 스스로 조직을 만들어 경영자가 되었다고 해도 파워의 정글에서 자유로울 수는 없다. 낮으면 낮은 대로, 높으면 높은 대로 파워 역학 관계 속에서 무게중심을 잃지 않도록 균형 잡는 훈련을 하는 것이 비즈니스 세계의 또 다른 면이다.

여직원일 때는 커피 심부름 수준의 파워 게임을 해야 하지만, 경영자가 되어서는 내부 결속을 다지고, 밖으로 자기 조직을 알리고 지켜야 하는 더 큰 파워 게임을 해야 한다. 그러므로 파워 게임 속에서의 긴장과 승부가 싫다면 그 경영자는 대단히 힘든 과정을 밟게 될 것이다. 직원 회의, 임원 회의, 협상 테이블, 사적인 듯한 술자리, 그 모든 비즈니스 과정에는 보이지 않는 파워 역학 관계가 존재한다. 이 역학 관계를 빨리 읽어내고 그 맥락을 잘 활용하는 감각을 발달시켜야 한다.

유능한 지도자들은 이런 권력 구조를 다루는 일에 능수능란하다. 여성들이 높은 자리에 올라가서 자기 역량을 제대로 발휘하지 못하고 좋지 않은 경험을 하고 마는 이유도 이런 부분과 관계가 있다. 권력 구조를 다루는 방법을 알지 못하고, 경험도 없기 때문에 큰 결정권을 가진 자리에 있으면서도 파워 게임의 희생자가 되는 것이다.

권력 구조를 다룰 줄 아는 능력 없이 고위직에 오르는 것은 사실 대단히 위험한 일이다. 날마다 직면하는 도전 앞에서 무게중심을 잃기 십상이다. 하지만 이런 능력은 하루아침에 생기지 않는다. 승진한 다음날부터 '아, 파워 감각을 길러야지' 하고 결심한다고 되는 일이 아니다. 권력 감성은 아주 어렸을 때부터 키워야 하는 일이지만, 우리의 현실이 그럴 수 없는 형편이다.

따라서 직장 생활을 하는 동안 연습하는 것이 가장 현실적이라고 생각한다. 직장 생활의 하루하루를 권력 감성을 훈련하는 현장으로 생각하면 어떨까? 권력 관계라는 렌즈로 회사의 조직도를 다시 보고, 여성이라는 조건에 대해서도 다시 생각해보면, 전혀 다른 그림이 보일 것이다. 또 전에는 전혀 이해되지 않았던 수많은 행동들이 이해가 될 것이다. 이렇게 권력의 맥으로 이루어진 판을 읽을 수 있게 되면, 일단 조직에 대한 판독력이 생긴 것이다. 이런 판독력 없이 조직 생활을 한다는 것은, 암호로 이루어진 세계에 살면서 암호 해독기가 없는 사람과 똑같이 위험하고 취약하다.

power advice

'파워'를 키우는 전략들

1. 핵심 인물을 돕는 사람이 돼라

조직의 의사 결정권에 접근해 있는 핵심 인물을 잘 파악하라. 그가 성과를 올리는 데 협력하라. 그의 활동을 통해 당신의 파워가 확장된다. 또 당신이 그를 돕고 있음을 정확히 알게 하자.

2. 자신의 파워를 보여주어라

파워라는 것은 상대방이 인정해 줄 때 실효성이 있다. 상대가 당신의 파워를 신뢰해야 당신이 파워 있는 사람이 될 수 있는 것이다. 일단 당신이 자신의 파워를 정확히 알고 있는 사람임을 알려라. 그리고 강한 자신감을 보여주자.

3. 파워 커뮤니케이션을 하라

말투, 자세, 옷차림, 유머, 자아상, 이 모든 것이 파워의 표현이다. 특히 여성은 어디서나 남성보다 눈에 띄므로 더 신경써야 할 것이다. 게다가 여성은 커뮤니케이션 부분이 취약하므로 아무리 강조해도 지나치지 않을 것이다. 파워의 코드는 당당하게, 자신감 있게, 간결하게, 즐겁게 등이다. 자아 존중의 태도도 중요한 코드이다. 어떤 직급에서든 어떤 상황에서든 파워 커뮤니케이션을 하자.

4. 조직의 핵심 문제를 파악하자

조직의 생사와 관련된 문제, 영업 매출과 관련된 문제 등 중요 핵심 사안에 대한 정보를 갖도록 노력하자. 조직의 모든 판단이 이 핵심 문제와 연결되어 있다. 항상 핵심을 정확히 알고 말해줄 수 있는 사람의 파워는 강력하다.

5. 네트워크를 보이자

당신 주변의 네트워크가 있음을 보이자. 사내의 비공식 정보 네트워크를 비롯해서 전문가 집단, 여성계, 언론계 등 도움을 주고받는 네트워크를 관리해두자. 어떤 회사에서는 해마다 자신의 인맥 자원을 제출할 것을 요구하기도 한다. 그것도 등급별로 언제라도 요청하면 한밤중이라도 만날 수 있는 A그룹, 전화하면 만날 수 있는 B그룹, 공식 절차에 따라야 하는 C그룹으로 분류한다고 한다.

네트워크가 부족하다는 것은 여성의 가장 대표적인 약점으로 지적된다. 따라서 적절한 기회에 자신의 네트워크를 표현하는 것이 필요하다. 당신이 안팎으로 이런 네트워크를 갖추고 있다는 것 자체가 보이지 않는 보호막을 형성한다.

4장 | 10년 후, 나는 무엇이 되어 있을까?

여성을 수용하는 조직의 조건

조직인으로서 적응을 잘하는 것이 중요하다고 지금 주장하고 있지만, 그렇다고 오직 조직 생활만이 살 길이라는 말은 아니다. 적응을 잘해야 조직 생활의 핵심을 배울 수 있기에, 또 여자들이 조직의 룰을 배운 적이 없어서 그만큼 어려운 문제이기에 적응을 강조하는 것이다.

조직의 실무 경험이 없다고 해서 개인적인 능력이 없는 것은 아니다. 개인적으로는 탁월한 자질을 가지고 있고, 능력도 있는 사람일 수 있다. 그는 혼자서라도 얼마든지 일을 해낼 수 있을 것이다. 문제는 이들이 많은 사람을 관리하고 외부적으로 조직을 대표할 때 삐걱대는 구석이 생겨날 수 있다는 것이다. 어디서 어디까지 어떻게 삐걱댄다고 정확히 말하기도 힘들 만큼, 기묘하게 통제 불가능한 문제가 생겨난다. 지적하기도, 충고하기도 힘들어진다. 여기에는 사적인 부분까지 결합돼 있어서 더욱 그렇다.

통계적으로 보아 체계적으로 일하고 조리 있게 말하고 신용 지키고 자기 본분 다하는 것은, 조직 생활을 오래 한 후에 창업을 한 여성 CEO들에게서 나타나는, 몸에 배어 있는 능력이다. 그래서 내 눈에는 조직 생활을 경험한 여성 CEO들이 더 유능해 보인다.

그러나 여자를 CEO로 배출시키기 위해 애쓰는 조직은 없다. 여자들이 고위 관리자로서의 경험을 할 수 있는 기회 자체가 우리 사회에는 아직 많지 않다. 따라서 관리자 실무 경험을 충분히 하지 않은 채 많은 여성들이 창업주가 되고, CEO가 되는 것이 현실이므로 이 부분을 보충해주는 것이 필요하다. 그리고 여성 CEO들은 자신의 이런 약점에 대한 객관적인 파악을 하면서 늘 배우려는 자세를 갖는 것이 중요하다.

>> 여성을 수용하는 조직의 4가지 조건

조직 적응의 문제가 어느 정도 해결되고 나면, 그 조직에서 자기가 어디까지 성장할 수 있을지를 생각해봐야 한다. 대기업의 임원직에 오른 여성들은 거의 한두 명 수준이다. 사실 여성 임원들이 없는 것은 당연하다. 그동안은 여성들이 조직에서 생존하는 것 자체가 거의 불가능했기 때문이다. 그동안 성장해 온 사람이 없으니 임원으로 발령을 낼 만큼 훈련된 사람 또한 적을 수밖에 없다. 앞으로 변화할 테지만 자기 조직이 어느 정도까지 사회 트렌드를 수용할 수 있는 조직인지 생각해보는 것도 필요하다.

1. CEO 마인드가 개방적인가?

이것은 아무리 강조해도 지나치지 않다. 공공 조직이든 민간 조직이든 리더, 특히 최고 결정권자의 마인드는 절대적으로 중요하다.

바로 이 최고 결정권자가 여성을 키워야 한다. 부장 승진자에 여성을 30% 포함시키라는 결단을 지시하면 인사 담당자는 없는 명단을 만들어서라도 승진 후보자 명단을 작성할 것이다. 실제로 김대중 정부에서는 이런 현상이 두드러졌다. 여성을 직접 챙기겠다는 대통령의 마인드에 부합해 장관들부터 여성을 등용하는 데 힘을 실어주었다. 빈 자리가 생기면 여성 사무관을 찾아오라는 지시를 내린 장관이 있어서 그 부서 최초의 여성 사무관이 생겨났는가 하면, 여성에게도 중요한 핵심 업무를 맡기라는 장관 지시에 힘입어 인사, 회계, 감사 등 소위 힘 있는 부서 업무를 여성이 맡는 일이 생겨났다.

회사 조직도 최고 책임자가 가부장적인 의식에서 벗어나지 못한 채로 여자들을 미모의 비서 정도로밖에 생각하지 못한다면, 유능한 여성들이 계속 근무할 수 없는 것이다.

2. 합리적인 원칙이 지켜지는가?

여자들은 비합리적인 조직 속에서 능력을 발휘하기 힘들다. 성차별과 편견이 심한 조직에서는 여성이 일 이외에 다른 곳에 신경을 많이 써야 한다. 따라서 조직 운영이 규칙에 따라 합리적으로 운영되고 있다면 일단 여성에게는 상당히 좋은 환경이다.

3. 여성 친화적인 조직 문화인가?

규정과 제도는 평등하게 되어 있지만, 일상 생활에서 여성을 괴롭히는 것은 일상적인 편견과 차별들이다. 여성이 가정 생활을 하고,

임신, 출산, 육아 같은 문제를 편안하게 이야기할 수 있는 분위기인지, 정시 퇴근에 대해 부당한 눈초리가 있는지, 여성의 업무를 보조적인 것으로 한정짓고 있지 않은지가 체크해볼 사항이다. 여성이 일터의 동료로서 편안하게 받아들여지고 있는지, 아니면 소수 집단으로서의 불편함을 겪고 있는지도 살피자.

4. 여자 선배는 어느 선까지 승진해 있는가?

조직이 어느 선까지 여성을 수용하고 있는지를 알아보자. 이미 역할 모델이 있으면 후배들은 그 선까지는 무난히 따라 올라갈 것이다. 유리천장의 높이가 어느 정도인지를 알 수 있는 분명한 좌표이다. 이 부분은 앞으로 가장 빨리 변화가 올 수 있다는 것도 염두에 두자. 여자 선배가 지금 당장은 없지만 이 조직이 사회 변화를 수용하는 능력이 있다면 조만간 여성 간부 1호를 찾으려 할 가능성이 있다. 내가 그 여성 1호의 혜택을 받을 가능성도 있고, 여성 승진의 봇물이 터질 수도 있다. 앞으로의 전망까지 함께 고려하는 것이다.

〉〉비전을 제시하는 조직

여성의 눈으로 판단해서 만족스러운 회사는 없을 것이다. 참을 만한가? 변화할 만한가? 여기에 무게를 두고 보라. 나의 기준으로 조직을 판단하는 동안 자신감도 회복될 수 있다. 조직만 나를 선택하는 것이 아니라, 나도 조직을 선택할 수 있다는 자신감을 갖는 것은 대단히 중요하다. 조직을 고를 만한 자신감을 갖으려면 평소에 늘 준비하고 실력을 쌓기 위해 노력하자.

도무지 여자를 수용하고 발전시킬 가능성이 없다고 생각되면 너무 오래 진을 빼지 않는 것이 좋다는 것이 나의 견해다. 야만의 땅에서 문화의 집을 짓겠다는 것은 무모한 시도다. 그보다는 여성에게 좀더 수용적이고, 여성에게 비전을 제시해줄 수 있는 조직을 알아보는 것이 합리적이다.

지금부터 3년 후, 5년 후, 10년 후에 내가 이 조직에서 무엇이 될 수 있을지를 따져보라. 영리한 조직이라면, 여성 조직원들에게 그 비전을 제시해줄 것이다. 비전이 준비되어 있지 않다면, 여성과 함께 일할 준비가 되어 있지 않은 조직이다. 이런 조직에 있다면, 자기 인생 설계를 다시 한 번 수정하는 것이 좋다. 언제까지 이 조직에 머물고, 언제 이직 또는 창업을 하겠다는 계획을 세워 두어야 현재 자기가 하는 일에 의미를 부여할 수 있다. 의미란 미래에서 오는 것이다. 비전을 보는 사람만이 현재의 자신을 가치 있게 만들 수 있다.

〉〉CEO의 페미니즘 지수

자신의 상사나 CEO의 행동을 관찰하면 그의 페미니즘 지수를 알 수 있다. 다음의 자료를 활용하여 진단해보자.

1. 원조 가부장형
- 여자는 집에서 아기나 보는 것이 자연의 섭리라고 믿는다.
- 성희롱과 친밀감을 구별하지 못한다.

- 업무적인 미팅에서 고위직에 있는 여자를 만나면 당황한다.
- 어머니와 술집 여자, 그리고 비서 외에 다른 범주의 여자가 있다고 생각해본 적이 없다.
- 룸살롱에 가는 것을 남자들만의 능력이라고 생각한다.
- 여성 단체나 여성운동이라는 말만 들어도 두통을 느낀다.
- 여성부가 있으면 남성부도 있어야 한다는 소신을 갖고 있다.
- 여성은 무능하다는 생각을 갖고 있다.
- 남자가 커피를 타면 체신이 깎인다고 생각한다.
- 딸만 둘 있는 후배에게 그래도 아들은 있어야 한다고 조언한다.

⟶ 1번의 원조 가부장형이 이끄는 조직에서 여성은 원천적으로 생존이 불가능하다. 가부장의 사전에 여성의 성공은 없다. 이런 지도자가 이끄는 조직에서 일하려면 남다른 내공을 준비해야 한다. 조직이 주는 무례한 압력 속에서도 흔들리지 않고, 지치지 않을 수 있는 내공이 필요하다. 이런 조직에서 일할 때는 무엇을 얻고 있는지에 대해 분명한 계산을 하자. 가장 마지막에 변할 이런 유형의 남자들은 유감스럽게도 아직 꽤 많다. 우리에게는 더 많은 시간과 인내가 필요하다.

2. 이중적 가부장형
- 본질적으로 남성 우월주의자, 그러나 안주머니에 페미니스트 카드를 소지하고 다니면서 필요한 순간 적절히 활용한다.
- 여성을 비하하는 일은 없지만, 격려하는 일은 더 없다.

- 실익과 관련되면 가부장의 본색을 드러내는 일도 감행한다.
- 여성의 사회 참여를 찬성하면서 아이들은 어머니가 키워야 한다고 확신한다.
- 취업에서의 성차별을 반대하면서 군 가산점제를 찬성한다.
- 평등한 가족 관계에 대해서는 적극 찬성한다고 말하면서 집을 공동 명의로 하는 것은 반대한다.
- 여성운동가들은 골치 아픈 사람들이라고 생각한다.
- 여성과 관련된 일을 하고 있는 자신을 남성으로서 자랑스럽지 않다고 느낀다.
- 여성은 '질투심이 많다' 거나, '수다스럽다' 거나, '변덕스럽다' 같은 고정관념을 갖고 있으며, 교정할 필요성을 느끼지 않는다.
- 국회가 거의 다 남성인 것은 문제가 아니지만, 초등학교 교사들이 거의 다 여자인 것은 좋지 않은 일이라고 생각한다.

➤ 2번 유형은 조금 세련된 편이지만 본질적으로는 1번 유형과 크게 차이가 없다고 생각하면 된다. 그래도 공식적으로는 남성 우월주의를 자제하는 편이므로 그것만으로도 여자들에게는 도움이 된다. 외부의 대세가 평등 쪽으로 기울어지면 어쩔 수 없이 여성을 위한 처신을 할 테니. 2번 유형을 설득할 때는 기대 수준을 낮추어서 1번 유형을 설득하는 정도의 인내심을 가지고 기본 단계부터 시작하는 것이 현명하다.

3. 합리적 원칙론자

- 규정과 원칙을 벗어나는 평등은 있을 수 없다고 생각한다.
- 실질적 평등보다는 기회의 평등을 지지한다.
- 성차별의 현실은 인정하나, 구조적 원인과 시정에는 관심이 없다.
- 여성 할당제 등 우대조치는 역차별이므로 위법이라고 주장한다.
- 왜 여성은 승진이 안 되냐고 항의하면, 자료를 보여 주면서 한 번도 전례가 없었다고 차분하게 논리적으로 말해준다.
- 일터에서 만난 여자들과 동료로서 일하는 데 어색하지 않다.
- 여성이 처한 불리한 상황은 구조의 문제라기보다 개인의 문제이므로 여성 스스로 극복해야 한다고 생각한다.
- 여성 경영학, 여성 리더십 등 여성이라는 말이 앞에 붙는 영역을 인정하지 않는다.
- 여성 정책에 별도의 예산을 배정하는 데 개인적으로는 동의하지 않는다.
- 호주제나 군 가산점제 폐지는 위헌 요소가 있기 때문에, 여성 인력 활용은 국가경쟁력 제고 때문에 찬성한다.
- 여성 문제는 구조의 문제라기보다는 개인의 문제라고 생각한다.

➡ 여성에 대한 협력을 기대해볼 만하다. 3번 유형은 합리주의자로서의 자부심이 있기 때문에 합리적이고 치밀한 논리로 설득하는 것이 중요한 관건이다. 대신 논리 정연하지 못하면 무시받는다. 이데올로기적 당위성보다는 '실익' 코드로 의사소통을 하는 것이 빠르다.

4. 열린 페미니스트

- 원칙에 입각해 여성을 지원하는 것을 시대적 사명으로 알고 있다.
- 여성에 대한 우대조치(Affirmative action : 사회의 불평등을 시정하기 위해 약자 집단을 우대하는 일련의 조치들. 장애인 고용을 의무화하거나, 여성의 일정 비율을 보장하는 여성 할당제, 채용 목표제 등의 정책이 이에 포함된다)의 취지를 잘 이해하고 실행한다.
- 남자들 위주의 회식 문화에 찬성하지 않는다.
- 일터에서 만난 여자들을 '여자'로 기억하지 않고, 개인으로 기억한다.
- 여성들과 격의 없는 동료로서 협력 관계를 이룰 수 있다.
- 여성들의 약점을 보완하고 돕고자 노력한다.
- 여성에게 위험하고 책임 있는 일을 맡기는 것을 시도하며, 기회를 준다.
- 업무 평가에서 여성의 특수성과 현재의 위치를 고려해야 한다고 생각한다.
- 여성 부하에게 멘토 역할을 해준 경험이 있다.
- 여성의 장점을 인식하여 업무에 적극 활용한다.

4번 유형은 여성보다 더 여성을 도울 수 있는 사람들이다. 기득권자로서 정보와 기술과 지식을 나눠줄 수 있다. 여성들이 부족한 조직 생활에서의 처신도 가르쳐줄 수 있는 사람들이다. 무엇보다 여성들에게는 귀중한 자원이 된다. 여성들에게 평생 동지가 될 수 있는 사람들이니 귀하게 대접하고 공들여 만나자. 특히 이 유형들은 보수적인 1번, 2번 유형의 보통 남성들로부터 남성답지 못하다는 이유로 비난을 받을 수도 있다. 이들이 모자란 남자들에게 손가락질을 받거나 '왕따'가 되지 않도록 강력히 지원하라. 이 4번 유형을 확장시키는 데 우리 모두가 노력을 해야 한다. 여성에게 힘이 되는 사람들임을 잊지 말자. 소신 있고 의리 있는 여자들의 가치를 증명하여 이들의 열린 마음에 확신을 갖도록 해주자.

power advice

여성에게 비전을 제시해주는 조직

지금부터 3년 후, 5년 후, 10년 후에 내가 이 조직에서 무엇이 될 수 있을지를 따져보라. 영리한 조직이라면, 여성 조직원들에게 그 비전을 제시해줄 것이다. 비전이 준비되어 있지 않다면, 여성과 함께 일할 준비가 되어 있지 않은 조직이다. 이런 조직에 있다면, 자기 인생 설계를 다시 한 번 수정하는 것이 좋다. 언제까지 이 조직에 머물고, 언제 이직 또는 창업을 하겠다는 계획을 세워 두어야 현재 자기가 하는 일에 의미를 부여할 수 있다.

5장 | '나쁜 사람'을 조심하라

조직 내 주의해야 할 인간관계

어느 조직에나 '나쁜 사람'이 꼭 한 명쯤 끼어 있다. 초등학교 교실에서 글로벌 조직에 이르기까지 나쁜 사람들은 약방의 감초처럼 존재하는 조직원이다.

나쁜 사람이라고 해서 공금 횡령, 기밀 누설, 폭력, 사기같이 명백하게 나쁜 일을 하는 사람들을 말하는 것은 아니다. 이런 사람은 아예 범법자 범주에 속하는 사람들이니 굳이 거론할 이유가 없다. 나쁜 사람이란 기운 빠지게 하는 사람들이다. 어디서나 명쾌하지 않고, 긍정적이지 않으며, 뒤통수치는 등 부정적인 행동이 몸에 밴 사람들이다. 이런 사람들은 만나고 나면 이상하게 나쁜 기운에 전염된 듯, 우울하고 부정적인 기분이 남아 있다.

조직 생활에서 기운 빠지게 하는 사람처럼 나쁜 사람은 없다. 이런 사람들은 늘 사람 만나기를 즐기고, 말하기를 즐기기 때문에 대외 관계 기술이 좋은 편이다. 자기가 먼저 다른 사람에게 접근해서 관계를 맺는데, 새로 들어온 사람, 순진한 사람, 의리나 정의를 중요시하는 사람일수록 표적이 된다.

그러나 나쁜 사람이 가진 문제는 '관계' 속에서의 문제이기 때문에, 내 쪽에서 적절히 나쁜 기운에 감염되지 않는 대응력을 가지고 있으면 해결된다.

>>좋은 사람인 척하는 나쁜 사람

나쁜 사람 L씨가 있다. 그는 늘 회사의 '불길한 소식'을 전한다. 그의 이야기를 듣고 있으면 이 회사는 곧 망할 징조를 보이는 것 같다. '자금선이 막혀서 앞으로 다가올 큰 행사를 치르는 것이 불가능하다, 직원들이 동요하고 있다, 누구누구도 그만두려고 한다, 인사정책이 잘못됐다, 경력도 없는 아무개에게 특별 대우를 해주었다' 등 곧 망하지 않을 수 없는 수만 가지 이유를 줄줄이 댄다. L씨의 이야기를 듣고 난 사람은 번민에 싸인다. '아, 절망적이구나. 정말 무능한 경영진이구나. 이 놈의 회사를 빨리 그만둬야지.' 하고 부정적인 결심을 재촉하게 된다.

나쁜 사람 L씨가 전하는 정보는 상당히 그럴듯하게 보인다. 구체적이며, 실용적이다. 가장 중요한 것은 그가 회사에 대한 애정에 가득 차서 이런 얘기를 하고 있는 것으로 비쳐진다는 것이다. 보통 사람들은 관심도 없는 일이지만, 애사심이 큰 그에게만 보이는 부분이기 때문에 그가 뭔가 많이 알고 있는 것 같은 인상도 준다.

또한 나쁜 사람 L씨는 이런 부정적인 정보를 전달하는 순간에 자신을 매우 유능한 사람으로 부각시킬 줄 안다. 남들은 아무도 모르는 정보를 캐내서 알고 있거나, 늘 굴러다니는 정보를 어떤 목적을 입증하는 자료로 치밀하게 엮어낼 줄 안다는 것은 분명 능력이긴 하다. 나쁜 사람 L씨는 남에게 접근하는 능력 또한 뛰어나서 늘 사람을 찾아다니고, 재미있게 얘기하며, 관심을 끌 줄도 안다.

그러나 그가 전하는 부정적인 메시지를 듣고 회사를 떠나야 한다고 판단하거나, 기운이 쭉 빠지는 것을 느꼈다면 정말 난센스다. 나쁜 사람 L씨는 나쁜 소식을 달고 사는 것이 습관이자, 취미일 뿐이다. 다른 사람을 기운 빠지게 한 다음날 L씨를 보라. 그는 너무나 의욕에 차서 일한다. 그토록 망할 것 같다고 말했던 회사에 충성을 다 바치고 있는 그를 발견할 것이다. 남은 기운 쭉 빠지게 해놓고, 자신은 의욕적으로 일하는 사람. 그는 그래서 나쁘다. 그는 그런 것을 즐긴다. 그는 너무 진지한 당신이 심각하게 받아들인 것에 책임을 느끼지 않는다.

나쁜 사람 L씨의 이야기를 들으면 회사는 정말 올바르지 못한 사람들로 가득 차 있는 것 같다. 그는 정말 이상한 정보를 잘 알고 있다. 어떤 임원의 남편이 직장에서 인사 발령이 났는데 뭘 잘못해서 물을 먹었다, 누구의 학벌은 의심스럽다, 누구 집 애가 어디가 비정상이다, 누구누구가 잘 가는 옷집은 어디다 등등 남의 집 숟가락 수까지 줄줄 세는 정보력을 자랑한다. 흥신소 직원 같은 정보력을 자랑하는 L씨는 그 뛰어난 취재력과 광대한 정보를 주로 사람을 욕하는 데 써먹는다.

게다가 친화력이 좋기 때문에 사람들은 그를 편하게 생각하는 경향이 있다. 편하게 생각하면 여러 가지 이야기를 하게 마련이다. 그러면서 그의 데이터 베이스에는 정보가 차곡차곡 쌓인다. 여러 사람에 대한 약점 리스트 말이다. 그 약점 리스트는 다른 곳에 가서 또 줄줄이 재방송된다.

또한 나쁜 사람 L씨와 얘기하고 나면 다른 사람들을 불신하게 된다. '저 사람 겉으로는 저래도 속으로는 저런 약점을 가지고 있었구나. 이 사람도 그렇고, 그 사람도 그렇다네. 우아, 믿을 인간 하나도 없구나. 이런 얘기를 해주는 L씨가 아니었다면, 난 아무것도 모를 뻔했네. L씨는 나에게 진실을 말해주는 사람이구나.' 하는 생각을 하고, 심지어 그런 그가 고맙게 느껴지기도 한다. 그러나 나쁜 사람이 전하는 말을 듣고 불신과 의심을 키울 때 당신은 이미 나쁜 사람의 '작전'에 말려든 것이다. 부정적인 말로 당신의 기를 쪽쪽 빨아들이는 나쁜 사람의 '작전'을 조심하자.

>> '나쁜 사람'은 어떻게 다뤄야 할까?

사실 이런 나쁜 사람들은 어디에나 있다. 그리고 이들은 성품이 본질적으로 나쁘다기보다 관계 속에서 나쁜 역할을 하는 경우가 많다. 즉 받아들이는 사람이 예민할수록, 순진할수록 부정적인 기운에 심하게 감염되며, 그는 그만큼 나쁜 사람이 되어 간다. 이쪽이 그에 대한 대처 방법을 가지고 있고 적절한 처세를 할 수 있는 사람이라면, 그는 굳이 나쁜 사람이 되지 않아도 된다. 좀 색다르게 재미있는 사람일 뿐, 아무도 당하지 않으니 나쁜 사람이 될 이유가 없다.

그렇다면 나쁜 사람을 재미있는 사람으로 바꿀 수 있는 것도 조직 적응에서 필요한 능력이라 할 수 있지 않을까? 다음은 나쁜 사람들의 유형과 그와의 공존에 성공하는 대처법이다.

1. 비공식 정보 수집가: 제3의 화제에 집중하라

조직에는 탁월한 비공식 정보 수집가들이 있다. 회사 소식뿐 아니라 사람에 대해서도 시시콜콜한 정보까지 섭렵하고 있다. 이들은 본래의 업무보다 숨겨진 정보를 캐내는 데서 자신의 파워를 확인하는 경향이 있다. 당신에 관한 사항도 수집 대상이다. 이들은 많은 정보를 남에게 주면서 듣는 사람의 정보도 수집하고, 그 정보는 당연히 다른 곳으로 전해질 것이다. 이들의 안테나에서 되도록 멀어지는 것이 좋다. 남의 입에 올라 득이 될 것이 없기 때문이다. 이들과 마주해야 할 때는 되도록 제3의 화제에 집중하면서 관심을 다른 곳으로 돌리자.

2. '나쁜 소식' 방송국: 채널을 돌려라

하루 종일 나쁜 소식만 전하는 방송국이 있다. 비공식 정보 수집가들이 고약하게 발전하면 '나쁜 소식' 방송국이 되는 것이다. 기가막히게도 나쁜 특종만 골라서 회사의 비리와 남의 약점에 대해서 알려주는 이 방송을 계속 듣고 있으면 기운만 쪽 빠진다. 공연한 불신감이 자라나서 인간관계에도 지장이 생기기 십상이다. 이런 방송이 시작되면 채널을 돌리자.

3. 비판 전문가: 반면교사로 삼자

100가지 잘된 것 중 숨어 있는 한 가지의 잘못을 꼭 짚어내는 날

카로운 비판 전문가들이 있다. 상사가 이런 사람이면 더욱 괴로워진다. 그러나 직함이 인격을 말하지 않으므로 이런 이들을 가엾게 보자. 철없는 동생쯤으로 여겨보자. 비판받을 때의 불쾌감을 반면교사로 삼아서 칭찬하고 격려해주는 연습을 하자. 비판받을 때마다 격려하는 연습을 하면 당신은 훌륭한 동기 부여가로 성장할 것이다. 당신의 인기도 상당히 좋아질 것이다. 당신을 성장시켜 주는 비판 전문가는 당신의 스승이다.

4. 분쟁 제조기: 평화 노선을 더욱 굳힌다

남은 싸움 붙이고 자기는 쏙 빠지는 사람들이 있다. 순진한 정의의 투사들을 부추겨서 회사에 항의하게 만들고, 자기는 쏙 빠지는 것이다. 분쟁이 발생하면 분쟁 당사자들의 화를 돋우면서 더욱 확대시키지만, 자신은 절대로 분쟁에 말리지 않는 사람들을 조심하라. 이럴 때일수록 '평화 노선'을 굳게 지키고, 분쟁을 먼저 일으키는 장본인이 되는 어리석은 짓은 절대로 하지 말라. '분쟁 제조 전문가'가 분쟁의 필요성을 이야기하는 시점이 되면, 당신은 평화주의자임을 각인시키면서 화제를 다른 곳으로 옮기자.

5. '공포의 입': 그의 안테나를 피하라

마음에 안 드는 사람이 있으면 거품 물고 욕하면서 다니는 유형들이 있다. 이들의 핵심 역량은 무차별한 험담이다. 집요하고 강력한 무차별 대량 유포는 가히 공포스럽다. 이들은 '누구라도 나를 불편하게 만들면 이렇게 공격을 당할 것이다' 라는 메시지를 전하는 것으로 자신의 파워를 과시하고자 하는 유형이다. 이런 유형이 조직에 있다면 무조건 엎드려 포복하자. 그의 안테나에 걸리지 말라는 뜻이다. 이성적인 대처가 불가능하므로 그의 입에 오르지 않고 사는 것을 목표로 삼는다.

6장 | "저 사람은 나를 싫어하나 봐"

감정선을 통제하라

"여자들은 너무 감정적이에요. 야단을 못 치겠어요. 나는 일에 대해서 말하고 있을 뿐이고, 앞으로 그걸 고치면 끝나는 문제지요. 여자들은 야단을 치면 감정적으로 상처를 받고, '저 사람은 나를 싫어하나 봐' 하고 생각하는 것 같아요. 그러니 나도 불편하죠. 남자 후배들은 '야, 너 바보냐? 다시 해봐!' 하고 말하면, 씩 웃으면서 다시 해와요. 퇴짜를 여러 번 맞기도 하죠. 그래도 될 때까지 일하는 거예요. 훨씬 편하죠."

광고회사 부사장인 여성들의 대선배 M씨의 이야기다.

>> 여자가 불편한 이유

여자의 눈물은 풍부하고 가녀린 감성의 상징이기도 하다. 인간적으로 감정선이 발달한 것은 큰 장점이 될 수 있을 것이다. 그러나 조직 생활에서 감정선이 발달했다는 것은 조직인의 부적절한 자질로 이야기될 수가 있다. 조직인으로 성공한 사람들이 한결같이 지적하는 여자 후배가 불편한 이유, 그 첫 번째가 '운다'는 것이다.

여직원이 많은 사무실에서 J부장이 여직원 N씨를 나무라고 있다. 지시한 일을 기한 내에 끝내지 못한 데에 따른 문책이다. N씨는 좀 더 잘해 보려고 하다가 마감 시간을 좀 넘긴 것이었고, 부장은 너무 많이 기다렸다고 생각한 것이다.

"N씨, 그 일이 왜 안 끝나지? 이거 다음 일 진행할 시간이 없어져서 어떡하나?"

아무 말이 없는 N씨가 대답 대신 점점 입을 내민다.

"무조건 오늘을 넘기지 말고 마감하도록."

N씨의 침묵이 이어진다.

마지못해 얼굴이 부은 채 자리로 돌아온 N씨의 '드르륵' 의자 끄는 소리가 거칠다. 노트와 책을 거칠게 내려놓는 소리가 꽤 멀리까지 들린다. 얼굴이 붉으락푸르락하더니, 눈물을 뚝뚝 흘리기 시작한다. 흐느끼기 시작하자 옆의 동료가 N씨를 화장실로 데려간다. 얼마 후 책상으로 돌아온 N씨의 눈가가 벌겋다.

그 이후로 N씨는 J부장과 얼굴을 마주치려 하지 않았다. 보고를 할 때도 되도록 저 멀리 다른 곳을 보고 있다. 이것을 다 보고 있던 J부장은 더 이상 말하고 싶지 않다. 그 이후로 J부장은 N씨에게는 되도록 복잡한 일을 시키지 않는다.

>> 눈물 뚝뚝 흘리는 '미숙아'

직장은 일하는 곳이다. 일하는 과정에서 생긴 사소한 일 때문에 감정을 노출시키는 것 자체가 금지된 일이다. 상사가 야단을 칠 때, 그 상사는 일에 대해 지적하고 그것에 대한 책임을 묻고 있는 것이다. 상사는 당신의 인간적인 면에 대해서는 관심이 없다. 적어도 야단을 치는 그 순간에는 말이다. 상사는 지금 일의 완성도를 높이기 위한 진지한 노력을 하는 중이다.

그런데 상사의 지적을 일의 맥락에서 받아들이지 않고 '부장님은 나를 싫어하나 봐!' 하는 식으로 인간적인 맥락에서 받아들이면 어떻게 될까? 당연히 일이 꼬인다. 물론 영향력 있는 누군가가 자기를 싫어해서 야단을 치고 있다고 생각하면 누구든지 슬프고 울고 싶을 것이다. 그래서 여자들은 눈물을 뚝뚝 흘린다. 때로는 억울함이 분노가 되어 책상을 꽝꽝 내리치기도 한다.

여기서 잠깐, 군대의 행동 양식을 보자. 상관이 뭔가 지적하면 두말없이 "시정하겠습니다!"가 나온다. 감정, 눈물, 표정 같은 것은 논외이다. 옳고 그름을 잠깐 제쳐 두고 말하자면, 남자들은 '시정하겠습니다'를 반복함으로써 일에 대해 야단치고, 그 꾸지람을 받아들이고 고치는 구조를 익히게 된다. 이런 훈련이 되어 있는 남자들은 야단맞고 기분 언짢다는 감정을 드러내는 여자를 대하면 상당히 불편할 것이다.

회의 시간에 의견이 안 맞는 남자들이 서로 잡아먹을 것처럼 으르렁거리며 싸우는 장면을 본 적이 있을 것이다. 여자들은 그들이 원수가 되었을 것이라고 생각하지만, 그날 저녁 그 남자들은 술집에서 서로 어울려서 아무렇지도 않게 즐기고 있다. 오히려 아침의 싸움이 이들 간의 공통된 이야깃거리를 만들어주었으니 더욱 돈독해질 수가 있다. 남자들은 일로 싸우는 것이 익숙해져 있는 까닭이다.

이들에게 일은 하나의 게임이고, 스포츠이다. 게임이나 스포츠에서 만난 적수는 거기서의 적수일 뿐 그것이 내면적인 상처나 대립으로 연결되지 않는 것과 같은 이치다. 남자들은 일을 하는 게임판에서 잠시 적수가 되었던 것이다. 게임이 끝났으니 다시 적수가 될 이유가 없다. 인간관계의 비즈니스 코드란 그런 것이다. 그리고 그 사람과 다른 게임판에서는 한편이 될 수도 있고, 상하 관계로 만날 수도 있고, 더 중요한 도움을 주고받는 관계가 될지도 모른다. 감정을 걷어내고 사람과 부분적으로 만날 줄 아는 능력은 그래서 중요하다.

반면 여자들은 인간관계를 중요시하면서 성장해왔기 때문에 사람 사이의 커뮤니케이션이 부분적으로 일의 맥락에서만 이루어지는 것을 받아들이기가 쉽지 않다. 매사에 감정을 개입시키고 투영시키는 습관이 있기 때문이다. 이런 습관 끝에 사무실에서도 울고불고하는 일이 생겨나는 것이다.

아직까지 조직은 남자들의 세계이다. 여자들이 한 사무실에서 함께 일해야 하는 동료들은 이렇게 감정 통제 훈련을 하면서 자란 사람들이다. 이들과 커뮤니케이션을 할 때 신경질 부리기, 울기, 삐치기, 떼쓰기 같은 감정적 행동을 하면서 '튀는' 존재로 비치면, 일단 불편해지고 팀원으로서의 신뢰를 잃기 쉽다. 편안하게 아무 말이나 할 수 있는 동료가 되기 위해 감정 통제 능력은 꼭 갖추어야 한다. 거기서 눈물 뚝뚝 흘리는 조직원은 한마디로 '미숙아'로 보인다. 감정 조절 능력이 없는 미숙아, 이들은 조직원으로서 함께 호흡하기에는 함량 미달의 사람이다. 작은 일에도 감정 통제가 안 되는 사람은 결코 중요한 일을 함께 할 수 있는 사람으로 평가받지 못한다.

자연인 아무개와 조직인 아무개는 전혀 다른 사람이라는 것을 이해하고 나면 울 일이 없어진다. 자연인 아무개는 눈물 보따리일 수 있지만, 사무실에 출근하는 조직인 아무개는 몸은 같아도 내면적으로는 전혀 다른 존재이다. 사회 생활을 하다 보면 울고 싶을 때도 있겠지만, 꿀꺽 참자. 직장은 당신의 집 안방이 아니고, 상관은 당신의 엄마가 아니다. 집에 가서 울어라. 정 못 참겠으면 사무실 밖으로 나가서 저 멀리 다른 건물 화장실에 가서 잠깐 울어라. 그럴 만한 시간이 된다면 말이다.

>> 여성 리더에게는 더 중요한 감정 통제 능력

직급이 높아져서 관리자, 임원, 최고 경영자가 되었을 때는 감정 통제력이 더 중요해진다. 높이 올라갈수록 조직은 리더에게 감정 통제력을 더 요구한다. 실제로 이는 여성 리더십에서 매우 중요한 요소이다.

언젠가 고위 여성 공직자 한 분이 기자 한 사람과 언성을 높이는 것을 본 적이 있었다. 그때 나는 공식적인 자리에서 감정을 표현하는 것이 얼마나 손해인가를 목격했다. 시작은 사소한 질문에서 시작되었던 것 같다. 갑자기 '질문하는 태도가 좋지 않다'는 지적이 나오자, 기자는 "태도요? 난 질문을 했을 뿐입니다. 난 기자입니다."라고 대꾸를 했다.

그 어른은 신경질이 가득 섞인 목소리로 소리를 질렀다. "어디서 배워 먹은 태도예요? 기자답지 못하군." 그러자 기자는 다시 말했다. "당신은 질문이 마음에 들지 않는다 하여 그렇게 감정적으로 대응합니까? 전혀 지도자답지 못하군요."라고. 살벌해진 분위기에서 기자는 자리에서 일어나 나갔다. 당당한 태도였다. 그 현장을 객관적으로 본 내 의견은 고위 공직자의 무참한 판정패였다.

그의 첫 번째 패인은 신경질적인 감정 노출에 있다. 리더는 약간 뻔뻔하고 능글능글할 줄도 알아야 할 것 같다. 좀 마음에 안 들어도 구렁이 담 넘어가듯 슬쩍 피해서 갔더라면 좋았을 것을 곧이곧대로 시시비비를 따지려는 데서 문제가 생긴 것이다.

두 번째, 히스테릭한 모습은 편협하고 권위적인 인상을 준다. 사실 나도 그 공직자가 성격이 좀 이상한 사람일지도 모른다는 인상을 받았는데, 나중에 알고 보니 인격과 학문이 훌륭하여 존경받는 분이었다. 부드럽고, 다정다감하고, 남을 늘 배려하고, 희생적인 분이라는 평판을 얻었는데, 순간적인 감정 노출로 이미지 관리에서 너무나 큰 손해를 본 것이다.

세 번째, 감정을 통제하지 못하면 준비되지 않은 리더로 보인다. 고위 공직자라면 국정을 다루어야 할 사람이다. 큰 그릇이어야 한다는 통념에 비추어볼 때, 젊은 기자와 '싸우고 있는' 모습은 좋은 점수를 주기 힘들다. 어쨌거나 진실을 떠나서 여자가 감정을 노출하면 얻는 것이 하나도 없다.

또 다른 선배는 회사를 그만두기까지 직장에서 정말 힘든 시간을 보냈다. 승진에서 보직, 연수 등 여자이기 때문에 억울한 일을 당하면서 산 것은 기본이었다. 평소에도 감정이 풍부한 이 선배는 참다 참다 도저히 안 되겠다 싶어 사장을 찾아가서 항의한 적이 있다. 차분한 항의가 아니라 울면서 너무 억울하다고 하소연을 한 것이다.

처음에는 이런 것이 좀 통하는 것 같았지만, 어느새 그는 '성질 이상한 여자'로 찍히게 되었고, 결정적인 순간에는 치명적으로 '물을 먹었다'. 남자 사장의 입장에서 생각해보면 눈물까지 보이면서 항의를 하는 여자 중간관리자를 대면한다는 것이 상당히 괴로운 시간이었을 것이다. 사장은 끝내 이 감정이 풍부한 여성을 키우지 않았고, 이 여성은 조기 퇴직의 길을 선택했다.

〉〉 얼굴에도 비즈니스 코드가 있다

비즈니스 코드에는 표정도 들어 있다. 프로페셔널한 사람들의 표정에서는 희로애락(喜怒哀樂), 호불호(好不好)를 쉽게 느낄 수 없다. 항상 자신감 있고, 약간 웃는 얼굴을 하고 있다. 곧 뭔가 좋은 일이 생길 것 같은, 즐겁고 자신 있는 표정을 늘 하고 있다. 표정이 왔다 갔다하는 감정의 기복을 보이지 않는다. 그것이 비즈니스 코드의 표정이다.

왜 이런 표정이 비즈니스 코드가 되었을까? 그런 표정 관리가 가장 강력하기 때문이다. 패배하지 않을 확률이 가장 작은 얼굴이기 때문이다. 저 사람이 무슨 감정을 갖고 있는지 얼굴에 훤히 드러나는 사람을 신뢰하기는 힘들다. 약해 보이고, 돌파력이 없어 보이고, 난관에 부딪혔을 때 쉽게 포기할 사람 같아 보인다. 그런 느낌을 줄까 봐 얼굴에 감정을 담는 것을 자제하는 것이 비즈니스를 하는 사람의 본능적 습관이다. 늘, 항상, 즐겁게, 우아하게! 가식이 아니라 이런 표정이 항상 유지되어야 비즈니스를 추진할 수 있는 에너지가 생기는 것이다.

물론 가식적인 표정을 지으란 이야기가 아니다. 좀 힘들고, 어려운 마음이 생기더라도 그것을 일로 연결시키지 않도록 노력하는 마음 자세가 필요하다는 것이다. 조직인이라면 감정 표현을 자기 통제력 아래에 둘 수 있어야 한다. 내가 화가 났다는 것을 상대방에게 알리고 싶을 때 화를 내고, 내가 슬픔을 느끼고 있다는 것을 알리고 싶을 때 슬픔을 표현하는 것이다. 자기 통제력을 벗어난 감정 표현은 죄다 약점으로 보이기 십상이다.

조직 생활에서 감정 노출이란 아주 위험한 것이다. 자신을 그대로 드러내고 있는 것이기에 마치 속옷 바람으로 출근하는 것과 같다. 여자들은 미모를 위하여, 얼굴의 단점을 보완하기 위하여 메이크업을 하는데, 실상은 감정과 내면의 메이크업도 꼭 필요하다. 한 사람의 자연인이 아니라 사회인, 조직인으로서 다시 거듭나기 위한 감정 통제가 여성들에게 필요한 메이크업이다.

야단맞는 것을 즐겨라

따지고 보면 직장 생활이 자신의 전부는 아니다. 좀 거리를 두고 멀리서 보면 직장 생활에서 갈등이 생기거나 야단 좀 맞았다 해서 나의 내면 밑바닥까지 뒤집어질 이유도, 가치도 없다.

좀더 생각을 확장하면, 야단맞는 것을 즐길 수 있다. 누군가가 자기의 모자란 점을 지적해준다는 것은 참 고마운 일이다. 잘못된 점을 지적받고 고치면 그만큼 발전할 수 있는 것이다.

나이 먹고 직급이 좀 높아지면, 잘못을 지적해줄 사람도 없어진다. 야단맞고 지적받는 것은 내가 발전할 기회가 주어졌다는 것이다. 자기를 비판하거나 잘못을 지적해주는 사람을 만나면 그의 채찍에 머리 숙여 감사하자. '나를 쑥쑥 키워주니 이 어찌 감사하지 않으리!' 하고 통 크게 비판을 수용하는 것이다.

7장 | 웃으면서 저항하라

자기 방어를 위한 공격력 키우기

"정글에 온 걸 축하한다. 악어떼를 조심해라." 내가 비즈니스 세계로 왔을 때 한 선배의 인사가 그랬다. 이에 대한 다른 선배의 조언도 있다. "악어떼를 만나면, 악어백을 만들어."

이렇게 해서 나의 악어떼 시리즈는 '악어떼를 만나도 정신만 차리면, 악어백 만들어 떼돈 벌 수 있다'는 것으로 결론을 맺었다. 힘들 때, 이 얘기를 떠올리면 재미도 있고 기운이 나기도 한다.

사회 생활을 할 때는 이런 담력과 여유가 필요하다. 적대적인 세력들로 둘러싸여 있다는 것을 느끼게 될 때도 겁먹지 말고, 즐거워하면서 살아남아 탈출할 생각을 하자. 악어떼가 많을수록 악어백이 많아진다. 악어백을 만들 필수 준비물은 여유와 유머 감각이다. 그속에 자기 방어를 위한 공격성을 담는 것이다. 여유로 표현된 공격력, 그것은 생존의 필수 조건이다.

≫백기도 전략이다

공격력이라 해서 무시무시한 것이 아니다. '공격'이란 말을 쓴 이유는 여자들이 조직 생활에서 이리저리 치이는 동안 주눅들고 위축되는 경향이 있기 때문에, 그러지 말라는 메시지를 강조한 표현이다. 어쩌면 어떤 공격을 받을지라도 '쾌활한 대응'을 할 수 있어야 한다는 말이 더 적절할지도 모르겠다.

상사 중에는 말도 안 되는 것으로 꼬투리 잡는 것이 습관인 사람도 있다. 그런 유형의 상사가 야단을 칠 때는 수용하기가 힘들다. 이럴 때 불편한 감정을 드러내는 것은 스스로 목을 죄는 일이다. 그보다는 유쾌하게 빨리 수용하고 끝내는 것이 좋다.

때로는 죽었다 하고 자존심을 내놓아야 할 때도 있다. 이런 경우에도 치명적인 공격을 받았다고 생각할 필요가 없다. 당신은 직장 생활에서 의당 경험해야 할 일을 경험하고 있을 뿐이다. 백기를 들 때에는 깨끗하게 빨리 백기를 들어주어라. 실제로 그 백기는 당신 인생 전체의 백기가 아니다. 바로 그 사건, 그 순간에 국한된 백기다.

나 또한 상사로부터 정말 부당하다고 생각되는 사건으로 심하게 야단을 맞아본 일이 있다. 지금 생각해도 그것은 명백하게 나의 잘못이 아니었으나, 상사의 오해를 풀 길이 없었다. 내가 해명을 하려고 했지만, 상사는 그날 작정을 하고 나에게 공개적인 사과를 요구했다. 후배들이 다 지켜보고 있는 상황이었으므로 대적할 수 없었고, 그 자리에서 시비를 가릴 상황이 아니었다. 상사는 이미 자신의 노기를 분명히 표현했고, 그것을 보호하기 위해서라도 부하의 사과가 필요했다. 후배들 보는 앞에서 선배가 자기 잘못은 없다고 박박

우기는 모습을 보이기도 싫었다. 그날 나는 시비를 따지지 않고 '무조건', '깨끗이' 사과를 했다. 그것은 상사에 대한 나의 애정이자, 예의였다.

그날 이후 난 그 상사와 아주 잘 지냈다. 그 순간이 지나자 둘 사이는 다시 화기애애해졌다. 화내고 사과한 우리 둘 다 그 상황이 우리의 전부가 아니라는 것을 너무나 잘 알고 있었다. 그 현장을 벗어나서 화기애애할 때 난 비로소 해명했다. 그때 정말 오해하셨으며, 난 정말 결백하고 억울하다. 그러면 이번엔 그가 순순히 받아들여 준다. "그래, 알았어. 미안해." 그렇게 말하는 상사는 더없이 좋은 사람으로 보인다. 이 글을 쓰는 지금도 그가 보고 싶다.

그날 나는 눈 딱 감고 자존심 던져버린 대가로 많은 것을 얻었다. 세상을 살다 보면 정말 억울한 순간들이 있다. 그러나 그 억울함을 수용할 수 있는 용기, 자존심 던지고도 괜찮을 수 있는 여유, 이런 것도 힘이고 능력이라는 것을 알게 됐다. 조직 생활에서는 자존심보다 중요한 것이 위아래 다른 사람과 잘 지내는 것이다. 자존심을 던질 줄 알면 오히려 사람이 큰다. 작은 자존심을 지키느라 관계를 불편하게 하고 자신의 입지를 좁히는 것보다는 훨씬 낫다.

상사와 문제가 생겼을 때는 일단 현장 진화를 해야 한다. 어떤 방법으로든 빨리 상사의 노기를 피하자. 그 자리에서는 시시비비가 곤란하다. 그리고 상사는 내가 적응해야 하는 대상이지, 그를 향해 잘잘못을 거론할 대상이 아니다. 화를 내고 있는 상사에게 맞서 부딪치면 두 배 세 배 수습이 힘들어진다. 전략적으로 후퇴하고 나중에 기회를 보자. 이것도 그리 심각할 것 없다. 상사나 부하나, 그 순간 그 상황에서의 문제를 가지고 화를 내고 따지기도 하는 것이다. 그 순간이 지나면 아무 일도 아니다.

〉〉마초들의 유머에 대응하는 법

유머라는 것은 여유의 표현이다. 여유란 자신감의 표현이며, 자신감이란 승리의 가능성을 말한다. 유머감각이 좋다는 것은 그만큼 강자, 승자의 위치에 다가가 있음을 뜻한다. 그래서 남자들은 목숨 걸고 유머를 개발한다. 다만 유머와 음담패설이 구별이 안 돼서 엽기적인 음담패설로 발전해가는 것이 문제다. 남자들의 마초식 유머란 음담패설로 여자를 기죽이는 일이다.

비즈니스 현장에서도 남자들의 일상적인 술자리에서 비롯된 엽기적인 농담이 여자들을 향할 때가 있다. 이럴 때 여자들은 쩔쩔 매는 것이 보통이다. 이런 농담은 성적인 것이 대부분이어서 당황하고 위축되게 마련이다. 그러나 얼굴이 빨개지거나, 토라지거나, 화를 내거나, 아무 말 못하는 등의 반응을 보이면 감정적이라는 느낌을 준다. 약자의 위축을 확인하면 강자는 더욱 의기양양해서 더 신나게 자기들의 판을 벌여 나간다.

어느 간부 회의에서 여자 이사 J씨가 멋지게 새로운 사업에 대한 프레젠테이션을 하고 있다. 프레젠테이션 내용이 워낙 좋아서 다들 속으로 놀라는 중이다. 미혼의 홍일점인 J이사는 기회가 주어지면 늘 이렇게 능력을 십분 발휘한다. 프레젠테이션이 클라이맥스를 지나 마무리 단계에 들어설 무렵, 이윽고 그 조직의 실세 임원이 엉뚱한 공격을 해온다.

"질문해도 됩니까? J이사, 당신이 나하고 데이트해 주면, 21년산 발렌타인을 매일 마시고 최고급 BMW를 타고 다닐 수 있게 해드리겠소." 이 뜽딴지 같은 질문에 좌중은 웃음을 터뜨렸다. 똑 부러지는 J이사를 곤란케 하는 테스트를 한 것이다. 일종의 배포 테스트라고 할까?

이런 순간에도 유머러스하게 재치로 받아넘길 수 있으면 좋다. "네, 아주 좋은 제안이시군요. 이왕이면 커플로 받아주시지요."라든지, "사모님이 허락하시면 한 번 생각해볼까요?"라든지. "전 와인 타입인데요."라든지. 이렇게 당황스러운 분위기를 웃으면서 재치 있게 빠져나오라. 남자들의 판을 깨지 않으면서 서로 즐거운 방식으로 슬쩍 빠져나오는 것이다.

여자들에게는 불편하지만, 그렇다고 그것을 이유로 남자들의 문화를 금지시킬 수도 없는 일이다. 정색하고 화를 낼 수도 있지만 매번 그럴 수는 없다. 현실을 받아들이는 분위기에서 서로 얼굴 붉히지 않으면서 자기 자리를 잡는 것이 여성의 처신 지혜가 아닐까?

〉〉 적과의 동침, 성공적으로 해내려면

어느 직장이나 잘난 체하며 건방 떠는 남자들이 있다. 자신이 남자라는 사실에 온갖 자부심을 다 가지면서 사는 사람들이다. 이런 사람들치고 능력 있는 사람들도 별로 없다. 능력 있는 사람이라면, 굳이 남자라는 생물학적 우월감을 동원하지 않아도 자기의 가치를 알고 있기 때문이다. 이런 남자들은 여자가 일 잘하는 꼴을 보지 못하는 공통점을 갖고 있다. 어떤 식으로든 유능한 여자들의 업적에 초를 치고, 여자를 능력으로 평가하지 않고, '그래봤자 여자'라는 식의 주장을 하고 싶어한다.

이런 유형의 남자들이 신경 거슬리게 할 때는 승기를 잡을 수 있는 기회를 잘 포착해야 한다. 경우에 따라서는 상황을 단숨에 제압하는 힘을 보여줄 필요도 있다. 혹은 이런 무례한 이들을 아무렇지도 않다는 듯 단칼에 무시하는 것도 괜찮은 방법이다. 파르르 떨거나 화내지 말고, '그러면 너의 손해' 하는 식으로 간단하게 넘어가는 것이다. 시간이 좀 지나면 그도 미안한 것을 알아서 스스로 태도를 바꾸기 쉽고, 계속 바꾸지 않으면 사내에서 안 좋은 평판을 얻게 되어 손해를 자초하게 된다.

피곤한 지시를 늘어놓는 상사로부터 빨리 벗어나는 방법은 대답을 짤막하게 하는 것이다. "네." 또는 "그렇게 하겠습니다." 정도만 여러 번 반복하면 대화가 빨리 끝난다. 거기에 "아니오." 또는 "제 생각은 이런데요." 하면서 말을 하기 시작하면, 말이 말을 낳아서 점점 시간만 잡아먹는다.

또 끈적끈적한 느낌, 느글거리는 사람들을 대할 때는 공적인 태도를 취한다. 할 말만 하고 프로페셔널한 태도를 취함으로써 그의 감정적인 공격을 벗어나는 것이다.

말을 뒤집거나, 자기 편한 대로 말을 만들어내면서 곤란하게 하는 사람과 만날 때는 녹음기를 들고 만나자. 양해를 구하고 나서 녹음기를 틀어놓고 말하자고 하면 당연히 긴장하고, 쓸데없는 말을 절제

할 것이다. 그리고 늘 기록하는 습관을 들이자. 늘 기록하는 사람으로 알려지면 그 앞에서는 횡설수설하는 일을 하지 않게 된다. 누구에게나 기록된다는 것은 부담스러운 일이기 때문이다.

〉〉판을 깨지 않는 지혜

감정을 억제하고, 싫어도 웃으면서 적응하는 법을 강조하는 이유는 '판을 깨지 말라'는 것 때문이다. 현명한 처신을 한 선배들의 한결같은 조언이 그렇다. 술자리에서 음담패설을 한참 하는데 여자가 너무 심하다며 분위기를 싸늘하게 만든다면, 그 후로 그녀는 그 자리에 초대받지 못할 것이다.

지금의 회식 문화는 분명히 바뀌어야 옳지만, 그 습관이 금방 고쳐질 수는 없는 일이다. 일하는 여자들은 어쩔 수 없이 음담패설과 폭탄주가 오가는 놀이 문화에서 제외될 수 없다. 또 제외되어서도 안 된다.

너무 심할 때는 제동을 걸기도 해야 하고, 성희롱 수준까지 오면 쐐기를 박기도 해야 한다. 그러나 웬만한 경우에는 동료로서 유연하게 처신할 수 있으면 좋겠다. 그 처신에는 정해진 매뉴얼이 있을 수 없겠지만, 중요한 포인트는 '판을 깨는 여자가 되지 말라'는 것이다. 도저히 적응할 수 없을 정도가 되면 알아서 자리를 뜨는 것이 좋다. 마지막으로 남자들이 실수하는 순서만 남아 있다 싶을 때는 빠져나오는 것이 서로 돕는 일이다.

회사 안에서도 꼭 구제 불능의 이상한 사람들이 있게 마련이다.

동료나 후배라면 면박이라도 주면서 대응할 텐데, 상사라면 정말 괴롭다. 사적인 심부름을 지나치게 시킨다든지, 회의 시간에 엉뚱한 것으로 시간 끌면서 진도를 못 나간다든지, 잘못된 것을 잘했다 하고, 잘한 것은 면박 주기 일쑤인 상사들, 그런 사람들은 어느 조직에나 다 있기 때문에 그 사람이 싫어서 다른 회사를 가도, 더 심한 사람을 만나게 돼 있다.

여자들의 사회 생활이 더 활발해질수록 이런 일들도 점점 더 많아질 것이다. 여자라는 이유로 어떤 공격의 대상이 되었을 때, 약간의 뻔뻔함, 동요되지 않는 자세, 여유 있는 웃음, 무관심 등 유연한 대응책을 마련해 두자. 당황하지 말고, 반듯하게 무게중심을 잃지 않고 있어야 이런 대응을 할 수 있다.

남자들의 유머 감각이라는 것이 노력의 산물이듯이, 여자들의 여유도 훈련하지 않으면 안 된다. 여자들도 유머와 웃음을 훈련해서 저항의 도구로 쓸 줄 알아야 한다. 성적 비하, 하극상, 건방진 후배, 그 어떤 공격을 받더라도 주눅들거나 흥분하지 않는 것을 연습하자. 대범한 강자의 여유를 보이며 '대응' 하는 것이다. 투쟁이 아니라 대응하는 것이다.

유연하게, 물 흐르듯이

지루한 회의 시간, 앞에 앉은 사람들이 말도 안 되는 소리를 장황하게 늘어놓으면서 시간을 보낸다고 치자. 그럴 때는 그 이상한 말을 하는 사람들을 웃긴 모양으로 만들어보자. 머릿속으로 그를 피에로로 만들어보든가, 그를 발레복을 입고 있는 뚱보 대머리 아저씨로 변신시켜 뒤뚱거리며 회전하게 만들어볼 수도 있을 것이다. 초점은, 벗어날 수 없는 상황에서는 상상력에 힘입어 티내지 않고 그 순간을 넘긴다는 것이다.

8장 | 조금만 뻔뻔해진다면…

자존심보다 중요한 생존 면역력 키우기

"조금만 참고, 조금만 자존심 죽이면서 고비를 넘겼으면 지금쯤 활짝 폈을 겁니다. 앞으로 여성 임원 후보까지 갈 수 있었을 거예요. 다시 나오라고 그럴 때 눈 딱 감고 나왔으면 됐을 텐데, 사표까지 쓰고 송별회까지 했는데 어떡하냐고 하면서 끝내 못 나오더라고요. 남자들 같았으면 얼른 나왔을 거예요. 남자들은 필요하다 싶으면 모르는 척하고 하고 싶은 대로 하잖아요. 여자들은 너무 양심적이어서 손해 볼 때가 많아요. 조금 더 뻔뻔해지는 것이 필요할 때가 있어요."

40대 후반의 한 중간관리자가 유능한 후배의 중도 하차를 안타까워하며 한 말이다.

>> "송별회까지 했는데 어떻게 돌아가나?"

제법 큰 IT회사에 근무하던 후배가 있었다. 30대 중반의 후배 동주는 선배의 소개로 새 직장을 찾고 출근 날짜도 정했다. 먼저 있던 회사에는 사표를 제출하고, 송별회 회식에 선물까지 받으며 모든 의식을 끝낸 상태였다. 사표는 최종 결재를 기다리고 있었지만, 동주는 이미 떠난 사람으로 되어 있는 시점이었다. 그러나 며칠 후 새 직장의 경영 상태가 악화 일로에 있다는 소식을 들었다. 자기를 소개한 선배도 그 회사에서 전격 퇴직한다면서 동주에게 지금 다니던 회사를 떠나지 말라고 충고했다.

그 선배는 책임감 때문에 동주의 사표를 무효화해주기 위해 동주 회사의 간부들과 연락을 취하고 있었다. 그러나 동주의 생각은 달랐다. '가기로 결정한 것이니, 일단 가보겠다'는 생각과 '송별회 회식까지 했는데 어떻게 다시 돌아가냐?'는 것이었다.

이전 회사에서 인정받고 있었고 사직을 말리고 있었던 터였으므로 동주가 다시 돌아온다면 무리 없이 다시 입사할 수 있는 상황이었다. 그러나 동주는 주변의 만류에도 불구하고 '어떻게 사표까지 낸 회사를 다시 가냐'고 하면서 끝내 새 회사로 향했고, 예상대로 좋지 않은 경험을 한 채로 몇 달 후 다시 사직을 했다. 선배들은 동주가 조금만 생각을 다르게 했다면 예견된 실패의 길로 들어서지 않았을 것이라며 안타까워했다.

양심에 대한 민감성이나 도덕적 감수성 같은 고귀한 가치들, 그 자체에 대해서 이의를 제기하고 싶지는 않다. 그러나 조직 처세술 단수가 높은 선배들은 후배들이 이런 고비를 지혜롭게 넘기기를 기대한다. 그러기 위해 필요하다면 잠깐 뻔뻔해질 수 있었으면 좋겠다는 생각을 조심스럽게 하는 것이다.

뻔뻔함, 무례하고 자기 이익만 챙기는 후안무치(厚顔無恥)는 물론 나쁘다. 하지만 여자들도 안주머니 한구석에 얇은 뻔뻔함의 카드 한

두 장 정도는 준비해 두는 것이 어떨까? 정말 필요할 때, 뻔뻔함의 카드를 꺼내 쓸 수 있었으면 하는 것이다. 그것을 나는 적응력, 생존력의 다른 표현이라고 말하고 싶다.

〉〉당당히 요구하고 적극적으로 표현하라

주위를 둘러보면 뻔뻔함을 좀 보충해야 할 사람들이 있다. 혹시라도 남에게 폐가 될까 노심초사하는 경위(涇渭) 바른 사람들, 자기 이익만 챙기느라 남 불편하게 하는 것은 죽었다 깨어나도 못하는 사람들, 남에게 아쉬운 소리 절대로 못하는 사람들, 너무 정직하고 정확해서 오히려 손해 보고 사는 사람들은 조금 뻔뻔해지는 연습이 필요하다. 여자들 중에 이런 속성을 가진 사람들이 많다. 이런 성향의 사람들은 자기 할 일을 똑 부러지게 하고, 책임감 있게 일하는 편이다. 그러나 지나치게 경위 바르기 때문에 오히려 그것이 한계가 되는 경우도 있다.

여성이 갑자기 고위직으로 승진하면 뒷말이 많다. 승진하려고 온 동네 쑤시고 다녔다느니, 어느 쪽 줄이라느니, 너무 뻔뻔하다느니 하는 식의 말이다. 남자들은 갈 자리가 많고, 승진 운동을 하는 것이 평상시 늘 하는 일이므로 별로 눈에 띄지 않지만, 여자들이 그럴 때는 눈에 더 띄는 것이 문제다.

실제로 승진하고 잘 풀리는 여성들을 보면 그렇게 적극적인 사람들이다. 운이 좋아 저절로 잘 풀리는 사람도 있겠지만, 여간해선 힘든 일에 도전하고 자기 스스로 눈에 띄도록 노력하고 기회를 찾아서 스스로 움직이는 사람들이 성공한다. 얌전한 여자들은 이런 적극적인 여자들을 보면서 '어떻게 저런 일을 하지? 뻔뻔하기도 하지' 하며 못마땅해한다. 그러나 남자들이 성공하기도 힘든 세상인데, 여자가 성공하고 승진하려면 더 적극적이어야 되지 않을까? 실력도 없으면서 '운동'만 하고 다닌다면 문제가 있겠지만, 실력도 있고, 업무 능력도 뛰어난 사람이 적극적이라면 금상첨화일 것이다.

빽빽하게 꽉 짜여진 공직 사회에서도 성공하는 여성들에게는 적절한 자기 주장 코스가 있다. 그들은 평소에는 겸손하게 자기 할 일 열심히 하면서 지낸다. 남보다 훨씬 더 열심히 한다는 것을 자타가 인정할 만큼 열심히 한다. 그런 노력과 업적을 바탕으로, 자기의 승진과 보직을 요구해야 할 때는 적극적으로 표현해서 원하는 바를 성취한다. 이런 여성들은 당당하다. "비교해봐라. 나보다 더 열심히 한 사람 있으면 말해봐라."

사실 이런 종류의 당당함이나 요구는 뻔뻔함이 아니라 자신감이라고 해야 옳을 것이다. 여자들에게 뻔뻔함이 필요하다고 말할 때도, 정확히는 강력한 적극성이라고 표현하는 것이 맞을지도 모르겠다. 그러나 나는 계속 '뻔뻔해지자'라고 말하고 싶다. 강인함과 적극성을 강조하는 뜻에서 말이다.

>> 양심 과잉증 환자들

여성의 순진함은 여성의 성공을 가로막는 장애 요인이라고 학자들은 지적한다. 남자들이 부정부패 문화에 너무 익숙해져 있는 것이 문제라면, 여자들은 그 반대의 병이 있다. 완벽주의, 과잉 윤리성 같은 것들이다. 일을 완벽하게 하고 청렴한 문화를 만들어가는 데는 도움이 되지만, 본인이 조직을 이끄는 리더로 크는 과정에서 여성의 순진함은 일종의 장애 요인이 될 수 있다.

내가 함께 일하면서 경험했던 여자들도 참 정직하고 양심적이었다. 정직이 너무 지나쳐서 내가 '양심 과잉증'이라고 부르는 이들도 있었다. 영수증 하나도 틀리지 않았고, 소매가 예산을 받아서 도매가로 샀을 때도 그 차액을 물건으로 채워서 갖다 냈다. 자기 인건비를 계산하지 않고, 돈 준 사람의 입장에서 정확한 계산을 해내기 바쁜 사람들도 있었다. "그래도 원가계산은 좀 해라." 하는 너무나도 당연한 요구에도 '최선을 다해야 한다' 면서 혹시라도 '덜 간' 것이 없나를 확인하는 사람들, 이런 여성들이 나라 살림을 맡는다면 정말 우리나라는 청렴 결백한 나라가 될 것이다.

간혹 여자들의 공평 의식이 지나쳐서 선후배 간의 인지상정까지 부정하는 경우도 있다. 별 일도 아니고 별 혜택도 아니지만, 받는 사람에게는 요긴한 도움이 되는 그런 일이 있다. 그런데도 선후배 간의 인연을 그런 일에 적용하는 데 서투른 여자들을 종종 만난다. '주고받고'가 잘 안 되는 것이다. '주지도 않고 받지도 않는' 노선을 걷는 여성들, 그들의 행보는 직선에서 한치도 벗어나지 않는다.

난 이런 여자들이 만들어 갈 청렴한 나라에 살고 싶다. 그러나 그런 나라에 들어갈 때까지 여자들이 살아남아 있어야 한다는 얘기를 하고 싶다. 살아남아서 바다에 가야 헤엄도 치고 물고기도 잡지, 모래사장 건너다가 집단 사망하면 무슨 희망이 있으랴. 생존에 필요한 만큼의 '뻔뻔함'이란 조직 적응에서는 오히려 '윤리적'인 것이 아닐까?

9장 | 혼자 일하는 사람, 조직을 움직이는 사람

나를 키워주는 인맥 만들기

같은 직장을 다니다가, 비슷한 시기에 함께 그만둔 두 사람이 있다. 나이도 비슷한 데다 관심사도 비슷하다. 그런데 다음 직장을 구하는 데서부터 두 사람의 차이는 확연히 드러나기 시작한다.

A씨는 전 직장에 있는 동료들과 모임을 유지하고 있고, 계속 뭔가를 주고받는다. 새로운 직장도 그 관계망 속에서 소개를 받아서 구했다. 새 직장에서 맡은 새로운 일을 추진할 때도 전 직장 동료들의 도움을 받아서 좋은 성과를 냈다. 새로 들어온 사람이 좋은 성과를 내니 새 직장에서도 좋은 평가를 받으면서 직장 생활을 할 수 있었다.

반면에 B씨는 이런 활용을 잘 못한다. 동료들과의 모임에 나가기는 하는데, A씨에 비하면 뭔가 모르게 소극적이고 위축돼 있는 것처럼 보인다. 새로운 직장에서 B씨는 전 직장에서 쌓은 것들을 A씨만큼 활용하지 못한다. 새로운 직장도 인터넷을 통해서 구했다.

어느 모임에 비슷한 또래의 두 사람이 동시에 가입했다. C씨는 이 모임과 관련된 일로 늘 바쁘다. 정규 모임 외의 비공식적인 자리에서도 사람들은 C씨를 찾는다. 전화도 오고, 술자리로 부르기도 하고, 팬들이 많다. D씨는 정규 모임 이외에는 일절 교류가 없다. D씨는 정규 모임에서 나눠주는 소식지를 통해서 회원 동정을 안다. C씨는 그 정도는 이미 기본으로 알고 있고, 회원들의 세세한 인생 스토리까지 줄줄이 꿰고 있다.

>> 정보 네트워크의 중심이 되라

어디서나 조직 생활의 경험을 100% 활용하는 사람과 그렇지 못하는 사람들이 있다. A씨 같은 사람들이 있는가 하면, B씨 같은 사람들도 있다. 능력의 문제가 아니다. 개인적인 자질에서는 오히려 B씨가 우수할 수도 있다. 어디에 속하건 자기 혼자 힘으로 해결해야 한다고 생각하며 살아왔고, 늘 자기 혼자 힘으로 인정받고 살아야 했으니 능력이 없었다면 어림도 없었을 것이다.

흔히 여자들이 B씨 같은 유형이 되기 쉽다. 어느 직장에서나 여자들은 자기가 맡은 일은 정확히 잘한다고 정평이 나 있는 편이니까. 그러나 '자기 일은 잘한다' 고 평가받는 사람들이 흔히 주변을 활용하는 일에 서툰 경우가 많다. 자기 능력에 대한 확신이 강한 탓도 있지만, 관심사 자체가 자기 반경을 넘어서지 못하기 때문이기도 하다.

이런 B 유형의 사람들은 혼자 일하는 스타일이다. 주변의 도움을 별로 기대 안 하고, 별로 관심도 없어서 혼자서 해결하는 방법을 찾아낸다. 그 과정에서 B 유형의 사람들은 셀프 리더십이 길러지기도 하고, 스스로 자신을 업그레이드시켜 나간다. 회사에서는 능력 있는 사람으로 커나갈 가능성도 많다. 그러나 혼자 일하는 사람들은 힘이 든다. 능력 있는 사람이 왜 힘드냐고? 직장 일은 본질적으로 팀워크 다. 조직은 결코 혼자 일하는 사람을 좋아하지 않기 때문에, 혼자 일 하는 스타일의 사람에게 힘을 실어주지 않는다.

반면 A 유형의 사람들은 함께 일하는 것으로 '보이는' 유형이다. '보인다'는 부분을 강조했다는 점을 눈여겨보기 바란다. A씨는 실 제로도 혼자서 일을 다 하는 헌신적인 사람일지도 모른다. 또 분담 과 협력을 잘 이끌어내는 사람일지도 모른다. 그러나 중요한 것은 실제 그의 일하는 스타일이 아니라, 외부적으로 '보이는' 스타일이 '함께' 하는 사람이라는 것이다.

직장에서 조직 생활을 아주 잘하는 사람들은 대개 이런 유형이다. 이런 사람들의 특징은 우선 '사람이 좋다'는 평판을 얻는다는 것이 다. 어떤 일이라도 어려움에 처하면 의논하고 싶고, 의논하러 가면 웃는 얼굴로 기꺼이 도와주며, 일을 해결해준다. 또 이런 사람은 대 체로 '입이 무겁다'. 이 사람에게 쏟아놓은 말은 절대로 새나가지 않는다는 믿음이 있을 때, 사람들은 그 사람과 말하고 싶어진다. 또 이런 사람은 일을 겁내지 않는다. 어떤 일이 오더라도 늘 반긴다. 항 상 즐겁게, 쉽게 일하는 사람처럼 보이는 것이다. 이런 사람은 당연 히 1주일 스케줄이 늘 바쁘다. 오라는 데가 많다. 말하고자 하는 사 람이 많다. 부탁받는 일거리도 많다.

›› 조직을 움직이는 사람들

이런 사람의 생활은 바쁘고 고달프기도 하다. 항상 남의 뒤치다꺼리를 많이 해주다 보면, 자기 일을 못하고 넘어가기도 한다. 그러나 이런 사람은 어느새 그 조직의 정보 네트워크의 중심에 서 있게 된다. 모든 부서, 모든 직급의 사람들이 그를 찾아와 일과 사생활 이야기를 털어놓기 때문에, 그는 가만히 앉아서 조직의 모든 정보를 수집할 수 있게 된다. 물론 그 수집된 정보는 절대로 허투루 내보내는 일이 없다. 그러자니 본인의 적절한 스트레스 관리와 마음을 다스리는 능력이 필요하다. 이런 사람들을 '영(靈)발 좋다'고 말하는 이유도 이런 것이다.

이런 사람들은 사실상 조직의 실세이다. 회사에는 공식적인 조직도가 있지만, 실제적인 정보의 흐름도를 다시 그려보면 실제 정보들이 이 사람을 관통하고 있는 그림이 다시 만들어진다. 모든 부서 업무의 어려움을 듣고 함께 해결해주니, 그는 다른 부서의 업무에 대해서도 통달한 전문가가 되고, 누구보다도 회사 일의 진행 상황에 대해서 정확한 정보를 가지게 된다. 또 많은 사람들이 사생활을 의논하니, 누구보다도 풍부한 인적 네트워크와 정보력을 갖게 된다. 사람들의 내밀하고 어려운 부분을 공유하는 사람이기 때문에 대인관계에서 영향력이 높아진다. 조직이 움직일 수 없는 개인의 동기 부분까지도 이 사람은 영향을 미칠 수 있으니 말이다.

이런 A 유형의 사람도 조직마다 꼭 있다. 이런 사람의 역할은 대단히 중요하다. 조직의 중간층을 단단하게 해주면서 조직원들을 한데로 묶는다. A씨 같은 사람들은 매우 순수해 보이는 특징을 갖고 있다. 가까한 사람들은 그가 매우 순수한 사람이라고 알고 있다. 그러나 순수하다는 것만으로는 A씨를 충분히 설명할 수 없다. A씨는 순수하다는 장점에다가 정치적인 능력이 아주 발달한 사람이다. 실제적으로 조직을 장악해 나가는 방법을 잘 알고 있으며, 실질적인 리더십을 갖는 방법을 아주 잘 알고 있는 사람이다.

이럴 때의 정치적 성향은 긍정적인 자질이다. 정치적이라는 것은 주변의 자원을 잘 활용하는 기술, 갈등을 해결해가는 기술이 좋다는 뜻이다. 원론대로의 정치란 주변 사람들을 합리적인 방법으로 행복하게 해줄 수 있는 고도의 예술과 같다. 이런 좋은 기술을 제대로 활용하지 못하고 엉뚱하게 자기 이권만 챙기려고 해서 정치가 욕을 먹는 것이지, 원론상의 정치는 조직을 정도(正道)에 근거하여 돌아가게 한다.

A씨의 기술은 조직이 있는 곳이라면 어디에서든지 빛을 발한다. 대학 동아리에서 각종 단체 모임, 회사 조직에 이르기까지 사람들이 모이는 곳이라면 어디든, 사람들이 함께 하는 일이라면 무엇이든, 사람 사이의 의사소통과 협력과 갈등 해결은 중요한 문제이다. 사람 사이에서 어울리고, 사람 사이에 흐르는 감정선을 잡고 있고, 사람 내면에서만 흐르고 있는 고민거리를 끌어낼 수 있고, 사람들을 격려하고 협력을 부탁할 수 있는 사람이라면 조직의 실세라 할 만하다.

이런 A씨가 사회 생활의 경력을 쌓는다고 생각해보라. 조직 몇 개를 다니면서 조직의 실세로서 끌어모을 수 있는 정보와 네트워크를 생각해보라. 이렇게 한 10년 모으면 어마어마한 파워 네트워크가 생겨난다. 조직 생활에서 얻을 수 있는 보물 1호는 이렇게 사람을 모으는 일이다.

>> 사람만이 희망이다

한국 사회처럼 인맥이 중요한 사회에서 여자가 이런 인맥을 갖고 있다는 것은 큰 힘이 아닐 수 없다. 월급 받는 직장인일 때는 이 인맥이 친구고, 모임의 멤버이고, 새 직장을 소개해주는 정도의 동료일지 모르지만, 높이 올라갈수록 그 인맥의 진가를 알 수 있을 것이다.

여자들이 CEO가 되었을 때 느끼는 가장 큰 어려움 중 하나가 인맥이 없는 것이다. 이런 인맥은 하루아침에 만들어지지 않는다. 평소 알고 지내던 사람들이 인맥으로 형성되는 것이지, 억지로 만들려고 해서 되는 일이 아니다. 비즈니스를 시작하면, 특히 처음에는 '부탁' 하는 일 투성이다. 이런 순간이 오면 후회하게 된다. '평소에 좀 더 많은 모임에 얼굴을 내밀고 친구들을 만나 두었더라면' 하고 말이다.

여자들에게는 인간관계를 배타적이고 독점적으로 맺는 습관들이 있다. '짝꿍' 의 습관이 남아 있어서 마음에 쏙 드는 소수의 사람하고만 모든 것을 공유하고, 다른 사람들에게는 관심도 없다. 그러나 이런 습관이 있으면 조직 생활에서 얻을 수 있는 것을 얻지 못한다. 보물 창고에 들어갔는데 보물을 알아보는 눈이 없어서 구리 몇 조각 집어오는 사람과 같이, 조직 생활에서 정말 실속 없는 사람으로 만드는 것이 여자들의 짝꿍 의식이다.

너무 잘 알고 있는 사람을 또 다시 알게 되는 것은 재미 없는 일이다. 두서너 명이 모여 희희낙락하는 습관은 주니어 시대로 마감하자. 사회 생활을 하고 있는 사람이라면 이 세상을 움직이는 네트워크 속의 구성원으로서 사람을 만나고, 사회적인 도움을 주고받을 수 있는 협력자로서 만날 줄 알아야 한다.

마지막으로 중요한 것 한 가지! 사람을 만나되, 이기적으로 만나면 오히려 나쁜 평판만 굳어진다. 반드시 남을 도우면서 만나자. 도울 수 있는 것도 기회이므로, 남을 도울 수 있을 때 기꺼이 확실하게 돕자. 업무 차원에서의 도움도 중요하지만, 개인 생활의 어려움을 해결해줄 수 있을 때 서로 가까워진다.

네트워크를 만들 수 있는 절호의 찬스가 30대 직장 생활을 하는 시기이다. 30대에 실무를 경험하면서 맺은 인맥이 40대 이후 직장 생활에서는 두고두고 꺼내 쓸 수 있는 보물 같은 자산이 된다. 사람 만나기는 돈으로 해결할 수 없다. 오랜 시간을 두고 만난 사람들끼리의 그 뿌리 깊은 신뢰란 무엇으로도 대치할 수 없는 것이다. 30대에 남을 도울 수 있을 때 충분히 최선을 다해 도움을 주면, 나중에 천천히 훨씬 더 큰 도움을 받을 수 있게 된다.

30대의 직장 생활은 사람을 만날 수 있는 보물의 동굴이다. 직장 생활에서 건져야 할 가장 중요한 것은 사람이다. 인맥 만들기의 기회가 왔다고 생각하고 주변에 있는 사람들과 정보로 협력하고, 위로와 상담으로 끈끈하게 엮일 방법을 구상해보자.

내 사람을 만드는 6가지 방법

1. 잘 듣는다

마이크를 상대방에게 넘기는 것은 큰 배려이다. 사람들은 자기 이야기를 잘 들어주는 사람을 누구나 좋아한다. 들어주는 것으로 상대방에 대한 애정을 표현하자. 상대방으로부터 신뢰와 정보를 동시에 얻는 일석이조의 시간이다. 남에 대한 이야기를 되도록 많이 듣는 사람이 되자. 잘 듣는 것이 파워다.

2. 말을 옮기지 않는다

말을 옮기지 않는 사람이라는 신뢰를 쌓자. 그러면 사람들은 당신에게 더 많은 정보를 털어놓을 것이다. 반대로 중계방송의 달인들이 있다. 이런 사람들은 절대로 신뢰받지 못한다. 사람들은 그의 방송국 체질을 이용해서 소문나기 바라는 정보만 줄 것이다. 과묵한 사람이 되어야 정보 네트워크의 중앙에 설 수 있다.

3. 남을 도와주자

사람들의 말을 듣다 보면 반드시 도와줄 일이 생긴다. 되도록 도와주자. 상대가 기대하고 있는 그 이상으로 도와주자. 상대는 감동할 것이다. 여러 사람에게서 어려운 일이 있을 때 의논하고 싶고, 도움받을 수 있을 것 같은 사람으로 떠오를 때, 당신은 파워 네트워크를 가질 수 있게 된다.

4. 남을 도와준 사실은 잊어버린다

남을 도와준 사실을 기억하고 있다가 상대가 그에 보상하지 않을 때 섭섭해하고 원망한다면 차라리 안 도와주는 것이 낫다. 그런 마음이 드러나면 좋지 않은 모습을 보이게 된다. 남을 도와주었다는 사실 자체를 잊어버려서 받아야 할 빚을 마음속에 남겨두지 말자. 남을 사심 없이 도와주는 사람은 넉넉한 인품이 돋보여서 멋있는 사람으로 보인다.

4. 칭찬해 주자

남을 격려해주자. 인사치레가 아니라, 진정으로 상대방의 장점과 가능성에 애정을 가져보라. 상대방이 모르고 있던 장점을 말해주면서 격려해줄 때, 그는 진정한 기쁨을 느끼게 된다. 여러 사람에게서 '힘을 주는 여자'로 기억되도록 노력하자. 우리나라 문화는 기본적으로 칭찬에 인색한 문화이고, 특히 여자들한테는 더욱 칭찬을 아낀다. 자신 없는 사람들이 많은 사회이므로 칭찬해주는 습관은 당신을 돋보이게 만든다.

5. 인간성 좋은 사람으로 기억되자

실제로는 무척 선량하면서도 나쁜 인상을 주는 사람들이 있다. 정보 네트워크의 중심에 서려면, 위선이 아닌 인기 관리도 필요하다. 우리 사회는 '인간성'을 매우 중요하게 생각한다. 실력 차이가 '거기서 거기'일 경우, 웬만해서는 표시도 나지 않는다. 조직 생활에서 '인간성 나쁘다'는 평판이 돌면 상당히 치명적이다. 원만하고 부드러운, 좋은 인상을 갖도록 신경 쓰자.

6. 고객 맞춤의 정신으로 임하자

자신 있는 사람은 자기를 주장하지 않고 남에게 맞출 줄 안다. 인간관계에서 사소하게 자기 기분, 자기 기준, 자기 자존심 등 자기중심적인 것들을 내세우지 말자. 자기 중심적인 사람들은 남을 쉽게 비판하며, 부정적이기 쉽다. 조직 생활에서 대인 관계는 '셀프 마케팅'이라고 생각하자. 나를 낮추고 고객 맞춤에 공을 들이자. 그러는 동안 자신이 부쩍 큰다.

10장 | 남자 상사 vs 여자 상사

잘 시키는 법을 배워라

"남자 상사는 잘 시켜요. 남을 잘 부리죠. 일단 지시를 내려 시키고 나면, 자기는 그 일을 절대 안 해요. 담당자가 아무리 바빠도 상관 안 해요. 놀면서도 돕지 않지요. 그러다 가끔씩 간격을 두고 체크를 하죠. 그렇게 해서 관리하는 거예요. 일 진행이 안 되면, 여자들은 자기가 직접 나서서 해요. 일이 안 되는 걸 못 보는 경우가 많아요. 저도 일이 안 되면 내 몸이 먼저 움직이는 걸 느껴요. 그런데 남자들은 안 그래요. 못하면 못하게 내버려 두고 체크할 때 잘못을 지적하고 질타하고, 그래도 안 되면 거기에 알맞은 응징을 하는 거죠. 이런 점이 큰 차이지요."

30대 여성 중간관리자가 체험한 여자 상사와 남자 상사의 차이점이다.

〉〉 직접 하는 상사 vs 체크하는 상사

여자 상사와 남자 상사, 양쪽을 모두 경험해본 사람들이 말하는 것을 추려보면 그 특징은 이렇다(정확한 통계 결과라기보다 주변인들의 취재 결과를 토대로 하여 유형화한 것이다).

여자 상사	남자 상사
권위적이지 않다.	권위적이다.
편하다.	긴장시킨다.
직접 한다.	부하에게 시킨다.
바쁘면 돕는다.	아무리 바빠도 자기는 논다.
늘 관심을 보인다.	평상시는 상관 안 한다.
늘 체크한다.	적절한 순간에만 체크한다.
친절하다.	무섭다.
자기 얘기를 많이 한다.	지시 위주로 간단히 말한다.

각각 장단점이 있다. 여자 상사들은 권위적이지 않고 직접 몸을 움직이면서 일을 하기 때문에 훨씬 편하다. 여자 상사들의 이런 점은 분명히 큰 장점이 될 수 있다. 그러나 경쟁이 심하고 이질적인 집단 속에 있을 때에는 여자 상사들의 이런 장점이 약점이 될 수도 있다. '자상한' 여자 상사들은 남에게 일을 시키고 자기는 노는 것이 편하지 않다. 지시를 내려도 부하의 일 진행 상황에 관심을 늘 갖고 있고, 그를 도울 일이 없는지 살피려고 한다. 지시한 일이 잘 진행되지 않을 때도 남자 상사와 여자 상사의 반응에는 큰 차이가 난다. 여자 상사는 남자 상사와 달리 일이 진행이 안 되면 자기가 직접 나서서 한다. 일이 안 되는 것을 못 보는 경우가 많다.

>> 손해 막심한 리더십

부하가 한 일이 마음에 안 들면 어떻게 하느냐는 질문에 대다수의 여자 상사들은 한결같이 "내가 하고 만다."라고 대답했다. 이런 처신이 나오는 첫 번째 이유는 여성들의 우수한 업무 능력 때문이다. 같은 위치의 남자에 비해 여자들이 우수한 경우가 많다. 여자들에게는 기회가 적었고, 훨씬 월등해야 올라갈 수 있었기 때문에 남자들보다 훨씬 더 치열한 노력을 해야 했기 때문이다. 우수한 사람들이 업무에 거는 기대 수준은 평균치보다 높은 편이다. 그 기준에서 보면 마음에 들기가 쉽지 않은 것이다.

두 번째 이유는 여자들이 누군가를 야단치고 지적하는 것을 불편해한다는 점이다. 정서적으로 여자들은 남의 기분을 거스르는 것을 좋아하지 않는다. 부하라 할지라도 부정적인 감정 표출을 하지 않는다. 내가 좀 힘들어서 해결될 일이라면 기꺼이 하고자 하는 것이 여자들의 보편적인 정서이다.

여러 남자 상사, 여자 상사를 경험해봤다는 30대 후반의 한 여성 중간관리자가 분석한 바는 이렇다.

"자신 있고, 능력 있는 상사들은 큰 것만 체크해요. 자잘한 것은 맡겨 두고 관여하지 않지요. 그래도 일이 잘 돼요. 아랫사람이 신나서 일을 하기 때문이죠. 반대로 자잘한 것도 막 챙기는 스타일이 있어요. 자신 없고 콤플렉스 있는 사람들이 주로 그래요. 정말 챙겨야할 큰 것은 보지 못하고 다 놓치면서 콩나물 값 수준의 것을 챙기고, 보고하라 그래요. 업무를 정확히 모르기 때문에 일의 중요도에 대한 판단력이 없는 거죠. 이런 상사와 일하려면 피곤하죠. 여자들의 경우도 자신이 없고 업무를 정확히 모르는 것을 '꼼꼼함'으로 대신하는 경우가 있어요. 좋아하지 않죠."

부하의 입장에서 보면 일일이 챙기고 자기가 직접 하는 스타일이 반드시 좋은 것은 아니다. 일만 많고 평판은 안 좋은, 아주 손해 보는 경우가 될 수 있다. 좀더 구체적으로 이야기하자면 이렇다.

첫째, 자기가 직접 하는 스타일은 일을 잘 모르는 사람이라고 평가될 수 있다. 능수능란한 지휘력이 있는 상사라면 자주 체크하지 않아도 일을 하게 만드는 지도력을 발휘한다. 둘째, 잔소리가 많은 피곤한 상사라는 평가를 얻을 수 있다. 일이 안 되는 것을 막기 위해서 여자 상사가 걱정을 하고, 부하를 다그치는 과정에서 마찰이 생기는 것이다. 셋째, 나중에 문제가 생기면 수습하기 어렵다. 상사가 종종거리면서 걱정하고, 걱정스런 나머지 본인이 직접 뛰어들어서 일을 했으니, 나중에 문제가 생기면 그 상사 자신의 책임이 된다. 넷째, 부하들이 점점 일을 안 하고 상사가 실무를 다 떠맡게 된다. 상사가 자꾸 실무에 관여해오면 부하들은 의욕을 잃고, '그럼 당신이 해보쇼' 하는 입장이 되어 수동적으로 일하게 된다.

'남 시키느니 내가 하고 만다'는 여자의 방식은 분명 남보다 일을 많이 하는 헌신적인 리더십이지만, 자칫 잘못하면 손해 막심한 리더십이 될 수 있다. 실컷 일하고 좋은 소리 못 듣는 것이다.

>> 망치도록 내버려 둬라!

이 '손해 막심한 리더십'에 대한 생생한 사례 하나가 있다. 어떤 회사의 마케팅 담당 여자 이사 T씨가 있다. T이사는 새로운 프로젝트를 위해 기획서를 써야 할 일이 있다. 담당은 평소에 말 안 듣는 남자 부장인데, 기다리고 기다려도 기획서는 나오지 않는다. 재촉하고 재촉해서 나온 기획서, 도저히 밖으로 내보일 수가 없는 기획서였다. 한숨이 푹푹 나올 노릇이었다. 상황이 너무 급박했다.

T이사는 그 일을 직접 하기 시작했다. 남자 직원 몇 사람 불러 작업을 시키고 자기도 함께 밤을 새고 앉아 있었다. 하룻밤 꼬박 새고 난 아침 6시, 기획서는 완성됐다. 몇 달을 끌다가 엉망진창인 수준의 기획서 하나를 내민 남자 부장과는 비교도 안 되는 결과물이었다. 이 여자 이사의 능력은 자타가 공인하는 바다. 일의 추진력 또한 이 기획서 건에서 보는 바와 같이 탁월했다.

어떻게 되었을까? 헌신적이고 유능한 T이사는 당연히 조직에서 리더십을 인정받아야 했다. 그런데 그렇지 않았다. T이사의 지시로 밤을 꼴딱 샌 남자 직원들이 아침 6시에 기획서를 마무리하고 나자, 그 문제의 남자 부장이 나타난 것이다. 그는 밤샘한 남자 직원들을 데리고 해장국 집에 간다. "아, 너희들 수고했다. 고생했다, 정말." 이렇게 격려해준다. 그 말 뒤에는 '성질 더러운 여자 만나서 이게 무슨 고생이냐?'는 말이 숨어 있었고, 모든 남자 직원들은 뜨거운 해장국 국물을 마시면서 그 괄호 속의 대사를 공유했다. 그날 이후 그 기획서 밤샘 작업에 참여했던 남자 직원들은 남자 부장과 더 긴밀해졌다.

실제 일을 하느라고 고생한 사람은 T이사다. 그러나 해장국 사주면서 생색내고 사람을 장악한 사람은 남자 부장이다. 이 남자 부장은 절대로 자기 부하를 무능하다는 이유로 질타하는 법이 없다. 회사 일을 망칠망정, 자기 일을 망치는 것은 아니기 때문이다. 그래서 이 남자 부장은 인기 최고다.

T이사의 행동은 무엇이 잘못됐을까? 속상해하는 T이사의 대학 시절 남자친구가 조언을 해준다.

"그걸 왜 네가 직접 하니? 가만히 둬야지."

"일을 망치는데 어떻게 그걸 두고 보니? 외부에서 우리를 뭘로 보겠니?"

"한 번 포기하는 거야. 부장의 무능함을 대내외적으로 보여주는 거지. 그 사람이 어떤 사람인지, 왜 그 일이 성사되지 않았는지를 다른 사람들이 알게 하는 거야."

"그럼 회사 손해지."

"문제가 있었던 사람이라면, 너의 적이야. 넌 회사 생각한답시고, 너의 적을 보살피고 도왔어. 그 사람은 일은 안 하고, 책임은 면하고, 부하들한테는 인심을 얻었어. 일석삼조가 된 셈이지."

"그를 돕는 게 목적이 아니었어."

"그래도 넌 그를 크게 도왔어. 큰 은인이지. 그러나 고맙다고 하지 않을 거야. 성질 이상한 여자 상사가 괜히 밤샘시켰다고 할 거라고. 그 기획서는 네가 입회해서 진행한 일이니까 그 기획서에 대한 책임은 전적으로 너에게 있어. 거기서 생기는 모든 문제는 너에게로 책임이 돌아올 거야. 또 이사 수준에서 손을 댔으니, 이번 일은 반드시 성사시켜야 하는 부담도 더 커졌어."

나중에 가서야 T이사는 깨닫는다. 자신의 헌신적인 행동이 조직의 정치에서는 미숙한 것이었음을. 결국 죽어라 일하고 자기의 입지를 좁히는 결과를 낳게 된 것이다.

>> 종합 예술로서의 리더십

여자들이 남에게 일을 시키는 것을 힘들어하는 것은 여자들의 교육과 관련 있다.

남자들은 군대라는 곳에서 계급과 권한을 배운다. 어떤 계급에서는 얼마만큼 권한을 행사하고, 남에게 어떤 일을 시킬 수 있는지를 알고, 반대로 얼마나 복종해야 하는지에 대해서도 자연스럽게 배운다. 이등병 시절부터 고참 하사에 이르기까지 군대에서 남자들은 권력의 밑바닥에서 꼭대기까지 한 사이클을 단시간에 체험할 수 있었다. 그러나 여자들은 이런 경험도 없는 데다, 조직 생활이나 리더십에 대한 훈련 과정 없이 입사하고 승진하기 때문에 복종하기도, 지시하기도 힘든 것이다.

나 역시 혼자서 북 치고 장구 치는 상황을 자주 겪곤 했다. 바로 옆에서 도와주어야 할 사람들이 있는데도 나는 혼자서 일이 많아서 쩔쩔매고 있었던 적이 많다. 남에게 시키는 것이 미안해서 '내가 좀 더 하고 말지' 하고 체념했고, 남에게 맡기는 것이 불안해서 '그 시간에 내가 하고 만다'고 생각하기도 했다. 남에게 맡겨봤자 다시 내가 손봐야 할 것이므로, '내가 하는 것이 시간을 버는 것이다' 라는 생각으로 그렇게 하기도 했다. 그 결과는 혼자서 동동거리면서 외롭게 일 속에 파묻히는 것이었다. '이게 소띠 팔자지' 하는 것이 유일한 위안이었다.

그런데 언제부터인가 이런 방식이 잘못됐다는 생각을 하게 되었다. 시간이 좀 걸려도, 일의 성과가 좀 마음에 안 들어도, 그리고 좀 미안하더라도 일은 되도록 나눠서 하는 것이 옳은 방식이라는 것을 깨달았다. 여러 사람에게 조금씩 일로써 들어설 자리를 만들어주어야 각자 자기 몫의 일을 맡으면서 팀을 운영할 수 있었던 것이다. 함께 일했던 후배는 이렇게 말했다. "나의 역할을 정확히 알 수 없었다. 다른 사람의 역할에 대해서도 잘 알지 못했다. 다음에 올 일이 무엇인지 몰라서 미리 예상하고 준비할 수 없었다. 갑자기 일이 주어지면, 그 일을 해내기 급급했고 주도적으로 일할 수 없었다."

나는 나대로 일이 많아 힘들었지만, 다른 사람들도 일을 할 수 없고 어떤 일을 어떻게 해야 할지 몰라서 즐겁지 않았던 것이다. 이후로는 일을 할 때 다른 사람과의 분담, 위임, 지시를 명확히 하고 각자의 일을 교통정리하고 유기적으로 연결하는 일에 많은 비중을 두게 되었다.

나의 경험상 다른 사람에게 일을 시키고 분담할 때는 '문서' 형태를 활용하는 것이 도움이 되었다. 그리고 '알아서 해주겠지' 하는 생각을 버리고, 아예 처음부터 일한다고 생각하는 것이 좋다. 무슨 일을 왜, 언제까지, 어떤 결과물을 도출해야 하는지를 명시하고, 사람이나 일의 완성도를 평가하는 기준에 대해서도 체크 리스트를 명시한다. 이것은 인사 고과의 문항들을 응용하여 만들 수 있다. '맡기고 잊어버릴 수 있는 수준'인지, '자잘한 것은 알아서 하는 수준'인지, '중요한 포인트만 짚어주면 완수하는 수준'인지……. 이러한 체크 리스트는 평가자의 기대 수준을 알려주는 것이라 함께 일하는 사람의 동기를 자극할 수 있다. 간단한 것은 메일로 대신한다. 이 역시 문서의 형태라서 커뮤니케이션에 문제가 있을 때 문제의 발단을 가릴 수 있어서 좋다.

여자들이라도 높은 생산성을 이끌어내는 리더들은 위임해야 할 것과 본인이 직접 해야 할 것을 잘 구분한다. 또 챙겨야 할 시점과 던져주고 모르는 척 해야 할 시점을 아주 잘 구분한다. 이런 구분이 정확하면 아랫사람이 일하면서 피곤하지 않고, 자기가 알아서 하고 있다는 기분이 들어서 더 열심히 일하게 된다. 이런 구분이 잘 안 되고, 위임의 기술이 미숙하면 위아래가 모두 불편하다. 일하는 과정이 즐겁지 않아서 다음부터는 그 상사와 일하고 싶지 않다.

유능한 상사들은 업무를 위임하고 지시하고, 사람을 적절하게 조이고 풀면서 일을 추진하는 기술과 능력이 뛰어나다. 한 조직을 움직이는 관리 능력은 마치 '종합 예술'과 같다. 감상주의나 천진한 헌신성으로 해결할 문제가 아니라 부지런히 배워야 할 조직 생활의 '전공 필수'이다.

주변에서 훌륭한 상사로 존경받고 있는 사람을 만나면, 그에게서 이런 조직을 이끌고 나가는 감각을 배우도록 노력하자. 상사는 좋은 교과서다. 그가 조직 관리를 할 때 어디서 힘을 주고, 어디서 힘을 빼고, 어떤 지점에서 올리고 내리는지를 배우는 것, 이것은 당신의 미래를 위한 보험이 될 것이다.

윗사람으로서 피해야 할 행동

공사를 불문하고 '씹히면서' 사는 상관들이 있다. 적어도 이런 상관으로 산다는 것은 조직 내에서 '더 이상 나쁠 수 없는' 비극 중의 비극이다.

지금은 상사의 약점을 비판하고 있을지 모르지만 언젠가 당신도 상사의 위치에 올라 후배들의 도마 위에 오르게 된다. 이때의 나를 염두에 두고 윗자리에 갔을 때 피해야 할 행동 몇 가지를 미리 알아보자.

1. 직원 욕을 하지 말라

자고로 말 많이 해서 이득 보는 일은 거의 없다. 특히 남에 대한 말은 안 할수록 득이다. 그런데 비극의 주인공은 이 규칙을 깨뜨린다. 직원을 욕하면 돌고 돌아 자기에게로 돌아온다. 자기 직원을 욕하는 '높은 사람'을 보면서 사람들은 생각한다. '자격 없는 사람이 너무 높이 올라왔구나' 하고 말이다.

2. 마음에 안 든다고 소리 지르지 말라

높은 자리에 있으면서도 무시당하고 싶다면 소리를 빽빽 질러라. 신경질적인 소리를 지르는 것으로, 혹은 화를 내는 것으로 당신의 권위를 표현하고자 노력하라. 가끔 물건도 집어 던져라. 책상을 쾅쾅 쳐도 좋다. 이런 일 한두 번만 하면, 당신은 비극의 주인공이 된다. 높은 자리 앉아서 따돌림받는 비극의 주인공 말이다. '감정 통제 불능'을 광고하면 결국 리더십을 잃어버린다.

3. 아랫사람을 마음 놓고 하대하지 말라

아랫사람이라고 마음 놓고 하대하다가는 정말 '큰코 다친다'. 아무

리 낮은 직급, 하찮아 보이는 사람이라도 우습게 생각하면 어처구
니없는 봉변을 당할 수 있다. 당연한 말이지만 아랫사람 존중하는
상사가 존경받는다.

4. 치사한 사리사욕을 보이지 말라

이권이 걸린 결정을 할 때 자기와 가까운 사람들과 연결시키려고
규정과 절차를 어기는 상사, 행사장에서 사은품 몇 개 챙기느라고
실무자를 괴롭히는 지도층 인사, 회사 이름 팔아 공짜로 얻어 온
물건으로 인심 쓰는 상사, 약속한 것 절대로 안 지키는 상사, 촌지
받은 돈 모아서 저녁 사겠다고 큰소리치는 상사.

이런 상사로 공인받는다면, 상사로서의 권위는 밑바닥에 있다고
볼 수 있다. 이런 추락한 권위를 원한다면 기꺼이 사리사욕을 광고
하라.

5. 고치고 고쳐서 결국 원안대로 만드는 일은 삼가하라

아랫사람이 올린 기획서에 수정 사항을 지시한다. 1차 수정, 2차
수정……. 한 다섯 번쯤 수정하고 나서 비로소 오케이 사인이 내려
졌다. 그러나 완성된 그 문서는 처음 원안과 같아졌다. 이런 일을
당할 때 아랫사람들은 "멍멍이 훈련했다."라고 말한다.

6. 막무가내로 떼쓰지 말라

다른 부서와 외부 협조가 필요할 때가 있다. 타 부서나 외부 기관
사람을 만났을 때 여자임을 내세워서, 귀여운 딸이 아빠한테 조르
듯이 막무가내로 떼를 쓴다. 자기 상사에게서 이런 모습을 본 부하
는 조직을 사랑하는 사람일수록 화를 낼 것이다. 그리고 조직의 명
예를 떨어뜨리고 있는 그 상사를 싫어하게 될 것이다.

조직의 명예에 스스로 먹칠하는 상사가 되면, 당연히 욕을 많이 먹

게 될 것이다.

7. 계속해서 신경 긁으며 피곤하게 굴지 말라

상대방의 분노를 노출시키는 최악의 방법은 계속해서 신경을 긁는 것이다. 해결책을 제시하지도 말고, 대차게 화를 내지도 말라. 대신 멈추지 말고 계속하라. 가만히 신경을 거스르면서 상대방의 인내심을 시험하라. 얼굴을 볼 때마다 그 일로 인사를 대신하라. 개선 효과도 없고, 품위 잃고, 소문만 나빠질 것이다. 또한 아랫사람은 상사 때문에 짜증이 났으므로 미안함도 없을 것이다.

11장 | 조직은 여자를 싫어해?

조직 생활 처신 백과

서점에 가면 아예 '처세법'에 관한 책이 한 코너를 차지하고 있다. 유머, 말하기, 인맥 만들기, 이미지, 인간관계 등 어떻게 하면 비즈니스 현장에서 살아남을 수 있나에 대해서 고민한 흔적이 역력하다. 남자들은 이런 책의 독자들이다. 여자들은 소설, 시, 에세이를 읽고 뜨거운 가슴을 적시고 있을 때 남자들은 처세법을 배우고 개발하고 공유해왔다. 정작 처세법이 필요한 쪽은 여자들인데 말이다.

남자들이 써낸 처세법이 여자들에게 전혀 무익한 것은 아니지만 가슴을 울리지는 못한다. 여성의 몸에 맞는 옷이 아니고 여성의 식성을 고려한 지식이 아니니, 겉도는 느낌이 있는 것은 어쩌면 당연할지도 모른다. 그리하여 이제, 여자들은 여자들의 처세에 대한 이야기를 할 때가 되었다. 여자의 자긍심을 지키고 여자의 인생을 가치 있게 만드는 데 도움이 되면서 현실적으로 유익한 방법에 대한 이야기와 정보들이 쏟아져 나와야 한다. 이 책도 그런 시도 중 하나이고, 이런 작업에는 많은 여자들의 경험이 필요할 것이다. 먼저 내놓는 한 조각으로 이해해주기 바란다.

>> 여자의 자긍심을 지켜주는 조직 생활 행동 수칙

1. 조직 속의 공주는 구원되지 않는다

동화 속의 공주는 예쁘고 연약한 것이 매력이다. 보상도 있다. 왕자의 구원으로 모든 고난이 끝나는 해피엔딩. 그러나 조직 속에서 '공주'로 행세하면, 귀여움은 받겠지만 신뢰는 받지 못한다.

공주의 증세들인 혀 짧은 소리, 찰랑거리는 긴 생머리, 매력적인 SOS 청하기 등은 동등한 조직원의 태도가 아니다. '공주병'은 자신감과 다르고, 공주는 파워를 잡지 못한다. 공주 행세를 계속하면 결국 조직에서 도태된다.

2. 구설수 죽이기

여자가 조금 부각되면 구설수에 오르는 경우가 많다. 유명 연예인이 아니어도 여자들은 스캔들의 주인공이 되기 십상이다. ○○양 비디오 같은 섹스 스캔들, 공금 횡령, 뇌물 수수 같은 돈과 관련된 스캔들, 이혼했다, 남편을 버렸다는 등의 가족 스캔들이 전형적이다.

남의 일이면 이런 스캔들로 입방아 찧는 것이 너무 재미있다. 그러나 그러는 사이에 무고한 여자 한 명이 반죽음이 되고 있음을 명심하자. 어느 자리에서든 남의 구설수를 즐기는 일이 벌어지고 있다면, 그 현장에서 딱 잘라 말해주자. 스캔들을 진화하는 가장 훌륭한 방법이다. 여자가 여자들을 도울 수 있는 방법은 현장에서 스캔들 잘라내기다.

3. 나에 대한 구설수로 흥분하지 말자

내가 구설수의 주인공이 되는 일도 있다. 절대 흥분하지 말고 제풀에 꺾이기를 기다리자. 스캔들은 건드리면 건드릴수록 커지는 괴물과도 같다. 구설수의 주인공이 흥분해서 마구 말하고 욕하는 등 비이성적인 행동을 하는 것이 구설수를 만들어낸 사람의 목표라는 것을 잊지 말자.

억울한 점이 있더라도 직접 해명하겠다고 나서지 말자. 엎드려 있으면서 기회를 보라. 시간이 지난 후 당신의 인생으로 증명해보이자.

4. 화를 낼 때는 정확하게 현장을 포착하라

가끔은 화를 낼 수 있어야 한다. 그러나 어설프게 화를 내면 오히려 화를 부른다. 상대방이 누가 봐도 명확한 잘못을 했을 때, 여러 명의 증인이 있을 때, 명확한 증거가 있을 때를 선택해서 화를 낸다. 어설픈 화가 아니라 차라리 사무실이 들썩거릴 정도로 '화가 났음'을 명확히 표현하는 것도 가끔은 해볼 만하다. 명심할 것은 현장을 놓치면 화를 낼 수 있는 명분을 놓친다는 것이다.

5. 냉탕 다음에는 반드시 온탕을…

화를 냈거나 갈등이 있고 난 다음에는 반드시 화해하고 무마하는 시간을 가져라. 냉탕 다음에는 온탕이 뒤따라야 한다. 갈등은 일 때문에 일어난 것이므로, 인간관계까지 영향을 미치지 않도록 해야 한다. 부정적인 감정이 앙금으로 남아 있지 않도록 상대방을 진심으로 배려하고 감싸주어야 한다. 인내와 관용이 있는 통 큰 사람이어야 이런 일도 할 수 있다. 여성의 부드러움을 이럴 때 맘껏 발휘하도록 하자.

6. 여자라는 사실로 불편하게 하지 말라

남자들에게 여성을 한 팀원으로서, 동료로서 느끼기란 자연스럽지 않을 수 있다. 남자들 중에는 아직도 여자와 함께 일하는 것을 불편하게 생각하는 사람들이 많다. 이런 사람들에게 단지 여자라는 이유로 불편하게 하지 말자. 임신, 출산, 육체적인 조건은 여자도 어쩔 수 없는 모성적인 이유들로, 조직에 지장을 주지 않을 방법이 없다. 그러나 이를 이용한다거나, 이기적이라는 인상을 주지 않도록 하자. 어쩔 수 없지만 최대한 노력한다는 인상을 주도록 하자.

외부 행사 준비 때, 감사받을 때, 비상 근무일 때, 회사에 재난이 생겼을 때, 체육 행사 때 등 조직의 당면 과제가 있을 때 기꺼이 그 시간을 함께하라. 그리하여 팀워크를 중요하게 생각하는 팀원의 모습을 보이자.

7. 수다방에 출입하지 말라

조직 속의 여자는 늘 외롭다. 그 외로움을 덜 만한 누군가를 찾는 것이 인지상정이라서 여자들은 가끔 무차별 수다를 펼치기도 한다. 그러나 조직은 조직이란 것을 잊어서는 안 된다. 조직 안에서 뱉어 놓은 그 말들이 다 어디로 가겠는가? 모두 자신에게 되돌아오는 부메랑이라고 생각하면 크게 틀리지 않을 것이다. 게다가 그 말들이 돌아올 때는 엉뚱한 가시들을 달고 날아오는 것이 부메랑의 법칙이다. 조직 안에서는 되도록 말을 삼가는 것이 신상에 도움이 된다. 특히 자기 자신에 관한 이야기는 되도록 적게 하자.

8. 상대방에게 자신의 파워를 확인시켜라

리더십은 추종자가 있어야 성립하고, 파워도 상대가 영향력을 인정해야 성립된다. 겸손한 여자들은 자신이 파워를 행사할 수 있는 사람이라는 사실 자체를 부담스러워할 때가 있다. 그러나 자기 직급에 맞는 파워를 행사하고 상대로부터 그에 상응하는 대접을 받을 줄 아는 것도 관리 능력 중 하나이다. 이를 악용하여 교만해지거나 부정한 일에 사용하면 더없이 나쁜 일이지만, 파워를 인정하고 정당하게 활용하는 것은 조직인으로서 당연한 일이다.

자신의 파워를 부담스러워하거나 미안해하지 말고 그 힘을 좋은 일에 쓸 수 있는 방법을 생각해보라. 힘이 있다는 것은 좋은 일이며, 선한 권력은 많은 일을 효과적으로 할 수가 있다.

9. 일하는 여성의 가치를 분명히 알리자

정신적으로 남녀유별 문화 속에 사는 남자들에게는 비즈니스 현장에서 부딪치는 여성이라는 범주가 낯설다. 회사 내에서 성희롱이 빈번하게 발생하고, 비즈니스 미팅을 하고 나서 '애프터 신청'을 하는 등 이상한 행동을 하는 것도 그런 맥락이다.

실제로 골프 초대, 여행 초대에 아무 생각 없이 응했다가 나중에 남자들 사이에서 이상한 여자, 헤픈 여자로 입에 오르는 경우를 봤다. 또 열렬하게 구애를 하다가 실패하고 자존심 상하면 비열한 방법으로 복수를 하는 남자도 봤다. 남자들에게 좋은 평판을 듣고 협조를 받아서 성공하는 것도 중요하지만, 불명예스러운 소문의 주인 공이 되지 않으면서 성공하는 것도 중요하다. 남자들과 친하게 지내되, 적절히 절제하고, 적절히 거절하고, 적절히 접근하자.

일터의 남자들에게 새로운 범주의 여성을 만나는 즐거움을 알게 해주는 것도 지금 단계에서는 중요한 일인 것 같다. 여자 쪽에서 먼저 생물학적 여자가 아닌, 일하는 동반자로서 다가가자. 여성과의 우정, 여성과의 협력 등 성적인 코드를 벗어난 관계에서의 즐거움을 알게 해주자.

power advice

조직의 이익과 목표를 이해하라

여자들은 자기에게 직접적으로 관련된 것이 아니면 생각하기 힘들어한다. 그래서 여자들은 나와 조직을 연결시키는 훈련이 부족하다는 평가를 듣곤 한다.

여자들은 항상 생각의 주체를 '나'로 하는 경향이 있다. 그러나 '내가' 좋은 것, '내가' 하고픈 것, '내가' 해야 할 일로 생각하는 습관은 조직인으로서 성숙하지 못한 자세이다. 내가 아니라 조직이 해야 할 일, 조직에게 이익이 되는 일에 대해 생각을 할 수 있어야 한다. 조직의 이익과 목표와 비전을 이해하고, 큰 그림을 그릴 줄 알아야 중책을 맡을 수 있다.

〉〉〉 　**여성**에게 영혼이 있느냐 없느냐 하는 것이 논쟁의 주제였던 시절, 인간은 곧 남성을 의미했다. 이것과 본질적으로는 똑같은 의식 구조가 지금도 남아 있다. 성공이나 리더십 같은 말은 남성을 전제로 하고 있다. 여성 리더십을 연구한다고 했을 때 들어야 했던 수많은 반응은 "리더십에 남녀가 따로 있어요?"라는 것이었다.

세상이 변하고 있다. 감성, 다양성, 수평적 사고, 부드러움, 공존의 시대가 이미 우리 생활 속에 들어와 있다. 이런 세상을 이끌고 나갈 힘은 여성성과 일맥상통하는 것이 많다. 이제야 사람들이 여성성을 21세기 리더십의 자원으로 인식하기 시작했다. 그 전까지 여성성이 리더십의 장애 요인, 방해 요인, 문젯거리, 처리 곤란한 방해 요인이었다면, 이제는 새로운 조직을 이끌고 갈 수 있는 새로운 가치와 자원으로 주목받게 된 것이다.

여성 리더십에 대한 최근의 연구들은 아름다운 21세기를 가꾸어 갈 중요한 작업이다. 좀더 구체적으로 들어간다면, 여성들이 고군분투하면서도 잘 지켜왔던 여자들의 방식과 가치를 연구하고 발굴하는 작업이 필요하다고 본다. 4부에서는 이런 작업의 일부를 소개한다.

1장 | 그들은 어떻게 CEO가 되었을까?

성공하는 여자의 8가지 습관

조직 생활에서 여성이 성공했다는 평가를 듣기는 매우 어렵다. 여성에 대한 많은 편견과 차별 구조가 여성의 성공을 방해한다. 그러나 일반적인 조건이 똑같이 주어져도 성공하는 사람과 실패하는 사람은 나타나게 마련이다. 조직 생활의 적응에 성공한 여성들의 성공비결들을 살펴보았다.

>> 성공 요인 1 : 업무 능력을 인정받는다

조직에서 성공한 여성들의 공통점은 '업무 능력'을 인정받고 있다는 점이다. 아무도 따라올 수 없을 만큼 성실하게 일하는 여성들의 일하는 자세는 가히 존경할 만하다. 밤낮이나 공휴일이 따로 없을 정도로 일에 전념한다. 수동적인 여성의 모습은 사라지고, 일을 위해 매진하는 프로 정신을 발휘하는 것이다.

중요한 것은 이들이 처음부터 일을 잘한 것이 아니었다는 것이다. 이들에게도 늘 새롭고, 잘 모르는 업무가 주어졌다. 이때 성공한 여성들은 모른다고 위축되거나 피해버리지 않고, 직접 부딪쳐서 해결하는 방식을 택한다. 모르는 것은 책을 보고 공부하거나 물어보면서 배워 나간다. 결과적으로 새로운 일을 하나 마치고 나면, 이들의 업무 영역은 그만큼 확장되는 것이다. 한 분야에서 책임을 완수하고 나면, 또 다른 일거리가 주어지고, 그 일거리에는 또 배울 것들이 가득하다. 배우는 것 앞에서 주저하지 않는 것 또한 이들의 업무 능력을 업그레이드하는 중요한 포인트가 되었다.

이들은 각자의 업무 능력에 따라 '창의적인 업적'들이 있었다. 주어진 일만 수동적으로 하는 것이 아니라, 적극적으로 자기 일로 받아들이기 때문에 어느 순간에는 아무도 생각지 못했던 탁월한 창의적인 업적들이 나오게 된다. 사내 전산화 작업, 고객 DB작업, 신상품 홍보 같은 업무를 하면서 혼을 다하고 열정을 다 바치는 모습을 보인다. 창의성이란 하루아침에 나오는 것이 아니다. 한결같은 성실성과 열정이 합쳐지고 시간으로 다져지면 비로소 창의적인 업적이 탄생된다. 이런 업적을 만들어내면 이 여성에 대한 평판이 높아지고, 그 다음의 행로에 부가가치를 마련해주는 것은 당연하다.

성공한 여성들의 업무 능력에서 관찰할 수 있는 것은 '정보 수집 능력'이 뛰어나다는 것이다. 조직 생활에서 여성들이 가장 큰 약점으로 지적되는 부분이 정보 네트워크에서 동떨어져서 '조직의 섬'처럼 존재한다는 것이다. 성공한 여성들은 어떤 식으로든 정보에서 소외되기 쉬운 여성의 약점을 보완할 수 있는 방법을 가지고 있었다. 어떤 루트가 되었든 공식적이거나 비공식적인 정보를 파악하고 있으며, 남자들의 정보 네트워크의 일원이 되는 방법을 알고 있다.

››성공 요인 2 : 적극적으로 자기를 주장한다

　자기를 주장하는 능력. 그것은 공격적인 것과는 다르게 긍정적으로 자기를 잘 표현하는 적극적인 성향을 말한다. 공격적인 것이 무례하고 남을 고려하지 않는 것이라면, 자기 주장이 강한 것은 남에게 피해를 입히지 않으면서 자기가 원하는 것을 분명하게 말할 수 있는 능력을 말한다.

　여자들은 어려서부터 순종적이고 말이 없는 것, 겸손한 것이 미덕이라고 교육받아 왔다. 그러나 성공한 여성들에게서 성공은 결코 가만히 앉아 있는 사람에게 저절로 주어지는 것이 아니라는 것을 확인할 수 있었다. 노래를 잘한다고 다 가수가 되는 것이 아니듯이, 적극적인 사람만이 발전하고 성공할 수 있다. 어디서든 자신의 능력을 밖으로 보이는 것은 필요한 일이다. 일단 알려져야 기회가 오는 것이 사실이다. 알려지기 위해서 여성들은 더 적극적이어야 하는 것이다.

　여기서 중요한 사실이 있다. 적극적으로 자기를 주장하는 여성들은 실력과 자신감으로 무장되어 있다는 것이다. 이들의 자기 주장은 거품이나 허풍이 아니라, 남보다 더 노력하고 긴장하며 살아온 삶의 흔적이다.

　자타가 인정하는 실력과 성실성, 자신감을 갖춘 여성들은 결정적인 순간에 '배팅'을 할 줄 안다. 성공하는 여성들은 중요한 것과 중요하지 않은 것을 구분하며, 매우 중요하고 결정적인 것이라고 생각될 때는 자기에게 필요한 것을 적극적으로 쟁취한다. 승진 관련 사안, 프로젝트 성사 여부가 걸린 사안 등 매우 중요한 문제가 있을 때 성공한 여성들의 적극적인 자기 주장은 빛을 발한다.

>> 성공 요인 3 : 멘토 또는 지원자가 있다

혼자 힘으로는 크지 못한다는 것을 다시 확인하는 대목이다. 성공한 여성들에게는 고루한 성차별적 편견을 뛰어넘어, 여성의 능력을 믿고 격려해준 합리적인 멘토 또는 지원자들이 있었다. 아직은 거의 남자들이다.

여자를 키워준 이 남자들은 시대를 앞서 간 남자들로, 여성의 사회 진출을 확대하는 데 혁혁한 공로가 있는 사람들이다. 이들에 대한 공로를 기억해주는 기회가 있었으면 좋겠다. 이들은 중요한 기회가 왔을 때, 여성을 발탁했다. 여자라서 발탁했다기보다는 능력에 준하는 공정한 인사를 했고, 여자라는 이유로 불이익을 주지 않는 합리적인 사람들이었다. 이들의 안목은 성공적이었고, 이들의 합리성은 여성이 크는 데 결정적인 기회를 제공해준 셈이다.

성공한 여성은, 남녀를 불문하고 유능한 상사에 대한 그림을 가지고 있었다. 업무에서 맥을 짚는 법, 프로페셔널의 자세, 리더십, 자기 계발을 하는 자세 등에서 바람직한 리더의 상이 있었다. 상사에게서 많은 것을 배우는 것도 성공하는 여성의 자질이고, 여성에게 우호적인 리더를 만나는 것 또한 성공하는 여성이 누릴 수 있는 행운이라고 할 수 있다.

>> 성공 요인 4 : 자기 나름의 갈등 대처 능력이 있다

여성에게 비친화적이었던 조직 문화, 홍일점 시기를 거쳐야 했던 선배들은 자연스럽게 남성보다 훨씬 더 많은 갈등 상황에 노출되곤 했다. 따라서 성공한 여성들은 이 갈등 상황을 넘어서는 자기만의 전략을 갖고 있었다.

부하들을 다스리는 방법에 대한 노하우에서부터 구설수에 대응하는 법, 팀 리더로서의 자리를 찾는 법 등 조직 속에서 성공한 여성 중에는 생존의 대가들이 많다. 이들이 오늘날까지 체득한 생존 비법을 우리 후배들이 배워야 할 것이다. 아무리 불리한 상황에서도 성공하는 사람들은 어려움을 이겨내는 자기 나름의 대처 능력으로 상황을 통제할 줄 안다.

>> 성공 요인 5: 긍정적 여성성을 활용할 줄 안다

긍정적 여성성은 여성 리더들에게 장점이 될 수 있다. 성공한 여성은 여성의 모성애와 주부의 섬세함을 리더십에 적용해 협상, 통솔력 등에서 타인을 감동시키는 자원으로 활용하고 있었다.

성공한 여성은 여성으로서의 사명감이 강했다. 어려운 시절을 남다른 노력으로 극복할 수 있었던 것은, '내가 못하면 여자 전체가 못하는 것으로 인식된다'는 여성으로서의 사명감이 작용한 결과이기도 하다. 이들은 후배들에게 거름이 되기 위해서 선배로서 늘 긴장하고 살았다. 이들은 일단 자신이 성공하고 나면, 후배들을 끌어주고 후배들의 울타리가 되어 주는 멘토 역할을 기꺼이 해주고 있었다.

>> 성공 요인 6: 민주적인 인간관계를 중요시한다

여성 리더십의 가장 큰 장점은 민주적인 인간관계를 중요하게 여긴 다는 점이다. 학술 연구에서도 여성 리더가 권위적이면 남성 리더보 다 훨씬 더 평판이 나쁘다고 보고되어 있다. 똑같이 권위주의적일 때 남성 리더의 권위주의는 파워로 보일 수 있지만, 여성 리더의 권 위주의는 성격 이상한 여자의 거드름으로 보일 수 있는 것이다.

그리하여 성공한 여성들은 매우 조심스럽게 살고 있다. 반드시 존 댓말을 사용하며, 정중함은 기본이다. 나이 어린 직원을 대할 때, 야 단칠 때도 부드러운 방법을 선택하려고 노력한다. 공직 사회의 여성 공무원들은 아래 직급을 부를 때 반드시 선생님이라고 부른다. 남자 부하를 대할 때도, 가장으로서의 자존심을 배려하는 세심함을 보이 고 있다. 아랫사람과의 관계를 매우 중요하게 생각하는 것도 성공한 여성들의 특징이다.

>> 성공 요인 7: 감정 통제력이 강하다

감정적인 성향, 이는 여자들의 약점으로 자주 지적되곤 한다. 성 공한 여성들은 모두 감정 컨트롤이 필요하다는 데 100% 공감하고 있었다. 이들은 화가 난다고 무작정 소리를 지르면 안 되고, 신경질 을 내면 성질 이상한 여자로 낙인 찍힌다고 입을 모은다. 또 꽉 짜여 진 조직 사회에서는 인간성이라는 변수가 매우 중요한데, 감정 통제 가 안 된다거나 성격이 이상하다는 공격을 받게 되면 결코 이로울 것이 없을 뿐 아니라, 앞으로 성장하기도 어렵다고 조언한다.

마음에 안 들거나 억울한 일이 있다고 해서 눈물을 보이거나 언성을 높이면서 싸우는 것은 백발백중 여성에게 손해다. 앞뒤 맥락은 없어지고 여자가 울고불고 싸웠다는 사실만 남아 소문이 되어 돌아다니기 때문이다. 이는 결국 자질 부족으로 귀결되기 쉽다.

성공한 여성들은 이런 함정을 아주 잘 알고 있었다. 때로 직설적으로 강하게 내리꽂는 성향이 있을지언정, 감정적인 대응으로 약점을 잡히는 일은 하지 않았다.

>> 성공 요인 8: 가족의 협조와 지원이 있다

여성들에게 가정과 직장을 병행해야 하는 것은 아주 고전적인 어려움이다. 성공한 여성들은 이 문제를 완벽하게 해결하는 체계를 가지고 있었다. 남편과의 역할 분담을 확실하게 하고 있거나, 친인척들의 도움을 확실하게 받거나, 아예 24시간 가사 도우미를 두는 등 방법은 여러 가지다.

대체로 성공한 여성 옆에는 훌륭한 남편들이 있다. 남편이 돕지 못하는 경우에는 친인척들이 기꺼이 도움을 준다. 중요한 것은 이들이 가정 일 때문에 직장 일에 방해받는 폭을 최소화하면서 업무 집중력을 높이고 있다는 것이다.

이상 8가지의 성공 요인은 조직 생활에서 요구되는 자질들이다. 조직의 생리란 규모가 크나 작으나, 민간 조직이나 공공 조직이나, 본질적으로 큰 차이가 없는 법이다. 조직 생활은 개인의 자유를 많이 통제하지만, 반면에 혼자서는 할 수 없는 많은 일을 해결해주는 힘이 있는 것도 사실이다. 여성들은 조직 생활에서 성공하기 위해서 노력하는 동안 조직의 파워를 다루는 방법과 여성의 약점을 넘어서는 방법을 배울 수 있을 것이다.

power advice

성공하는 여성들의 8가지 습관

1. 업무 능력을 인정받는다.
2. 긍정적으로 자기를 표현하는 적극적인 성향을 지녔다.
3. 성차별적 편견을 뛰어넘어 여성의 능력을 믿고 격려해준 합리적인 멘토 또는 지원자들이 있다.
4. 자기 나름의 갈등 대처 능력이 있다.
5. 긍정적 여성성을 활용하고 여성으로서의 사명감이 강하다.
6. 민주적인 인간관계를 중요시한다.
7. 감정 통제력이 강하다.
8. 가족의 협조와 지원이 있다.

2장 | 정도를 걸어왔기에 강하고 자유로운…

여자라서 더 유리했던 박효신 상무

"나는 여자라서 훨씬 유리했다. 같은 일을 해도 여자라서 훨씬 더 잘했다는 소리를 들었고, 같이 있어도 여자라서 눈에 띄었고, 여자라서 훨씬 더 쉽게 신뢰를 받았다."

조직 생활에서 성공한 여성 중에는 여자라서 불리하다는 말을 부인하는 사람들이 있다. 광고주협회 박효신 상무가 그 대표적인 사람이다. 광고주협회는 말 그대로 광고주 입장에 선 기업체들이 회원사로 되어 있는 협회이다. 외부에서 보기에도 상무가 여자라는 점은 부드러운 이미지에, 앞서 가는 단체라는 느낌을 줄 수 있어서 협회 측에 도움이 되는 것 같았다. 그래서인지 그만 좀 쉬고 싶다는 박효신 상무의 희망 사항은 번번이 좌절당했고, 지금까지도 협회의 간판 역할을 하고 있다.

〉〉 열심히 일하는 여자들의 힘

유능한 여자가 고위직에 있다는 것은 남자들에게도 즐거움이고 자랑거리가 될 수 있다. 더구나 사회 분위기가 여성의 고위직 진출이 당위적인 것으로 되다 보니, 조직에서 고위직에 유능한 여자가 한 명쯤 있다는 것은 즐거움이 되었다.

물론 여자 나름이다. 남자들이 기꺼이 자랑스러움으로 받아들일 수 있는 여자란 당연히 남자보다 유능하고, 생기 있고, 세련되고, 성품 좋은 여자라는 생각이 들 때에 한한다. 박효신 상무는 겸손한 터라 자기는 평범하다고 계속 주장하지만, 측면 취재를 해보면 그가 얼마나 빈틈없고, 헌신적으로 일하는 사람인지를 알게 된다.

박효신 상무의 말을 들어보면, 남자들은 여자들을 칭찬하고 싶어 하는 지원군이다. '같은 값이라면 여자에게 더 후한 값을 준다'는 것이 그의 말이다. 그러나 우리는 안다. 그가 결코 같은 값을 하지 않았을 것이라고. 또한 우월한 값을 해놓고도 항상 자기 머릿속에서 '같은 값을 했다'고 생각하는 그녀의 겸손한 마음이 남자들을 비롯한 주변 사람들의 마음을 불편하지 않게 한 것은 아닐까? 박효신 상무는 또한 누군가에게 한번 만나고 기억될 수 있다는 것은 큰 장점이라고 덧붙였다. 남자 동료와 함께 누군가를 만나도 다른 사람은 기억하지 못하고 자기는 기억하더라는 것이다. 그것이 다 여자라는 이유에서다.

박효신 선배와 나는 진지하게 토론을 했다. 여자라서 얻게 되는 이런 장점은 어디에서 오는 것인가? 그러다 내린 결론은, 여자들은 권력 게임의 경쟁자가 아님을 자타가 공인한다는 것이다. 실제로 박효신 상무가 일 잘 하고 기분 좋은 여자라서 고위직에 놓을 만하지만, 커다란 권력욕이 있어서 더 높은 자리를 원한다거나, 자기 아래로 자기 사단을 형성하여 파벌을 조성하는 등 권력 투쟁을 하지 않을 것임을 주변 사람들은 잘 알고 있다. 박효신 상무는 유능하되 소박한 사람이다. 분에 넘칠 정도로 큰 야망이 없다. 맡은 바 책임은 다하지만, 끊임없이 최고를 지향한다거나 최고 권력자로 군림하겠다는 욕심은 없다.

우리들의 토론에 의하면, 여자들의 욕심은 일 욕심, 완성도에 대한 욕심, 완벽주의자로서의 욕심이다. 권력을 맛보지 못해서인지는 모르겠지만, 일 열심히 하는 여자들은 일의 성취도를 높이는 데 온 힘을 다하지만, 그 이상의 진도를 나가지는 않는다. 이미 기운이 다 소진해서 다른 생각을 하기가 힘들다. 남자들 중에는 자기 분야에서 조금만 성과를 보이고 주목받고 나면 정치권으로 넘어가기도 하지만, 여자들은 전문가로서의 명성 정도에서 머문다. 여자들의 욕심은 이런 권력욕, 지배욕과는 거리가 멀다.

그렇기 때문에 여자들은 권력 쟁취를 위한 이전투구(泥田鬪狗)도 하지 않고, 자기 이익을 챙기기 위해 배신, 밀고, 파벌 조성 같은 추악한 게임에 관심을 갖지 않으며, 이권이나 편법과 타협하는 일도 없다. 또 일의 완성도가 관심 사항이므로 정도를 지키면서 성실하게 일하려고 한다. 사실 이런 장점이 있는 사람이라면 누구라도 신뢰를 받을 만하다.

확고하게 정한 성공이라는 목표를 향해서 수단과 방법을 가리지 않고 돌진하느라 윤리와 인간다움을 저버리는 드라마 속의 주인공들이 있다. 권력욕의 화신이 되어 최고의 자리를 차지하기 위해 자신의 성공만을 향해서 모든 것을 저버린다. 이런 식의 성공 방정식은 전형적인 남성의 방식이고, 전근대적이다. 반면 여성들은 수단과 방법을 상당히 가리면서 목표로 접근한다. 이들은 윤리와 인간다움을 지키는 것이 중요한 가치다. 최고, 최강의 권력을 소유하는 것보다는 거기까지 가는 과정의 원칙과 성실함이 더 중요한 것이 여성의 소박한 방식이고, 미래 지향적이다.

늘 전쟁터 같은 권력 게임 속에 사는 남자들은 이런 식의 유능하지만 소박한 여자들을 만날 때, 휴식과 신선함을 느낄 수 있을 것이다. 적어도 이 소박한 여자들은 자기들이 권력 게임으로 이겨야 할 대상은 아니라는 안도감이 있을 것이고, 권력욕도 없으면서 저렇게 일을 열심히 하는 이상한 종류의 인간에게 신선한 자극을 느낄 수도 있을 것이라는 생각이 든다.

>> 여자들이라서 더 신뢰한다

진실하고, 잔머리 안 굴리고, 거품이 없다는 것은 여자들의 큰 장점이라고 할 수 있을 것 같다. 박효신 상무의 체험이 그렇다.

"거래처 사람을 만날 때 여자 상무가 나가면, 상대방이 좀더 안심하는 것 같아요. 남자들이 나갔을 때보다 더 쉽게 믿어준다고 할까요? 상대방이 더 좋은 느낌을 가져주니까, 당연히 성과가 더 좋죠. 아마 '여자니까 더 진실할 것이다', '거짓말하지 않을 것이다', '정확할 것이다', 이런 생각을 하는 것 같았어요. 효과가 좋으니까 회사에서도 자꾸 저를 내보내려고 하죠."

남자들이 상대로 나왔다면 어떻게 되었을까? 서로 얼굴에는 웃음을 담고 있지만 머릿속으로는 팽팽하게 계산을 하고 있을지도 모른다. '저 말은 무슨 뜻인가? 저 말 뒤에는 어떤 계산이 들었는가? 이걸 주면 다음에는 뭘 달라고 할까? 이걸 조건으로 달면서 저걸 달라고 해볼까? 저 말이 진실인가?' 등등. 서로 한치라도 손해보지 않고 더 많은 것을 얻기 위하여 '잔머리'를 굴릴 수도 있다. 이런 피곤한 만남에는 '의심'이 깔려 있다. 믿을 수 없는 것이다. 말 그대로 믿었다가 당한 적이 있거나 어수룩하게 굴었다가 손해를 본 적이 있다면 다시는 믿지 않을 것이고, 재고 또 재면서 사람을 만나기 시작할 테니까.

이런 피곤한 커뮤니케이션이 예상되는 자리에 의외로 여자가 나왔다? 상대방은 이미 수많은 사람과의 만남을 통해서 관상만 봐도 사람의 질을 한눈에 알아볼 수 있는 안목을 키웠을 것이다. 비즈니스맨의 본능은 이 여자 파트너가 곧이곧대로 정직한 사람이라는 것을 직감적으로 알아챘다. 그렇다면 협상은 빨라진다. 거짓말 없고, 뒤통수칠 일 없다면 이쪽에서도 좀 너그럽게 나갈 수 있는 일이다. 정직하고 신뢰할 수 있는 여성이라면 협상 테이블에서 좀더 유리한 고지에 서 있는 셈이다. 이것을 잘 이용하면, 더 좋은 결과를 얻을 수 있다.

"이제는 여자라는 조건을 잘 활용해서 많은 것을 얻는 쪽으로 생각하는 게 좋아요. 예를 들면, 여자들이 신뢰감을 준다는 것을 이용해서 협상에서 더 많은 걸 더 과감하게 요구해보는 거예요. 전 그렇게 해서 얻어낸 것이 많아요. 남자들이라면 몇 단계에 걸쳐서 해야 할 일을 단번에 해 버린 적도 있었고, 남자들이 감히 생각지 못하는 조건을 아무렇지도 않게 과감하게 던져서 성사시킨 적도 있죠."

>> 새롭게 발견하는 여자식 '야망'

박효신 상무는 또한 여자들이 피해 의식에 젖어 있지 말고, 여자라는 조건을 잘 활용하라고 거듭 강조한다.

"전 남자들이 볼 때, 정말 과감해요. 철이 없다고 볼지도 몰라요. 그럴 수 있는 건 내가 최고가 돼야 한다거나 큰 권력을 가져야 한다는 욕심이 없기 때문일 거예요. 특별히 성공하고 싶다거나, 돈을 많이 벌어야겠다는 욕심이 없으니까, 무서울 게 없지요. 정도가 아닌 건 절대로 안 해요. 정도를 버리면서까지 가져야 할 게 없어요."

혹자는 여자들이 생계 부양자가 아니라서 프로 의식이 없고 느슨하다고 말하기도 한다. 야망이 없어서 크게 크지 못한다고 한다. 그러나 여자의 성공에는 그렇게 단순하게 말할 수 없는 여러 가지 측면이 있다.

성공이라는 개념부터 다시 이야기해보자. 무엇을 성공이라고 말할까? 흔히 성공을 외부에 있는 목표를 소유하는 것, 목표 지점에 도달하는 것으로 이해하기 쉽다. 일반적으로 권력, 금전, 명예, 명성 등 귀한 자원을 소유하는 것을 '성공' 했다고 말한다. 그러나 미래 지향적인 성공의 개념에서는 좀더 내면적인 가치를 중요하게 여긴다. 진정한 성공이란 내면의 열정과 일의 성과가 통합되어 나타나는 것을 말한다. 뭘 갖느냐는 소유의 대상으로서의 성공이 아니라, 자신의 내면적 가치가 외부의 일이라는 영역과 만나 성과를 내는 것을 성공이라고 볼 수 있는 것이다.

따라서 미래 지향적인 성공에서는 자신에 대한 성찰이 매우 중요한 요소가 된다. 자신에 대한 객관적 파악, 욕구, 가치관, 목표 의식 등이 정립되어야 정말 자기가 하고 싶은 목표를 찾을 수 있다. 내가 왜 그것을 원하는가를 설명할 수 있을 때, 내면의 열정이 일어날 수 있는 것이다. 충분한 성찰을 통해 얻은 열정적 에너지를 바깥에 존재하는 일의 영역에 집중시킬 때는 엄청난 성과를 얻을 수 있고, 세속적 의미의 '성공'을 하지 않을 수 없게 된다. 그러므로 여성들이 추구하는 성공의 방식이란 좀더 미래 지향적인 방식에 가깝다.

성공한 남녀 CEO에 대한 연구(Helgesen,《The female advantage: Women's way of leading》)가 있다. 이에 따르면 남자 CEO들은 일하는 방식이 단절적, 독점적, 집중적, 고립적, 권위적 방식이라면, 여자들은 지속적, 분산적, 통합적, 민주적 방식이다. 여자 CEO들은 업무 도중의 전화, 직원의 보고, 방문객 등으로 수행 중이던 업무가 차단되었을 때도 이를 '방해받았다'고 느끼지 않았지만, 남자들은 그와 달랐다는 분석이다. 이 연구는 여성들이 관계 지향적 특성이 강하기 때문에 여성 리더들은 '돌봄, 이타성, 실속, 도와줌, 분산' 등의 특성이 있는 리더십을 발휘한다고 주장한다. 이런 차이는 성공관의 차이로도 연결지을 수 있을 것이다. 요약하자면 여성들은 이타적으로, 윤리적으로, 통합적으로 성공을 정의하고 싶어한다.

>> 미래 지향적인 성공 모델

여성이 가정의 책임자라는 것은 고정관념이 분명하지만, 그로 인해서 얻는 자유에 대해서도 주목해볼 만하다. '목구멍이 포도청'이라는 논리가 얼마나 많은 부정부패의 기반이 되어 왔던가를 생각해보면 알 수 있다. '먹고살기 위해'라고 말하면 윤리를 저버리고 부정을 저지르고 편법에 편승한 일들을 다 이해받고, 사람들은 관용을 베풀 것이라고 생각하는 분위기는 우리 사회를 '추악한 사회'로 만들었다.

여자들이 이 추악한 게임에 출전하지 않을 수 있었던 데는 여자들의 일차적 책임은 가정이라는 고정관념이 한몫을 한 바 있다. 약간의 여유로 인하여 여자들은 분수를 지키면서 소신껏 일할 수 있었고, 조직의 노예가 되지 않을 수 있었다. 권력 투쟁 혈전의 일원이되어 피 흘리면서 싸우는 어리석은 짓을 하지 않을 수 있다는 얘기이고, 자기 존엄을 버리지 않을 수 있다는 얘기다.

사리사욕이 없고, 내면적 성찰이 중요한 사람들이 유능한 능력까지 갖추면 비로소 무서울 것이 없는 강력한 파워가 생기는 것이다. 자기 윤리성에 의한 통제가 있을 뿐 그 어떤 것으로도 정도를 벗어나게 할 수 없는 사람, 조직 내 강력한 실력자의 또 다른 모습, 정도를 걷는 소신파 조직원. 바로 성공한 여성의 모습이다.

여성의 성공에는 이런 스타일이 더 적합할 것이라는 생각을 해본다. 야망에 의한 목표를 정해놓고, 거기에 도달하기 위한 단계별 시행 계획을 세우고, 거기에 정확히 맞추어서 진행하는 물량적이고 외면적인 성공보다는, 윤리적이고 여유 있고 총체적인 방식이 더 만족도가 높은 성공이 될 것이라는 생각이다.

이것이 미래 지향적인 성공 모델이 아닐까? 그래서 21세기의 여자들은 새로운 윤리적 야망을 꿈꾼다. 새로운 야망을 추구하는 여자, 그는 강하고 자유롭다. 정도를 걸어왔기에 그의 성공은 더욱 빛날 것이다.

power advice

거칠 것 없는 여성의 성공 방식

"이제는 여자라는 조건을 잘 활용해서 많은 것을 얻는 쪽으로 생각하는 게 좋아요. 예를 들면, 여자들이 신뢰감을 준다는 것을 이용해서 협상에서 더 많은 걸 더 과감하게 요구해보는 거예요. 전 그렇게 해서 얻어낸 것이 많아요. 남자들이라면 몇 단계에 거쳐서 해야 할 일을 단번에 해버린 적도 있었고, 남자들이 감히 생각지 못하는 조건을 아무렇지도 않게 과감하게 던져서 성사시킨 적도 있죠."

3장 | 당신의 여성성을 맘껏 누려라

여성 부가가치 시대가 온다

이제 여성들이 굳이 남자를 닮기 위해 애써야 하는 시대는 지나간 듯하다. 남자 같은 모습으로 성공한 여성들은 이 시대 젊은 커리어 우먼들에게 공감을 얻기가 힘들다.

"닮고 싶은 선배가 별로 없어요. 행복해 보이지 않아요. 거친 것 같고, 남자 같잖아요. 저는 여자다움을 유지하면서 일도 잘하는 전문가가 되고 싶어요. 선배들이 훌륭하다고 생각하고, 존경스럽지만, 닮고 싶은 모델은 아니에요. 여성적인 분위기가 느껴지는 그런 이미지가 좋아요."

20대 후반의 한 전문직 여성의 말이다.

〉〉 당당한, 자랑스러운 여성성

20대에서 30대 초반의 커리어 우먼들은 세련된 여성미를 추구한다. 일할 때는 똑부러지지만 자신은 아름다운 여성으로 표현할 줄 아는 것이 21세기형 커리어 우먼이다. 주변에서도 이런 커리어 우먼의 모습을 환영해준다.

선배들과 비교하면 얼마나 큰 차이인가? 조직의 홍일점으로 전쟁 치르듯 달려온 선배들. 바위같이 강인하긴 하지만 펑퍼짐하고, 중성적이며, 매력적이지 않다. 지금 여성들은 이런 모습을 자신의 모델로 생각하지 않는다. 좀더 세련되고 좀더 자유롭고 좀더 자기 표현적인 모습을 원한다. 그만큼 여유가 생겼다는 얘기가 아닐까? 이 시대가 젊은 여성들에게 여성성을 즐길 수 있는 여유를 준 것이다. 이 시대는 여성이라는 이유로 더 좋은 조건을 허용하기도 하며, 때로는 여성성이 부가가치를 높이기도 한다. 이제 여성성은 남자와 같지 않다는 이유로 감추고 부인해야 할 부분이 아니라, 잘 활용해야 할 자원이다.

〉〉여자, 이래서 더 강하다

중앙인사위원회의 2002년 여성 공무원들에 대한 실태 조사에 따르면, 여성들의 성 정체감과 자긍심, 삶의 만족도는 깊은 상관관계를 나타낸다. 성 정체감은 자신이 여성이라는 사실을 긍정적으로 인정하는 태도와 관련된 것이다. 자긍심은 자아 존중, 즉 자신을 중요하고 귀중하게 생각하는 자세다. 삶의 만족도는 말 그대로 자기 인생을 긍정적으로 생각하고, 만족스럽게 생각하는 태도를 말한다. 이 실태 조사는, 자긍심이 높은 사람은 자신의 여성성을 긍정적으로 생각하고, 그런 사람은 삶의 만족도도 높다는 것을 실증하는 자료이다. 이와 더불어 자신 있게 살아가는 여자가 되려면 여성으로서의 성 정체감이 필요하다는 것을 시사한다.

'여자라서 행복해요.' 라는 어느 광고 카피처럼 남자를 닮기 위해 노력하는 시대는 갔다. 여자이기 때문에 유리한 점들을 알고 있으면, 이 점을 어떻게 활용해야 할지도 생각할 수 있을 것이다. 사회가 선진화될수록 여성의 섬세함, 꼼꼼함, 부드러움은 크게 활용되는 자원이다. 북유럽에서는 벌써 정치, 경제에서 여성들의 활약이 눈부시다.

선진국일수록 여성들이 국가를 대표하고, 실력 있는 리더로 활약하는 경우가 많다. 선진적인 경제 구조는 여성 인력의 활용도를 높이고, 여성성의 가치를 극대화시키게 될 것이다. 이런 사회는 생각보다 빠르게 우리에게 다가오고 있다. 그러면, 여자라서 더 좋은 점 9가지를 정리해보자.

1. 기억되기 쉽다

낯선 사람끼리 모인 회의나 프로젝트 팀에서 남자들은 특별한 개성이 없이 다 고만고만한 사람들로 보인다. 그러나 여자는 여자로 기억된다. 비슷한 말이라도 여자가 말한 것은 더 잘 기억될 수 있다. 한 개인이 여자의 대표로 인식됨으로써 얻는 홍보 효과는 대단하다. 남자들보다 자기 홍보를 하는 데 10배 이상 수월하다. 발전하기 위해서는 자기 홍보, 자기 존재를 알리는 것이 필수적인데, 그런 점에서 여성들은 대단히 유리한 위치에 있다. 같은 회사라도 여자가 CEO일 때는 홍보하기가 훨씬 쉽다.

2. 희소성의 가치가 있다

여성들의 사회 진출은 처음 진입하고 적응할 때는 어려움이 많다. 하지만 거기서 중도 탈락하지 말고 버티기만 해보라. 웬만한 수준만 되면 희소성의 가치 때문에 실제보다 더 많은 기회에 접근할 수 있다. 어느 분야이든 전문가가 되는 데는 10년 정도 걸린다. 그동안 퇴장하지 않고 살아남아 있으면 어느새 그 분야에서 여성을 대표하는 선수로 자리를 굳히게 된다. 이런 브랜드가 형성되면 그 다음은 수월하게 갈 수 있다. 남자들이라면 생각할 수 없는 유리한 점이다. 남자들이 떼지어 다니는 데서 즐거움과 힘이 나온다면, 여자들은 희소성의 가치에서 힘이 나온다.

3. 우대조치의 혜택을 받을 수 있다

지금의 우리 사회는 여성들에게 사회 참여의 봇물이 터지는 시기다. 남자들이 독점하고 있던 사회 곳곳에서 여자들의 진출이 막 시작되고 있는 시기이므로, 정책적으로 여성에 대한 우대조치가 적극적으로 장려되고 있다. 이런 시기에 여성들이 웬만큼 하면서 버티고 있으면 남자들에게 해당 사항 없는 우대조치의 혜택을 받을 수도 있다. 남자들은 이를 역차별이라면서 억울해한다. 그러나 미안해할 필요 없다. 수천 년 동안 남자들은 우대조치의 수혜자들이었으니까. 이 시대가 여자에게 허용한 혜택을 최대한 누리자.

4. 소수 집단 문제에 민감해진다

리더의 조건으로 소수 집단 문제에 대한 민감성을 꼽기도 한다.

소수 집단은 사회 구조의 희생자이므로, 현재 사회 구조의 문제점을 파악하고 개혁의 방향을 찾는 것은 소수 집단 문제를 민감하게 느끼는 데서 시작한다. 여자들은 대표적인 소수 집단 출신이다. 이들은 자신의 체험 때문에 다른 소수 집단의 인권 문제에 민감한 편이다. 이는 사회 문제의 대책을 세울 때 구체적으로 문제 해결력을 높일 수 있고, 결과적으로 일을 더 잘할 확률이 높아질 것이다.

5. 꼼꼼하고 정확하다

여성들은 확실히 꼼꼼하고 정확하다. 일 잘하는 여성들에게 익숙해진 회사는 남자들에게 일 맡겨놓으면 불안해한다. 꼼꼼하고 정확한 것에서 여성을 능가하는 남성 인력을 찾기란 쉽지 않다. 업무 능력에서 꼼꼼함과 정확도가 있으면 80% 이상을 해결하고 들어가는 것이다. 나머지는 창의성과 기획력의 문제다. 여성 직원을 많이 경험한 상사들도 하나같이 여성들의 업무 능력에 대해서는 호의적인 평가다. 꼼꼼함, 정확함, 섬세함 등 여성들의 업무 능력은 확실한 경쟁력이다.

6. 비주류의 창의성이 있다

주류의 문화는 누구나 다 안다. 기득권층이 알고 있는 방식대로 하면 남을 따라하는 것이 된다. 그러나 여성들은 이 사회가 아직 잘 모르고 익숙하지 않은 삶의 지혜를 많이 가지고 있다. 이런 여성들의 지식이나 지혜는 의외로 지배 문화 문제를 해결하는 데 필요한 창의적 에너지가 될 수 있다. 남자들은 전혀 문제 의식이 없는 일인데, 여성의 시각에서 접근할 때 새로운 그림이 보이고 새로운 대안이 가능해질 수 있는 것이다. 여성의 시각이란 아직 상품화되지 않은 많은 아이디어를 생산할 보고라 할 수 있다.

7. 새로운 시장을 잘 알고 있다

가사노동, 육아, 여성을 위한 서비스 사업은 아직도 대규모 시장 개척이 이뤄지지 않은 신대륙이다. 가전 제품, 식단 서비스, 가사 도우미 등 많은 상품이 나오고 있긴 하지만, 아직도 빙산의 일각이다. 여성 전용 마케팅 기술이 부각될 것이고, 여성 소비자의 욕구를 파악하기 위한 각종 연구가 더 활성화될 것이다. 이런 시장의 욕구로 본다면 여성들은 이미 새로운 시장에 대해 많은 것을 알고 있는 경력자들이다. 여자들이 살림하고 아이 키우면서 느끼고 알게 된 것들을 남자들이 일일이 연구하고 배운다 해도 많은 시간이 걸린다. 앞으로는 여성 시장 개척이 본격화될 것이고, 여자들은 이미 이 시장의 전문가이다.

8. 분위기가 부드러워진다

남자들끼리 있을 때는 거칠었던 모임도 여자들이 끼여 있으면 분위기가 부드러워진다. 이런 효과 때문에 여자들을 일부러 포함시키기도 한다. 분위기를 부드럽게 할 수 있다는 것은 미래 시대가 요구하는, 중요한 정서적 능력이다.

9. 편법과 부정에 가담하지 않을 수 있다

이권 개입이 많은 골치 아픈 부서에 여자 관리자를 파격적으로 발탁하여 큰 효과를 본 조직이 있다. 만성적인 뇌물 수수, 향응 접대 등의 부조리한 관행이 여성 책임자 한 사람의 발탁으로 깨끗이 정리됐다. 여성 책임자는 접대도 안 받고, 인사도 안 받고, 봐주지도 않고, 원칙과 기준을 충족시킬 것만을 요구했다. 부정 문화와 타협할 줄 모르는 강직함이 사회 윤리가 강조되는 시대에는 경쟁력이 될 수 있다.

여자라는 이유로 편법과 부정에 공범이 되지 않을 수 있다. 부정부패가 만연했을 때는 철없는 척하는 것도 전략이다. 먹이사슬의 존재 자체를 모르는 척할 수 있기 때문이다.

여자라서 더 좋은 점 9가지

1. 기억되기 쉽다.
2. 희소성의 가치가 있다.
3. 우대조치의 혜택을 받을 수 있다.
4. 여성 자신의 체험 때문에 소수 집단의 인권 문제에 민감하다.
5. 꼼꼼하고 정확하다.
6. 비주류의 창의성이 있다.
7. 새로운 시장을 잘 알고 있다.
8. 분위기가 부드러워진다.
9. 편법과 부정에 가담하지 않을 수 있다.

4장 | 여자들의 리더십에는 특별한 것이 있다

믿고 기다려주는 인간 경영

중소기업을 운영하는 지혜 중에는 직원에 대한 인내심이 으뜸으로 꼽힌다. 이런 면에서 내가 존경하는 친구가 있다. 그 친구는 내가 이런 생각을 가지고 있는지 전혀 모를 것이다.

그의 이름은 한순주, 작은 사업체의 사장이다. 창업 3년째를 맞는 지금 제법 자리를 잡아서 직원 4명이 매출 10억 원을 바라보고 있는 수준이다.

〉〉그런 사람 데리고 어떻게 일을 해?

맨주먹으로 시작한 사업가의 창업기라는 것은 늘 눈물겹다. 사업이 순조롭게 번창 일로를 걷고 있어도 그 이면에는 남다른 노력이 숨어 있게 마련이다. 순주의 경우도 마찬가지다. 특히 사람의 성장을 기다려주는 인내심과 겸손함, 그리고 인간에 대한 굳은 신뢰는 귀감이 될 만하다.

순주의 창업은 정말 소박한 시작이었다. 재산이란 것이 성실과 실력밖에 없는 여자가 사업을 시작할 때, 소박하지 않을 재주가 없다. 순주의 출발 역시 그랬다. 10평 남짓 될까, 그 허름한 사무실에다 책상 서너 개와 책장 등 인테리어에 들어간 총 비용이 110만 원이었다.

창업주는 그렇다 치고 직원은 어디서 구할까? 이 허름한 사무실에 누가 와서 근무를 시작해줄 것인가도 문제였다. "아무리 생각해도 멀쩡한 사람이 직원으로 올 것 같지 않았어. 나라도 이런 데 와서 월급 받고 싶지 않을 것 같았거든." 그러던 중 아는 사람을 통해서, 어린 아가씨를 하나 소개받는다. 소개시켜 주는 사람의 추천사에 따르면, "많이 답답할 것이다. 그러나 전화는 받지 않겠는가?" 하는 것이었다.

이렇게 해서 순주는 최초의 직원 O양을 받아들였다. 한 사무실에서 근무를 시작하는데, 그는 '명성'대로 그만한 값을 했다. 하루에도 열두 번씩 가슴이 막혀오면서 '그래도 전화는 받지 않겠는가?' 라는 소박한 기대감마저 잔인하게 저버렸던 것이다. 외부에서 전화를 건 사람은 너무나 답답한 나머지 순주가 전화를 받아들면, "조금 전에 전화 받았던 아가씨가 당신 회사 직원이냐?"라고 되물었다. 또 "그 아가씨 아직도 있냐?", "그런 사람 데리고 어떻게 일을 하느냐? 당신 무슨 약점 잡힌 것 있느냐?"라는 질문도 수없이 받았다.

이러기를 3년, 이 답답한 아가씨와 함께 사업을 키워낸 순주의 스토리는 '인간 승리'에 가깝다. 순주는 말한다. "똑똑한 사람을 쓰고 싶은 생각이 왜 없었겠니? 그러나 똑똑한 사람이 내 사무실에 와서 얼마나 있을까? 단순히 돈의 문제가 아니었어. 돈을 많이 주어도 불가능했지. 이런 허름한 사무실에 와서 하루 종일 일을 해낼 수 있는 사람은 좀 모자란 사람밖에 없었어. 나는 O양이 필요했고, 고마웠다. 그의 착한 성품이 위안이 돼주었고, '있어 주는' 사람, '함께 해 주는' 사람이 돼주었어. 이건 능력으로 평가할 수 없는 또 다른 부분이야."

O양이 말 그대로 '전화 받을 정도'의 수준이 되었을 때 순주는 '그것만도 어디인가'라며 크게 기뻐했다. 순주에게 그녀는 가장 큰 창립 공신이다. 잡을 수 없는 똑똑함보다는 떠나지 않는 모자람이 경쟁력이었다. 그녀는 모자랐기 때문에 회사를 지켰고, 그녀가 모자랐기 때문에 떠나지 않았다면 그 상황에서의 모자람은 가치 있는 것이었다.

실상 모자라니, 똑똑하니 하는 것들은 상황과 맥락에 따라 달라질 수 있다. 정확하게 말한다면 '어떤 상황에서의' 똑똑함, '어떤 부분에서의' 모자람이라고 해야 옳을 것 같다. 절대적으로, 일방적으로 똑똑하기만 하거나 모자라기만 한 사람은 없다. 순주 회사 직원의 경우, 업무 처리, 행정 처리는 부족했지만, 한 자리를 변함 없이 착하게 지킬 수 있었던 점은 순주 회사의 상황을 감안할 때 매우 '똑똑한' 일이었다.

›› 믿고 기다려 주기

지금 순주의 사무실은 리모델링을 하면서 인테리어를 새롭게 했다. "제대로 된 사람을 뽑자니까, 사무실을 반듯하게 해야 되겠더라."는 것이다. 깨끗한 사무실에 새 직원이 두 명 들어왔는데, O양보다 나이는 어리지만, 업무 능력은 뛰어났다. 그대로 놔두려니 O양이 짓뭉개지는 구도가 한눈에 들어왔다. 직원이 세 명으로 늘면서 이 사무실의 구도가 새롭게 재편되자, 창립 공신 O양이 소외되지 않도록 순주는 그를 대리로 '승진' 시켰다. 그의 자존심을 지켜주고 싶었던 것이다.

대리로 승진한 O양이 의외로 일을 잘해낸다는 얘기를 최근에 들었다. 아직도 답답한 구석이 있지만, 이제는 O양이 없이는 사무실이 돌아가지 않는다나? 순주는 "O양은 떠나지 않을 사람이다. 지금은 능력이 떨어지더라도, 난 기다려줄 수 있다."라고 말한다. 순주에게 모자란 직원 O양은 정말 가족과 같고, 유능한 직원보다 훨씬 더 가치가 있는 인력이다.

순주는 지혜로웠다. 그녀의 판단대로 창업을 했던 그 시기, 그 상황에서 직원 O양은 너무나 필요한 인력이었다. 단지 순주에게 너무나 많은 인내심이 필요했을 뿐이다. 답답함을 참아내기, 같은 말 몇 번씩 되풀이하기, 외부에 망신당하기, 실망하면서도 신뢰 유지하기, 절망하면서도 기대 버리지 않기 등 여자의 모성이 아니라면 정말 불가능했을 것 같은 과정을 겪으면서 한 인간과 성실한 관계를 지킨 그녀에게 존경심을 느낀다.

중요한 것은 순주가 회사를 키웠다는 것이다. 만약 그가 사업에 성공하지 못했다면, 그의 인내심은 실패 요인으로 지적됐을 것이다. 사업 확장과 사람에 대한 신뢰를 동시에 병행했다는 것도 존경스럽다. 난 순주의 그 모성적 인내심과 사업 능력이 결코 배타적이라고 생각하지 않는다. 사리사욕, 자기 식구 챙기기 차원에서라면 더 모자란 사람도 배려하겠지만, 그것도 아니면서 신의와 성공을 함께 지키고 이뤄내는 것은 여자이기에 가능하다는 생각도 조심스럽게 해본다.

여자의 성공이란 이런 점에서 남자의 성공과 좀 다른 기준으로 설명될 수 있지 않을까? 어떤 상사는 밖에 다니면서 자기 직원 욕을 달고 다니는 사람이 있다는데, 순주의 스토리는 얼마나 훈훈하고 감동적인가? 이런 사람의 성공이라면 무조건 박수 쳐서 환영하고 싶다. 우리 사회에 이런 '순주'들이 많이 나왔으면 좋겠다는 생각을 한다.

>> 겸손한 완벽주의자의 오만과 편견

순주를 보면서 나를 돌아봤다. 나도 모자란 것이 너무나 많은 사람이면서 타인의 모자람에 대해서 자주 인내심을 잃을 때가 많았다. "저것도 못 해? 말도 안 돼. 기본이 안 돼 있어. 그게 말이 돼?" 등의 대사를 자주 했던 것 같다.

돌이켜보건대, 난 많은 사람들이 못마땅했다. 선배, 후배, 동료, 유명 인사들. 나 자신조차도 마땅찮았다. '이것은 이렇게 해야 되는데', '이게 기본인데', '좀 제대로 하지' 등등 이런 종류의 생각과 말을 많이 했다. 사람을 '일'을 중심으로 판단하고 살았던 것이다. 대체로 비판적인 표현 때문에, 남들 보기에는 '잘났다'고 힘주는 것으로 보였을 것이다. 실제로는 자신의 모자람으로 인해 너무나 많은 고민을 하며 살고 있는데 말이다. 이것처럼 모자란 일이 어디 있겠는가?

한참 후에 정신 차리게 됐다. 내가 왜 사람들에게 신뢰를 받으면서도 늘 외로움 속에서 지내야 했는지 말이다. 참 이상했다. 사람들은 나를 착하다고도 하고, 똑똑하다고도 하고, 신뢰를 보내기도 하는데, 난 늘 외로웠다. 마음속의 허전함은 나를 늘 괴롭혔다. 늘 헛헛했고, 늘 뭔가를 갈구했으나 채워지지 않았다.

마침내 내가 다른 사람들에게 무시받는 느낌을 전하고 있었다는 것을 알게 됐다. 누군가 나를 못마땅해하고 있는데, 그 누군가를 얼마나 따라갈 수 있겠으며, 그런 사람과 친해지고 싶겠는가? 그의 능력을 믿기는 하지만, 그를 좋아하고 싶지는 않을 것이다. 사람이 일 중독이 심해지면 그렇게 된다. 완벽한 기대치 앞에 무릎 꿇고 앉아서 '오늘도 목표 달성을 하게 해주십사' 겸허한 마음으로 기도를 드린다. 그 기도는 절박하고 생산적이지만, 그 기도 안에는 따뜻함과 사랑이 없다.

'완벽주의자의 겸손'이라는 병을 앓고 있었던 나는 창업을 하면서 나의 문제를 객관적으로 바라보고 자기 치유를 하기 시작했다. 지금 나는 함께 일하고 있는 후배들이 기특하고 고맙기 그지없다. 실수도 하고 모자란 부분도 있다. 어리니까. 그러나 이들은 자랄 것이고, 난 그들의 성장을 기다릴 것이다.

나는 가끔 후배 한 사람마다 그들의 성장 경로를 설계해본다. 어느 쪽 전문가로 커야 좋을지, 어떤 부분을 훈련해야 할지, 누구를 만나서 일하게 해야 할지 등을 고려해서 후배 한 사람마다 인생의 설계도를 그려본다. 물론 이 설계도는 아직 내 머릿속에 있다. 그 설계도가 현실화될 수 있는 '적절한 시점'을 기다리고 있는 탓이다. 이런 기대는 내가 열심히 일하는 보람 중 하나다.

여자들이 보이는 모성적 관심에 대해 손익계산 중심의 경영론에서는 쓸데없는 낭비라고 평가할지도 모르겠다. 그러나 내 주변의 여성 CEO들의 경험 속에는 이런 부분들이 분명히 생산성을 높이는 데 기여하고 있다. 여자들의 경영 체험 속에는 반드시 이런 부분이 있다. 이런 여자들의 체험은 여성들의 모성과 관계 중심적 기질에서 나온 사실이지만, 아직 경영학이라는 학문의 인정을 얻지는 못했다.

>> 여자들이 쓰는 새로운 경영학

그러고 보니, 여자들이란 모성적 인사관리를 실천해온 뛰어난 CEO들이다. 남자들이라면 이런 종류의 인내와 희망을 '비생산적' 또는 '비조직적' 이라는 이름으로 쳐다보지 않았을지도 모르겠다. 남자들이 만들어낸 어려운 조직행동론, 경영학 이론들이란 여자들의 비즈니스, 특히 작은 기업에는 별로 적용할 만한 것이 못 된다. 여자들의 비즈니스를 다루기에는 그들의 이론이 너무 거창하고, 너무 난해하며, 무엇보다 우리의 현실과 감성을 반영하지 못한다.

난 여자들의 모성이야말로 작은 조직의 인사관리로는 최고의 장점이 아닌가 생각한다. 사람에 대한 따뜻한 보살핌을 기본으로 하여 세워진 인사 정책이란 실패할 이유가 없다. 모든 조직인들의 비애란 결국 애정 결핍이다. 여자들이 조직을 만들어갈 때, 남자들이 걸어온 그 길을 그대로 따라갈 이유는 없다. 여자들의 성공, 여자들의 인사 관리란 뭔가 달라야 하지 않겠는가? 여자들의 모성은 리더십과 인사 관리, 조직 관리에서 분명히 새로운 차원을 보여줄 수 있을 것이라고 생각한다.

'믿고 기다려주니, 생산성이 향상되더라'는 여자들이 체험적으로 입증한 진실이 경영학에 스며들 수는 없을까? 여자들이 쓴 새로운 경영학을 기대해본다.

power advice

인간 중심적 경영의 힘

실상 모자라니, 똑똑하니 하는 것들은 상황과 맥락에 따라 달라질 수 있다. 정확하게 말한다면 '어떤 상황에서의' 똑똑함, '어떤 부분에서의' 모자람이라고 해야 옳을 것 같다. 절대적으로, 일방적으로 똑똑하기만 하거나 모자라기만 한 사람은 없다.

5장 | 뇌물 안 먹는 여자들

감동이 있는 여성식 비즈니스 습관

항상 모든 일은 양면적이다. 일방적으로 나쁘기만 하거나, 절대적으로 좋기만 한 일은 이 세상에 존재하지 않는다. 맥락이나 상황에 따라서 좋은 것이 최악이 되기도 하고, 나쁜 것이 기가 막히게 좋은 것이 되기도 한다. 착한 사람도, 나쁜 사람도 상황과 맥락이 만들어 내는 경우가 많다. 또 그 상황을 해석하는 당사자의 생각과 행동에 따라 같은 환경이라도 180도 다른 결과를 가져올 수도 있는 것이다.

이런 생각을 하다 보면, 결국 사람은 '제 할 탓'이라는 결론을 내리게 된다. 어떤 환경에 처해도 그 환경을 활용하고 적응해 나가는 주체의 의지가 작용할 여지가 있다는 뜻이다. 여자라는 조건도 잘 활용하면 여자이기 때문에 가능한 리더십의 자산으로 변화될 수가 있다. 사회 생활을 잘하는 여자들에게서 이런 일면을 어렵지 않게 찾아볼 수가 있다.

›› 일할 때는 꼼꼼하게, 사람을 다룰 때는 가슴으로

살림이란 것이 경제적으로 환산이 안 되는 통에 남자들은 '집에서 애나 보는 것'으로 폄하하고 있지만, 실제로 살림에는 매우 종합적인 능력이 필요하다. 주부도 '가정의 CEO'라는 표현이 있는 것처럼, 집안 살림을 잘한다는 것은 결코 만만한 일이 아니다. 여자라고 다 살림을 잘하는 것도 아니다. 부지런하고, 머리 좋고, 센스 있고, 정서적 재능이 있는 여자라야 '살림 잘한다'는 소리를 들을 수 있다.

여자들이 조직 책임자의 위치에 섰을 때, 살림하는 주부의 감성은 알게 모르게 조직 운영에 도입된다. 우선 주부의 '보살피는' 능력은 부서원을 감싸고 이해하려는 포용력과 친화력으로 발휘될 수가 있다. 또 주부가 가족들에게 자신을 '양보하는' 습관은 조직을 위한 헌신으로 연결되며, 아이들 교육에 대한 도덕적 책임감은 여성들의 윤리성의 근간이 된다. 엄마의 잔소리로도 비유되는 꼼꼼함, 집 수리부터 아이들 책상 서랍까지 챙기는 전면적인 꼼꼼함은 남자들은 상상도 할 수 없는 세세하고 치밀한 에너지로 발휘되기도 한다.

건물을 짓는 책임자로 일했던 경험이 있는 여성 리더들의 애기를 여러 번 들은 적이 있는데, 이들의 공통적인 애기가 "주부의 감성이 있었으므로 튼튼하고 편리한 건축물을 지을 수 있었다."라는 것이다. 여자들은 대개 건축에 대한 지식이 없지만, 일단 책임지고 맡으면 자기 집 수리하듯이 건축 자재 하나하나 챙겨 가면서 무서운 에너지로 일을 한다.

꼼꼼한 여자들의 손길은 정말 무소부재(無所不在), 전지전능한 능력으로 발휘된다. 이런 여자들이 하는 한결같은 말, "살림하는 꼼꼼함이 있는 여자만이 챙길 수 있다."는 것이다.

그렇다면 사람을 다룰 때는 어떤가?

여성 공무원 K씨는 한 곳의 임기를 마치고 다른 곳으로 전근을 가게 되었다. 평소 부하 직원 사랑이 극진했던 K씨는 직원들에게 무엇을 줄까 고민하다가, 캐비닛 속에 모여 있는 선물 꾸러미들을 생각했다. 다른 사람들이 성의 표시로 준 것들이라서, 차마 뿌리치지도 못하고 받아 둔 자그마한 선물들이 고스란히 놓여 있었다. 거기에는 열쇠고리도 있고, 커피잔도 있고, 화장품도 있고, 지갑도 있었다. 다양한 종류의 선물들은 일부러 종류를 맞추어 살려고 해도 사기 힘든 것들이었다.

K씨는 이것들을 전부 다 꺼내 비서와 함께 포장을 했다. 알록달록한 포장지가 둘러지자, 마치 산타클로스의 선물 보따리처럼 예쁜 그림이 되었다. 모자란 것 몇십 개는 더 구입해서 개수를 맞추었다.

환송회 자리에서 그 선물을 하나하나 나눠주니 직원들은 무척 감동했다. 떠나는 사람이 남은 직원에게 선물을 하나하나 준다는 것 자체도 감동인데, 상관이 공직 기간 중 받은 것에다 자기 돈을 더 보태서 직원들한테 선물로 되돌려준다는 것도 감동이었다. 또 그것을 하나하나 포장했다는 것은 어떤 상관 아래서도 경험하지 못했던 감동이었다.

10년이 넘은 지금도 그 직원들은 그때의 환송회 선물에 대해서 말한다고 한다. 이런 환송 이벤트에 대해서 K씨는 "여성만이 할 수 있는 일"이라고 말한다. "사람 간의 감정적 교감을 중요하게 생각해 온 여자들이라서 가능한 게 아닌가 생각해요. 우리는 작은 정성으

로 섬세하게 정을 주고받고, 남과의 관계를 잘 유지하는 게 중요하
잖아요?"

>> 뇌물 안 먹는 여자들

여자들의 대표적인 비즈니스 습관 중 하나가 '뇌물 안 먹는다'는
것이다. 술을 잘 먹는 여자들도 있지만, 대부분 고주망태가 되도록 술
먹는 경우는 별로 없으니 술자리 향응도 불가능하다. 이런 여자가 담
당자가 되면, 업무를 제대로 처리하는 것밖에는 방법이 없다. 지금까
지 관례가 되어온 부정부패의 고리가 단절되는 지점, 거기에 여자들
이 있다.

어느 도지사의 경험담이다. 그는 건설교통 부서에 여자 담당자를
배치했다. 편법과 부정이 많다고 소문이 무성한 부서를 쇄신할 생
각으로 과감한 시도를 한 것이다. 물론 "여자가 어떻게 그런 업무
를……."이라는 반응이 많았다. 그래도 도지사는 꿈쩍 안 했다. "법
대로 처리하라."는 지시만 했다.

아니나 다를까 몇 달 후 업자들로부터 민원이 들어왔다. 이런저런
이유를 들어 담당자를 바꿔 달라는 요구 사항이었다. 사적인 경로를
통해서도 얘기가 들어왔다. 담당자가 너무 모른다는 것이었다. 그때
여자 담당을 발령냈던 도지사는 되물었다. "그럼 지금까지 당신들은
업무를 그렇게 술자리에서 해결해왔냐? 그게 잘못된 것 아니냐?"
분위기가 '이게 아니다'는 것을 알아차린 업자들은 게임의 규칙이
바뀌었다는 것을 실감했고, 재빨리 적응하기 시작했다.

"나로서는 너무나 좋은 일이지 뭡니까? 그 여자 담당자가 잘못하면 문제일 텐데 잘해주고 있으니 좋았고, 그동안 고질병이었던 부정부패가 저절로 일소되고 있는데 내가 왜 담당자를 바꿉니까? 여자를 발령했던 건 아주 대성공이었어요."

결과는 말 그대로 대성공이었고, 얼마 후에는 업자들도 좋아했다. 일만 열심히 하면 되는 그 담당자의 진가를 확인하게 된 것이다. 불필요한 비용이 없어지니 일의 내용이 더 충실해졌고, 그로 인해 성과가 더 좋아졌다. 여자 담당자는 크게 칭찬받고 포상도 받으면서 능력을 인정받을 수 있었다.

여자들의 청렴함이란 꽉 막혀서 답답한 단점이라기보다는 원칙대로, 규율대로 하는 성실함과 꼼꼼함의 다른 말일 수 있다. 이들이 누구를 위해 꼼꼼하고 성실한가? 부정부패와 '대충주의'를 향해 '꽉 막혀 있는 것'은 훌륭한 자질이 아닐 수 없다. 남성 중심적인 잣대를 가지고 여자들이 못 미친다고만 말하지 말자. 새로운 평가 기준을 가지고 평가하면, 여자들의 훌륭한 점들이 많이 드러날 것이다.

〉〉약자에 대한 애정으로

언젠가 씩씩한 영화감독 변영주 씨가 TV토론회에 나와서 당당하게 말하는 것을 들으면서 공감했던 적이 있다. "난 아주 여성스러운 사람이다. 씩씩하고, 정당하고, 자신감 있게 사는 것, 그것이 여성스러운 것이다. 그런 점에서 난 아주 여성스러운 사람이다."

그는 여성이어서 좋은 점 몇 가지를 말했는데, 그중 하나가 여성이 갖는 주변인으로서의 위치 때문에 이 세상에서 주변인의 위치에 있는 소수 집단을 편견 없이 바라보고 애정을 가질 수 있었던 것이라 한다.

조직 안에서도 여성으로서 차별받는 경험을 하면서 차별에 대한 민감성을 기르게 된 여성들이 소수 집단을 위해 더 많은 기여를 한다. 지금 조직 안에서 자기 자리를 잡은 여자들은 누구나 '여자라는 이유로' 차별받았던 경험을 가지고 있다. 그 차별은 누구나 부당하다고 느낀다. 사람이 사람에 대해서 어떻게 부당한 대접을 할 수 있고, 그 부당한 대접이 얼마나 당하는 사람에게 치명적일 수 있는가는 당해본 사람만이 안다.

부당한 피해를 당했던 경험이 부정적으로 발전하면 '원망', '복수', '앙심', '왜곡된 심성'으로 나타나고, 오히려 같은 처지에 있는 동료들을 더 괴롭히는 권위적인 사람으로 변할 수 있다. 반대로 피해의 경험이 긍정적으로 승화되면 동병상련의 힘을 갖게 된다.

"처음 직장 생활을 할 때, 여자가 저 혼자였어요. 여자가 무슨 일을 하냐면서 일도 안 주고, 기회도 안 주었어요. '여자도 일을 할 수 있다, 그것도 아주 잘할 수 있다'는 것을 인정받기까지 정말 힘들었지요. 홍일점으로 고달픈 세월을 보내고 나니까, 나도 모르게 소외된 사람들에 대한 애착이 생겼어요. 사람들의 편견이 그런 사람들을 더 힘들게 한다는 걸 알았으니까요. 같은 조건이라면 소외된 사람들 쪽으로 혜택이 돌아갈 수 있는 결정을 하려고 노력해왔어요. 장애인, 빈민, 어린이, 청소년, 노인 등 힘 없는 사람들에게 사랑을 주는 법을 여자로 살면서 배웠어요."

2002년 여성 공무원 연찬회 중 외교통상부의 김경임 문화외교 국장이 후배 여성 공무원들을 위해 해주던 경험담 중 일부이다.

약자에 대한 애정은 '페미니즘'의 핵심이기도 하다. 홍일점으로, 여성으로 차별받았던 경험은 여성들을 체험적 페미니스트로 만들어냈다. 이런 점에서도 여자들은 높은 직책을 맡을 수 있는 충분한 자격이 있다고 주장할 만하다. 약자를 대변할 수 있는 정서적, 체험적 기반이 있다는 것은 이들이 21세기 다원화된 사회에 걸맞은 리더십을 키울 수 있는 자질이 아니겠는가?

power advice

원칙 중심의 리더십

여자들의 대표적인 비즈니스 습관 중 하나가 '뇌물 안 먹는다'는 것이다. 술을 잘 먹는 여자들도 있지만, 대부분 고주망태가 되도록 술 먹는 경우는 별로 없으니 술자리 향응도 불가능하다. 이런 여자가 담당자가 되면, 업무를 제대로 처리하는 것밖에는 방법이 없다. 지금까지 관례가 되어 온 부정부패의 고리가 단절되는 지점, 거기에 여자들이 있다.

6장 | 아무도 생각하지 못하는 것에 도전하라

열정의 에너지, 박경애 코아링크 사장

호텔업계 B2B 선두주자로 알려진 박경애 코아링크 사장, 그의 비즈니스 이야기 또한 무협 소설을 읽는 듯한 통쾌함이 있다. 틀에 매이지 않고, 실력, 배짱, 신념으로 세상과 맞닥뜨리며 거침없이 달려간 여자 CEO의 이야기, 그의 성공 스토리는 말한다. "충분히 생각하고 거침없이 달려라. 여자니까 가능하다."

박경애 사장은 수학과 출신에, 올해 45세이고, 세 회사의 대표이사 사장이며, B2B 분야의 첫 주자로 알려져 있다. 대학 졸업 후 카이스트 전산센터 연구원을 거쳐서 1987년부터 14년간 스위스그랜드, 르네상스, 리츠칼튼 등 국내 굴지의 특급호텔 전산실장, IT 디렉터로 활약했다. 1998년 ㈜코아링크를 설립했고, 2000년 ㈜메디링스를 설립, 그리고 지금은 또 하나의 회사를 준비중이다.

난 박경애 사장을 보면 그가 에너지의 결정체 같다는 느낌을 받는다. 소머즈, 아이언 레이디 등의 별명을 가지고 있는 그는 도무지 어둡고, 힘들고, 혼란스러운 구석을 찾아볼 수가 없다. 항상 미소 짓고, 흔들리지 않는 표정의 여성 CEO, 그로부터 배울 수 있는 성공의 에너지는 무엇일까? 그 뜨거운 에너지의 특징을 요약하면 창의성, 긍정성, 여성성이라 할 수 있다.

>> 창의력이 힘이다

성적이 나쁘다고 비관하고 있는 대학생에게 박경애 사장은 아마도 위안이 될 것 같다. 그의 대학 시절이야말로 소위 말하는 '날라리'였다. 대학 1학년, 2학년 때 평점이 2.0 이하에 1년간 수십 번의 미팅을 주선하고, 매학기 연극 공연에 참여하는 등 재미있는 시간을 보냈다. 그는 스스로를 성적이 낮아도 성공할 수 있다는 증거 자료로 기꺼이 제시한다. 학점에 충실한 모범생이 아니었지만, 이런 다양한 활동들이 나중에 창의적인 사고의 기반이 되었다는 것이다.

박경애 사장은 졸업 후 사회 생활을 해보니, 학교에서 배운 이론은 3일이면 바닥이 나더라고 말한다. 사회 생활을 하는 여자들은 교과서에 씌어 있지 않은 지식 때문에 고생을 많이 한다. 모범생일수록 적응하는 데 더 오래 걸리고 애먹는다. 그런 점에서 '날라리' 경력이란 꽤 괜찮은 것 같다. '날라리' 경력이 있다는 것은 틀을 벗어나서 살아가는 방법을 안다는 뜻이니까 경험의 폭이 넓고, 다양한 정보를 알고 있지 않겠는가.

다른 사람들이 상상하지 못하는 일을 과감하게 치고 나가는 사업가적 기질은 그의 큰 장점이다. 그가 호텔의 구매 시스템을 전산화하겠다는 야심찬 계획을 실행했을 당시, 우리나라에는 B2B라는 말이 소개되기도 전이었다. 벤처 붐이 일기 전, 1시간 설명했더니 다음날 통장에 10억 원 이상의 자금이 입금되었고, 그리고 1년 후 비로소 B2B라는 단어가 유행어가 되었다고 한다. 그는 이 분야의 첫 번째 주자로서 자부심이 대단하다.

"호텔의 구매, 유통 시스템을 전산화한다는 것은 감히 아무도 생각지 못한 일이었어요. B2B라는 말이 나오기도 전이었으니까요. 호텔 구매도 그랬고, 병원 유통을 전산화한다는 것 역시 그랬어요. 전 한발 먼저 움직인 첫 번째 주자로서 혜택을 많이 봤고, 그래서 자부심도 큽니다."

그의 또 다른 별명은 '오픈 선수'이다. 스위스그랜드, 르네상스, 리츠칼튼 등 국내 특급 호텔이 개업할 때마다 전산 책임을 맡았고, 아시아권에서도 4개 호텔의 개업을 도왔다. 그는 처음 하는 일을 본능적으로 좋아하는 것 같았다. 병원 구매조달 시스템인 메디링스를 설립할 때도 사람들은 다 말렸다. 고질적인 구매 관행의 부조리가 심각했기 때문이었다. 그러나 이렇게 열악한 현실은 그의 승부욕을 더 자극했다. "모든 사람이 안 된다고 하니까 더 하고 싶더라고요."

철의 여인 박경애 사장은 결국 메디슨의 이민화 회장을 찾아가 그 자리에서 50억 원짜리 회사를 만드는 데 성공하고, 병원 유통의 보이지 않는 혁명을 만들었다. 그리고 요즘은 서울대 병원의 전자구매를 지원하고 있는 (주)이즈 호스피탈과 합병을 성공시켜 전자상거래의 새로운 장을 열었다.

박경애 사장은 늘 창의적 에너지를 강조한다. '창조적 여유', '창조적 마진(creative margine)'이라는 말로 표현하는데, 평소 생각할 시간을 충분히 가지고 강력한 자극에 노출될 수 있는 기회를 가지라는 것이다.

"뜸 들이며 생각하는 시간이 충분해야 어느 순간 좋은 아이디어가 떠오르죠. 반짝 하는 아이디어가 나오는 순간은 생각하는 시간이 충분해야 만날 수 있습니다."

그는 무엇이든 자기와 관계 없는 것이 없다고 생각한다. 옆 부서 일도 재미있어서 들여다보고, 다른 분야의 모든 것이 재밌고 궁금해하는 '호기심 천국'. 수학이 전공이지만 부전공이 신문방송학이었고, 통계학도 경영과 접합시킨 경영통계 분야를 공부했다. 이런 다른 요소들이 자기 머리로 들어와서 색다른 아이디어로 표현된다. 퓨전적인 창의성은 늘 그를 움직인 원동력이었다.

이런 창의성이 영업 마인드를 만났을 때, 새로운 수익모델이 생겨나기도 한다.

"저는 호텔 경영진과 투자자들에게 어떤 이득을 주는가에 굉장한 관심을 갖고 있어요. 저에게 맡겨준 사람들의 신뢰에 보답하기 위해 밤새워서 몇 달씩 일하기도 합니다. 그리고 회사의 비용 부서들을 수익 부서로 전환시키는 일에 관심이 많아요. 전산실은 대표적인 비용 부서인데, 고민을 하다가 호텔 로비에 인터넷 카페를 만들어 보기도 했어요. 별것 아니지만 비용 부서가 수익 부서의 역할을 할 수 있다는 게 중요한 겁니다. 항상 그렇게 생각하는 습관을 갖는 것이지요."

'비용 부서도 매출 개념을 가지라'는 말에는 스트레스를 받는 것이 보통이다. 그러나 일종의 외주 업체인 그는 마치 회사 사장처럼 비용을 수익으로 돌리는 일에 먼저 관심을 갖고, 투자자에 돌려줄 투자 이득을 공들여 계산하였다. 이런 사람은 이미 직원이 아니라 동업 파트너이다. 이렇게 일하는 그는 늘 자기 월급을 자기가 정했다고 한다. "I'm the best in korea."라고 당당하게 말하면서 말이다.

>> 긍정적 에너지의 보고

박경애 사장을 오래도록 기억하는 또 다른 이유는 그가 강력한 긍정적 에너지의 보고이기 때문이다. 그의 사전에 피해 의식이나 열등감이란 없다. 그는 현재의 상황에 몸을 던져 열심히 일함으로써 성실한 사람으로 인정받는 것이 부가가치가 있다고 확신한다.

긍정적인 에너지가 충만한 사람은 갈등 해결에도 강하다. 호텔 주방을 전산화하는 데 반항하는 주방장 앞에서도 그는 당황하지 않았다. "협상을 하는 거죠. 꼬시는 것, 이런 것도 잘해야죠. 같이 싸우면 안 돼요. 설득하고 내 편 만들면서 넘어가는 거예요."

그러나 그의 긍정성은 때도 보통 여자들과 마찰을 빚기도 했다. 카이스트 통계 컨설턴트로 있을 때였다. 그는 남자 상사들 책상도 닦아주고, 커피도 타 주는 일을 자원했다. 하고 싶어서였다. 그것은 중요한 일이 아니었으므로 하고 싶은 대로 했다고 한다. 그러던 어느 날 여자 선배한테 화장실로 호출을 당했다. "네 몸값이 얼만지 알지 않느냐? 왜 망신스럽게 그런 일을 하느냐?"는 것이었다. 박경애 사장은 단호하게 그 선배와는 다른 길을 선택했다. "'일이 아니면 나를 터치하지 말라. 일에 영향을 주지 않는다면 내가 하고 싶은 대로 하겠다.'라고 했어요. 얼마 후에 남자 후배들이 저한테 커피를 타다 주는 일이 생겼어요. 저만 남자 후배들한테 커피를 얻어먹었지요. 당장 커피 안 타는 게 좋은 건지, 남자 후배들한테 커피 얻어먹을 수 있게 되는 게 좋은 건지는 생각해볼 문제지요. 전 여자들이 스스로 제약을 만드는 행동은 하지 않았으면 해요."

그는 중요한 것과 그렇지 않은 것을 정하고 중요한 부분에서는 목숨을 걸지만, 그렇지 않은 부분이라고 생각되면 하고픈 대로 했다고 한다. 그에게 커피 타는 문제는 사소한 문제였다. 그의 방식을 누구에게나 권할 수는 없다. 그러나 그가 자존심이 없거나, 실력이 없어서, 여성으로서 잘 보이고 싶어서 커피 타기를 자청한 것은 분명 아니다. 긍정적인 생각, 통 큰 배짱과 자신감이 있는 사람만이 택할 수 있는 또 다른 방식이었다.

>> 투명하고 정확한 비즈니스 습관

박경애 사장이 하는 일들은 구매 관행의 부조리를 일시에 혁신하는 것이었다. 세간에서는 거의 불가능하다고 알려진 일이다. 예를 들어 수의 만드는 여성 사업가가 있었는데, 그가 만드는 제품은 매우 우수했다고 하자. 문제는 유통. 병원 영안실에 납품하면 될 것 같았는데, 병원마다 업자들과의 결탁이 견고했다. 업자들은 담당자를 잘 관리하고 있었기 때문에 기반 없는 여성 사업가가 병원과 연결된다는 것은 불가능한 일이었다. 기존 업자보다 엄청난 혜택을 제공해야 가능한 일인데, 작은 규모의 사업가로서는 불가능한 일이었다. 모든 여성 기업가들이 이런 남성 중심의 인맥 때문에 영업과 마케팅

이 가장 힘들다고 말하곤 한다.

박경애 사장이 하는 일은 물품 하나의 문제가 아니라, 유통 전체를 뒤흔드는 일이다. 투명하게 하는 일이다. 약품 한 가지마다 제약회사의 로비가 있고, 식품마다 식품업체의 로비가 있을 것이다. 박경애 사장은 그 속에 흐르는 깨끗하지 못한 관행들, 여성들이 끼어들 수가 없었던 남자들의 견고한 시스템 자체를 대치하는 일을 한 것이다.

박경애 사장은 이런 일이 가능했던 것이 여성이었기 때문에, 그래서 신뢰를 받았기 때문이라고 말한다.

"병원 입장에서도 잘 모르는 나한테 그런 책임을 맡길 때는 그만한 이유가 있는 겁니다. 40대가 되니 그동안 살아온 것이 네트워크가 되어서 저 한 사람만 믿고 투자하는 일이 생겨요. 지금 제가 키우고 있는 벤처회사 3개도 그런 경우지요. 여자니까 투명하고, 성실하다는 걸 아는 것 같아요."

박경애 사장은 특히 잘난 남자들과의 비즈니스에서는 여성이 훨씬 더 유리하다고 말한다. 잘난 남자들은 잘난 남자들을 싫어한다나?

"병원장들이 여자 사업가를 더 좋아하세요. 남자들은 뻣뻣하고 잘난 척한다는 인상을 주기 때문에 설득력이 떨어져요. 내가 가서 설명을 하면 겸손하고 부드럽게 있는 사실만 말하니까 다들 좋아하세요. 그런 신뢰에는 다 이유가 있지요. 아무도 병원 구매를 흔들 수 있다고 생각하지 못했어요. 이건 정말 여자가 할 수밖에 없는 일이었다는 생각이 들어요. 여자들은 투명하고 정확하게 하거든요."

긍정적이고 창의적인 여성 CEO 박경애 사장은 인생에는 기회가 많이 찾아온다고 말한다.

"저에게 기회가 왔고, 전 그 기회를 놓치지 않았습니다. 인생의 기회는 몇 번으로 끝나는 게 아니라 곳곳에 있어요. 기회는 항상 다가오고, 우리는 그걸 놓치지 않으면 되는 겁니다. 그러면 성공하죠."

power advice

창의력은 연습이다

평소에 생각할 시간을 충분히 가지고 강력한 자극에 노출될 수 있는 기회를 가져라. 틈 들이며 생각하는 시간이 충분해야 어느 순간 좋은 아이디어가 떠오른다. 반짝 하는 아이디어가 나오는 순간은 생각하는 시간이 충분해야 만날 수 있다.

7장 | 프로페셔널이 빛나는 세상

능력 있는 여자에겐 투자한다

직원 20명 규모의 작은 회사를 운영하는 이장진 사장은 대학에서 경영학을 전공하고 큰 기업에서 8년 동안 인사, 회계, 자금, 총무 업무를 경험하고, 창업 5년째를 맞는 남성 기업인이다. 남자지만 386세대답게 여성에게도 능력을 발휘할 기회를 주어야 한다는 소신을 견지하며, 평등한 조직 문화를 만드는 일에 앞장서 온 사람이다.

그는 여성이 남성과 동등한 능력이 있음을 믿어 의심치 않지만, 그럼에도 여자들에게 프로 근성이 없다는 것을 지적한다. 일할 때 완벽하게 마지막까지 책임지는 것이 안 된다는 것이다. 그가 경험했던 여직원들에 국한되는 얘기겠지만, 열린 남성의 눈에 비친 여자들의 모습이란 점에서 귀 기울여야 할 필요가 있다.

>> 프로페셔널한 그녀

그런데 딱 한 사람 그의 눈에 드는 사람이 있었다. 알아서 일하고, 맡겨놓고 잊어버리고 있어도 되는 사람, 맡은 일에는 무슨 일이 있어도 책임을 지는 여성, 33세의 김과장이었다. 그는 인사 부서에 있을 때 눈여겨봐 두었다가, 창업할 때 함께할 것을 권유했다.

김과장은 창업 동지답게 열정적으로 일하면서 최고의 생산성을 올렸다. 김과장은 창업 초기 인사체계를 정비하는 일부터 시작했다. 김과장은 인사 체계가 가장 잘돼 있기로 유명한 외국계 기업 D사를 찾아가 인사 담당자를 만나 자문을 구하고 협조를 받았다. 다른 회사 인사규정을 복사해서 대충 만들 수도 있는 일이지만, 김과장은 달랐다. 직접 알아보고, 찾아가서 자료 얻고, 다시 자기 회사 상황에 맞도록 조정해서 창의적인 결과물을 내놓았다. 그리하여 누가 해도 더 이상 잘 할 수 없는 최고 수준의 인사 시스템이 나왔다.

이장진 사장은 이런 김과장을 대단히 자랑스러워하고, 믿는다. 다른 직원들에게도 김과장을 벤치마킹(benchmarking)하라고 조언한다.

"프로 근성이 있습니다. 무슨 일이든 대충하지 않고, 남의 걸 그대로 베끼지 않습니다. 기존 매뉴얼을 참고하는 것은 기본이고, 일과 관련된 관계 법령을 전부 숙지하고 업무를 개선할 수 있는 아이디어를 자주 제시합니다. 김과장에게는 독립적인 프로젝트를 맡길 수 있습니다. 일단 맡겨놓고 잊어버리고 있으면 가장 만족스런 결과물을 내놓습니다. 여자, 남자를 떠나서 이런 인력은 정말 드물고 귀합니다."

김과장은 무척 부지런한 여자였다. 항상 많이 알고자 노력하는 여자, 끊임없이 배울 기회를 찾아다니는 여자, 본인에 대한 재충전을 잘하는 여자로 알려져 있었다. 그는 인사 부서로 입사를 했는데도 정보화 시대를 맞으면서 정보처리기사 자격증을 따서 주위 사람들을 놀라게 했다. 그녀의 이미지는 '프로페셔널' 그 자체였다. 최고의 성과물을 통해 능력으로 어필한 여성이었다.

창업 5년째가 되면서 회사는 안정되어 직원에 대한 대우를 웬만큼 해줄 수 있게 되었다. 김과장이 임신을 한 시기도 회사가 안정기에 접어들면서이다. 김과장의 임신, 출산에 대해서 이장진 사장은 최고의 배려를 하고 싶어한다.

"검진으로 인한 조퇴, 휴가를 보장하는 것은 물론이고 언제든지 휴식이 필요하다고 생각되면 휴가를 쓰도록 했습니다. 출퇴근 시간도 융통성 있게 봐주고 있고, 출퇴근용 차량도 지원했습니다. 다른 여직원에게는 너희들도 능력을 갖추게 되면 같은 대우를 받는다고 하여 김과장을 도울 수 있도록 했습니다. 남자 직원들이 손해 보는 느낌을 받았는지 반발이 좀 있었는데, 너희들의 부인들도 다른 회사에서 이런 대접을 받는 사회를 만들자고 설득시켰습니다."

그리고 의식이 열린 사장과 능력 있는 여성이 만났을 때, 이런 미담도 생긴다.

"출산하면 3개월 쉬고, 그동안 급여도 100% 그대로 지급할 겁니다. 혹시 그 이상의 시간이 더 필요하다면 수용할 겁니다. 사실 회사로서는 부담이 큽니다. 김과장 자리가 3개월 비면 새 사람을 뽑을 수도 없는 기간이고, 업무 부담을 주위 사람들이 나눠야 합니다. 일단 내가 200%를 뛰면서 대체인력을 훈련시킬 계획인데, 내가 부담을 더 지겠다는 각오를 해야 가능한 얘깁니다. 그래도 전 이런 인력이 회사를 살린다고 생각합니다. 김과장 같은 사람은 좀처럼 만날 수 없는 귀한 인력입니다. 책임감, 창의력, 적극성, 전문성 다 갖추고 있습니다. 이런 인력에는 얼마든지 투자할 겁니다."

>> 능력 있는 사람에게 아낌없는 투자를

이런 혜택을 받고 있는 김과장은 "회사가 나를 배려해주는 것이 몸으로 느껴져 고맙다."며 작은 회사를 선택하길 잘했다고 말한다.

"이장진 사장님 회사에서 같이 하자고 했을 때, 쉽게 결정했어요. 큰 회사는 안정감이 있지만, 제 능력을 발휘할 기회가 많지 않아요. 저는 믿고 맡겨주면 제 스타일로 일을 해내는 쪽이에요. 새로 생긴 회사라 조건은 나빴지만 미래를 위한 투자라고 생각했어요. 어려운 곳이기 때문에 더 많은 기회가 주어질 것이라고 생각했죠. 제 판단은 옳았습니다. 작은 회사에서 제가 해내는 성과물은 회사의 생존과 직결되는 중요한 것으로 인식되었고, 인력이 부족한 구조이기 때문에 저에게 완벽한 기회가 주어진 것 같습니다."

이장진 사장은 자기가 아는 남자들은 아직도 여자들이 평생 일하겠다는 의지가 강하지 않은 불안정한 인력으로 알고 있다고 귀띔한다. 결혼, 임신, 출산, 육아, 교육 등 모성을 수행하는 일련의 단계들이 남성 경영자들이 보기에는 전부 퇴직의 명분으로 작용한다는 것이다. 이렇게 아직은 보수적인 직장이 대다수이지만, 머지않아 이 386세대 남자 사장처럼 곧 여성을 동료로 인정하고, 이런 것이 세상의 기준이 될 것이다. 그리하여 성별을 떠나 능력에 따라 합리적으로 보상하기 위해 노력하는 젊은 남성 기업인들도 늘어날 것이다.

이장진 사장처럼 열린 남성들이 사회 곳곳에서 많아지는 추세지만, 여성의 능력을 믿고 여성에게 기회를 준다는 것은 지금으로서는 상당한 실험이다. 보수적인 남자들 세계에서 이런 남성들은 소수파이므로 여성의 편에 선다는 것은 기득권의 포기, 지배 문화로부터의 일탈을 의미한다. 그들은 보수적인 남성들이 누리는 기득권을 공유하지 않는다는 것만으로도 비판, 소외, 조롱의 대상이 될 수 있다. 결과가 나쁘다면 이들은 더 코너로 몰릴 수도 있다.

이런 열린 남성들의 신뢰와 지원을 받았을 때는 이들의 선택이 현명하고 유익한 것이었음을 증명해주도록 하자. 여성을 의심하고 외면해온 것이 어리석은 다수의 편견이었음을 증명할 수 있는 좋은 기회라고 생각하고, 더 좋은 성과를 내도록 하자. 그것이 앞서 가는 남성들을 여성들이 돕고, 지원할 수 있는 길이다.

>> 늘 자신을 책임지는 습관

당연한 이야기지만 앞서 가는 남성들이 여성을 도울 때도 그냥 여자라는 이유만으로 돕지는 않는다. 여성에게 도움을 줄 만한 남자들이라면 이들은 숙달된 기업가, 능숙한 관리자, 뛰어난 지도자들이다. 이들이 개인적으로, 제도적으로 도울 만한 대상을 선택할 때는 준비된 사람을 선택할 것이다.

그들은 남보다 열심히 하고, 책임감이 있고, 열정이 있고, 성과를 통해 능력을 검증받은 사람을 보고 투자 대상으로 선택한다. 특히 강조하고 싶은 것이 책임감이다. 일 시키는 입장에서 보면 여성이든, 남성이든 책임감 있는 사람은 드물다. 그만큼 책임질 줄 아는 사람은 귀중한 인력이다. 특히 여자가 책임감 있게 일하면 더욱 빛난다.

그리고 거듭 강조하지만 책임감 있는 것과 열심히 일한다는 것은 전혀 다른 얘기다. 책임지지 않는 사람도 일은 열심히 한다. 열심히 했다고 해서 꼭 성과가 좋은 것은 아니다. 책임감이란 어떤 방식으로든 처음의 기획 의도대로 성과를 내는 것을 말한다. '전화를 스무 통도 더 했으나 연락이 안 됐다', '홍보 요청을 열 번도 더 했으나 지원해주지 않아서 결과가 좋지 않았다', '수없이 강조했으나 업체 납품이 지시대로 이행되지 않아서 원하는 수준을 맞추지 못했다', '휴일 한 번 없이 일했으나 추진 도중에 법령이 바뀌어서 손실이 생겼다'는 등 최선을 다했다는 종류의 이야기들은 자신이 얼마나 열심히 했는가를 나타내는 말들이다. 그러나 중요한 것은 일이 기획 의도대로 완수되는 것이다. 개인의 노력과 성의는 나중 문제다.

최선을 다해서 열심히 일했고, 결과는 난 모르겠다는 식의 무책임한 태도로 일하면 절대로 좋은 기회가 오지 않는다. 일터의 고수들은 책임지는 사람을 좋아한다. 한번 일을 맡으면 죽어도 끝내는 사람일 때 앞서가는 남자들은 지원해줄 것을 결심한다. 유능한 여성에 대한 투자가 절대로 손해가 아니라는 확신 아래서의 투자이지, 손해를 감수한 실험을 하는 것이 아니라는 얘기다.

현실의 장애는 넘어서면 힘이 되고, 안주하면 함정이 되고 만다. 그러므로 자기 관리 차원에서 늘 자신을 책임지는 습관을 길러야 할 것이다.

앞서가는 남성들의 현명한 선택

열린 사고방식을 지닌 남성들의 신뢰와 지원을 받았을 때는 이들의 선택이 현명하고 유익한 것이었음을 증명해주도록 하자. 여성을 의심하고 외면해온 것이 어리석은 다수의 편견이었음을 증명할수 있는 좋은 기회라고 생각하고, 더 좋은 성과를 내도록 하자.

〉 〉 〉　　**여자들의** 단점에 관한 정보는 많다. 주위에서 열심히 알려주기 때문에 알고 싶지 않아도 자동 입력된 정보가 너무 많은 탓이다. 그래서인지 '여자들끼리 모이는 곳은 질색이야' 라면서 여성 혐오적 발언을 하는 여자들이 멋있게 보일 때도 있다.

그러나 거센 물결을 역류하여 어떤 단계에 다다른 이후에는 여자들의 힘과 멋을 진하게 느낄 수 있을 것이다. 그런 여자들은 "여자들이 훨씬 의리 있고 실력 있고, 소신 있다."라고 자신 있게 말한다.

지금은 여자 혼자서 홍일점으로 고립되어 살아가는 시대도 아니고 여자라는 게 약점이나 결격사유가 되는 시대도 아니다. 조금만 눈을 들어 살펴보면 그리 멀지 않은 곳에서 자신 있는 모습으로 소신을 펼치면서 살아가고 있는 여자들을 얼마든지 만날 수 있다. 이제는 이런 여자들이 서로 만나 힘을 주고받으면서 커갈 수 있는 시대가 되었다. 좀 힘들어 보이기는 했지만, 여자들은 훌륭한 모습으로 성장했다.

이제 여자끼리 칭찬과 격려를 아끼지 말고 서로를 키워나가는 기쁨을 만끽해보자. 이 시대를 사는 여자의 축복이란 이런 것이 아니겠는가.

5부 ─ 내가 누군가의
멘토가 되어준다면 〉〉〉

1장 | 당신의 멘토는 누구입니까?

역할 모델 없는 여성들

선배들이 생존의 세대라면, 지금의 젊은 세대는 성공의 세대라 할 수 있다. 선배들은 남탕 조직 속에 들어가 산전수전 다 겪으면서 어찌 어찌 하여 살아남았다. 편견과 차별에 짓밟히고 짓밟혀도 '굳세어라 금순아'를 외치면서 잡초처럼 살아남은 강인한 생존력의 소유자들이다.

그러나 지금 성공을 꿈꾸는 젊은 세대들은 이 선배들과 전혀 양상이 다르다. 이들은 생존이 아니라 성공의 방법을 찾고 있다. '죽느냐 사느냐 보다는 어떻게 사느냐가 더 큰 관심사다. 어느 직급까지, 어떤 형태로 성공할 것인가, 그리고 얼마나 의미 있고 평등하게 성공할 것인가에 관심이 있다. 생존해야 했던 사람과 성공하려고 하는 사람은 같은 여자이면서 전혀 다른 관심사를 갖는다.

생존에 성공한 선배들이 있기에 성공을 꿈꾸는 후배가 있을 수 있다. 그러나 생존의 세대나 성공의 세대나 역할 모델이 없다는 점에서는 똑같다. 관심사가 다르기 때문에 선배들 중에 자기가 믿고 따를 만한 선배를 찾기란 쉽지 않은 일이지만, 사회 생활에서 따르고 싶은 선배와 교감하면서 갈등 상황을 헤쳐나갈 수 있다면, 그 어떤 것보다도 강력한 힘이 될 것이다.

그런 선배와의 끈을 멘토링의 관계라고 한다. 요즘 한창 관심을 끌고 있는 단어이기도 한데, 앞서 말한 대로 역할 모델에 대한 갈증이 멘토에 대한 논의로 이어지고 있는 것이다.

〉〉사이버 멘토링

2002년에 내가 했던 큰일 중 하나가 여성부의 사이버 멘토링 사업이다. 사업이라면 수익성이 있어야 하는데, 사이버 멘토링은 수익성보다는 실험적 투자라고 말해야 옳다. 새로운 개념의 여성 네트워킹, 새로운 개념의 여성운동이라고 할 수 있는 일이었다.

사이버 멘토링 사업을 진행하면서 나는 주변에서 성공했다고 생각되는 분들에게 후배들을 위해 멘토가 되어 달라고 권유를 많이 했다. 사이버 멘토링 사업은 온라인의 1:1 게시판에서 삶의 경험과 지혜를 나눠주는, 작은 나눔의 실천이었다. 선배 여성이 멘토(mento)가 되고, 후배 여성이 멘티(menti)가 되어서 원하는 분야의 경험과 지혜를 나누는 것이다. 따라서 사이버 멘토링에서는 좋은 멘토를 모으는 일이 가장 핵심이었다.

멘토가 반드시 성공한 여성이거나 전문직 종사자일 필요는 없다. 오히려 평범한 사람들이 진실된 마음과 열의를 가지고 경험을 나누는 것이 멘토링의 취지니 말이다. 그러나 사업의 시작 단계였고 여성부가 처음 하는 사업인만큼 되도록 여성주의적인 마인드가 있고 전문성이 있는 훌륭한 여성들로 멘토를 구성하려고 애썼다. 여성 CEO, 기업 임원, 예술 계통의 전문가, 교수 등 신뢰도가 높은 여성들, 남들이 보아 성공했다는 소리를 들을 수 있는 여성들이 멘토의 1차 대상들이었다.

그런데 나는 멘토들을 섭외하면서 의외의 경험을 했다. IT업계의 여성들이 모인 장소였다. 그곳에 모인 IT업계 여성 CEO들은 내가 좋아하는, 굉장한 에너지를 가진 여성들이었다. 나보다 나이가 많은 이도 적은 이도 있지만, 난 그들이 일궈내는 업무 능력과 추진력을 볼 때마다 늘 감탄사를 보내왔다. 어린 여자들이 수십억 원대 돈의 흐름을 머릿속에 넣고 수십 명 이상의 조직을 운영해 나가는 모습은 정말 놀랍다. 이들이 자신감에 차 있고, 화려해 보이고, 현명해 보이는 것은 이들이 하는 일의 내용을 볼 때 당연하였다.

그러므로 이들은 누가 봐도 이 시대의 멘토가 될 자격이 충분하였다. 그런데 이들에게 멘토로 가입하라는 권유를 하면서 멘토와 멘티가 뭔지를 설명하자, 다들 멘티를 하겠다고 말했다. 멘토는 누구나 할 수 있는 것이라고 거듭 강조하는데도, 누군가에게 뭔가를 말해주어야 한다는 것 자체가 부담이 되는 듯했다. 멘토를 하라는 권유에 "나, 멘티 할래요."라고 답하는 여성들의 말을 그냥 지나치기에는 너무 진지했다. 무슨 엄살이냐고 반문했지만, '나에게도 멘토가 필요하다'는 주장이었다. 지금까지 온 길이 너무 어렵고, 힘들고, 누군가에게 조언을 받고 기댈 수 있다면 너무 행복하겠다는 말이었다.

>> 훌륭한, 그러나 자신감이 없는 여성들

이후로도 멘토링 사업을 하는 내내 자신의 멘토를 찾아 달라는 멘토급의 여성들을 무척 많이 만났다. 맙소사! 누가 봐도 존경받고 있는 그 분야의 전문가요, 성공한 여성들이었건만 그들은 자신의 불안함을 호소했다. 그저 겸손함만은 아닌 듯했다.

가장 큰 회사로 알려진 대기업에서 과장으로 일하고 있는 후배도 자신의 성취에 자신감이 없었다. "지금 나도 헤매고 있는데, 내가 뭘 안다고 충고를 한다는 말입니까? 나도 배워야 하는데요." 이 후배는 한다, 안 한다, 한다, 안 한다를 몇 번 반복하다가 경험 나누기라는 말에 힘입어 결국 멘토가 되기로 했다.

50대의 선배조차도 엄살이었다. 자기는 아직도 한참 부족하고 늘 미숙하기만 한데, 자기가 누구의 멘토가 되어줄 수 있겠냐고 하소연하다시피 했다. 그 선배 역시 자기 분야에서는 대표적인 주자로 알려진 분이었다. 겸손도 과하면 결례라는 협박에 가까운 나의 부탁 앞에서 그는 정말 자신의 부족함을 걱정하고 있었다. 마침내 멘토가 될 것을 수락하기는 했는데, 그를 설득시키는 데 의외로 많은 시간이 걸렸다.

"그 분야의 후배들이 선배님을 멘토 삼아 크고 있는데 그게 무슨 소리예요? 그렇다면 누가 후배들에게 선배 노릇을 할 수 있단 말입니까? 선배님은 충분하고도 충분해요. 완벽하지 않은 채로도 선배님의 성취를 나눌 수 있어야 하지 않을까요?" 하고 항의하기도 했다.

이런 유형의 선배들이 보여주는 겸손함이란 일종의 장벽이었다. 성공과 자신감의 성장을 억제하는 장벽······.

여성은 왜 자신의 성공에 그토록 자신이 없을까? 왜 자신의 성공에 대해서 불안함을 보일까? 남자들이라면 그 정도 위치에 있다면 큰소리도 뻥뻥 치고, 오히려 자기 스스로 이 시대의 대표적인 멘토라고 자부심을 가질 수도 있건만, 여자들은 아주 달랐다. 이는 겸손함만으로는 설명되지 않았다. 자신의 성공 모델을 발견하지 못한 탓인가?

여자들은 자기를 낮추어서 남을 돕는 일은 참 잘한다. 나에게 극도의 겸손함을 보이면서 멘토가 되기를 피하고 싶어했던 그 선배들도, 그냥 남을 좀 도와주자고 했다면 쉽사리 승낙했을 것이다. 그러나 멘토가 된다는 것은 '자신감 있게 도와주는' 일이다. 고아원을 방문해서 돕는 것과는 질적으로 다른 차원에서 남을 돕는 일이다. 이웃을 돕는 일에는 두말 하지 않는 분들이 '자신감 있게 돕는' 부분에서는 '정말 나는 남에게 조언을 할 만한가?' 하며 주저하는 것이다. 너무 깊이 있는 성찰을 하는 여성들은 그래서 자신을 다른 사람의 멘토로 설정하기가 쉽지 않았던 것이다.

>> 역할모델 없는 여성들

여자들이 이렇게 자신의 성공과 성취에 자신없어하는 모습은 역할 모델 부재의 전형적인 증상들이다. 지금 성공의 대열에 들어선 여자들은 여성의 성공 모델을 가진 사례가 거의 없다. 선배가 있었다면 십중팔구는 남자 선배다. 여성의 도움을 받은 기억도 없고, 여성 상사를 모셔본 적도 없으며, 여성 스승도 현실적인 길잡이가 되어주지 못했다.

거의 자수성가의 길을 걸었다고 말하는 것이 맞다. 여자들은 저마다 정글의 다른 곳에 혼자 내팽개쳐져 각자 생존의 기술을 익혀왔다. 많은 여자들은 그 기술을 익히지 못해 정글의 피해자가 되어야했고, 소수의 여자들만 살아남았다. 살아남느라 너무 안간힘을 써야했기 때문인지, 다른 여성 생존자의 존재에 대해서는 관심을 가질여유도 없었다.

지금까지 여성의 성공이란 이런 그림이 아니었을까? 생존, 고립 등의 단어로 설명되는 어떤 것 말이다. 그리하여 이렇게 외롭게 성공한 여성들이 나의 멘토 제의에 도리어 '나의 멘토를 찾아 달라'고반대의 주문을 하는 것이다.

다른 사람들은 어떨까? '당신의 멘토는 누구인가'라는 질문에 자신 있게 '이 사람이다'라고 말하기 힘든 사람들이 많을 것이다. 내경우에도 특정한 한 사람이 떠오르지 않는다. 대신 모자이크와 같은멘토상이 있다. 주로 여성계의 선배들인데, 어떤 선배한테는 차분하고 깊이 있는 내공의 힘을, 어떤 선배한테는 명분적 사고 능력을, 어떤 선배한테는 긍정적이고 따뜻한 힘을 배운다. 물론 이런 장점을가지고 있는 그 분들은 내가 존경하는 사람들의 리스트에 들어간다.그래도 어느 한 사람을 내 멘토라고 지정하기란 쉽지 않았다. 이런여러 가지 장점들을 모자이크할 때 더 큰 그림이 생겨나고, 더 완전한 멘토상이 그려지니까.

이런 그림을 그리고 있는 나 역시 외로움에서 벗어날 수 없었다.이미 존재하는 조직 속에 들어가는 것 이외에 새로운 길을 모색하고, 새로운 일을 만들어갈 때는 정말 아무도 없는 황량한 벌판에 선 기분이었다. 저 멀리 작은 점처럼 어떤 존재가 있기는 한데, 그것은 너무 멀리 떨어져 있어서 내가 아무리 소리를 질러도 만날 수 없는 까마득히 먼 곳에 있었다.

'나는 늘 다른 여자들을 돕고 살았는데, 왜 나는 다른 여자들의 도움을 받을 수 없을까?' 하는 속 좁은 생각도 했다. 내가 그토록 친밀하다고 생각했던 여자들, 나를 다 바쳐서 도왔던 여자들, 나를 기꺼이 나누었던 여자들은 나를 돌아보지 않았다. 언제나 그랬듯이 자기들 갈 길이 너무나 바쁘다면서 계속 자기 갈 길만 갔다. 누군가의 도움이 필요한 상태라고 느끼는 나의 감정은 그들에게 전혀 중요한 고려 대상이 아니었다. 이런 상태는 감정적인 어려움으로 다가왔다. 지금까지 해왔던 일이 허탈하기도 하고, 화가 나기도 했다.

그러다가 다른 여자들이 나를 도울 수 있는 상황에 있지 않다는 것을 진심으로 알게 되고부터는 모든 것이 이해가 됐다. 나는 이미 다른 여자들이 알지 못하는 길을 가고 있는 중이었다. 아무도 가지 않은 길을 가고 있는 사람을 누가 도울 수 있을까? 문제가 있다면 내가 너무 새로운 것을 욕망하고 있다는 것이었다. 가지 않은 길을 가는 사람에게 외로움이란 숙명 같은 파트너일 뿐이었다.

>> 내가 누군가의 멘토가 되어 준다면

난 외로움을 있는 그대로 받아들이기로 했고, 내가 빨리 되도록 먼 길을 떠나 자리를 잡고 뒤를 돌아보면서 다른 여자들에게 도움을 주기로 마음먹었다. 그래서 지금 나는 나와 호흡을 맞추는 몇 사람과 동행하고 있다. 나의 동행자들은 내가 기대고 의지할 수 있는 소중한 벗들이다. 물론 새로운 분야의 일을 시작하고 보니 모르는 것이 아는 것보다 더 많고, 하나를 알아내기 위해서는 많은 시행착오를 거쳐야 했다.

그래도 하나하나 알아 가는 것은 즐거웠다. 새로운 지도를 보면서 한 군데 한 군데 답사해 나가는 기분 같은 것이었다. 하지만 간신히 모르는 것을 알아내고 나면, '참 별것 아니었구나' 하는 생각을 할 때가 많았다. 별것 아니란 것을 알아내기 위해 너무 많은 힘을 소모한다는 것을 알게 될 때, 내가 믿고 따라갈 수 있는 역할 모델 혹은 멘토가 더욱 그리워진다.

자수성가의 외로움……. 그러나 앞으로도 상당한 시간 동안 여자들의 사회적 성취란 이런 외로움의 대가를 치러야 할 것 같아 안타깝다. 나보다 10년 이상 어린 세대들도 우리들과 똑같은 이야기를 하니 말이다. 정재은 감독의 영화 〈고양이를 부탁해〉는 젊은 여성들의 독립과 심리를 섬세하게 그린 것으로 유명하다. 정재은 감독은 어떤 인터뷰에서 여자의 영화를 만들고 싶었으나 아무도 여자의 영화에 대해서 말해주지 않았고, 고민을 함께 의논할 사람도 없었다고 토로했다. 외로움 속에서 기특하게도 여성 영화의 방향을 잡아가고 있는 정재은 감독의 이런 체험은 자수성가 시대의 여자 선배들과 크게 다르지 않다.

이렇게 혼자서 자란 여성의 어려움을 아는 사람들은 후배들에게 좋은 멘토가 되어줄 수 있을 것이다. 멘토가 없어서 힘들었던 경험은 후배들에게 안내자가 되어주는 것으로 보상받을 수 있지 않을까?

과거에 선배들은 여자끼리 연대를 하려고 해도 너무 소수라서 연대할 상대가 없었다. 그러나 지금은 여기저기에 여성들이 많이 진출해 있다. 이제는 여자들이 손을 내밀면 내미는 손을 마주 잡을 또 다른 손들이 있고, 그 손들은 서로 도움을 줄 수 있을 만큼 힘을 가지고 있기도 하다.

아직은 남자들처럼 세대별로, 분야별로 역할 모델이 차곡차곡 쌓여 있는 것은 아니다. 여자 동료 간에 역할 모델이 되어주고, 자기 자신이 다른 여성의 역할 모델이 되어주어야 한다는 생각을 하자. 이 정도의 여유라도 생긴 것이 다행스럽지 않은가?

power advice

우리에겐 멘토가 필요하다

여자들끼리 서로의 역할 모델이 되어주고, 스스로 다른 여성의 역할 모델이 되는 것을 마다하지 말자. 멘토가 없어서 힘들었던 경험은 후배들에게 기꺼이 안내자가 되어주는 것으로 보상받을 수 있지 않을까?

2장 | 여성, 새로운 희망의 이름

여성 리더십이라는 대안을 찾아서

기업들이 엄격하게 남성 중심적 생산물을 만들어내던 때에는 여성적 원칙이 거의 영향을 미칠 수 없었다. 그러나 이제 기술이 발전하고 경제가 글로벌화되고 다양한 노동력이 필요해지면서 기업 환경도 많이 바뀌었다. 기업들도 살아남기 위해 급속도로 변모하고 있다.

그리하여 이제 비즈니스에서 필요한 것과 여성들이 제공할 수 있는 것은 일치하고 있다. 바야흐로 여성들이 변화의 흐름을 주도하고 창조의 범위를 확장시키는 리더의 위치에 서게 되었다. 여성들은 여성의 가치를 포기하는 것이 아니라 표현함으로써 리더의 역할을 수행해 나갈 수 있다.

〉〉변화하는 시대의 룰

히딩크 리더십, 콜린 파월 리더십, 서번트 리더십, 원칙 중심의 리더십 등 리더십에 대한 고민으로 세계가 들끓고 있다. 리더십에 대한 국내외적인 관심, 이것은 무엇을 의미할까? 그만큼 리더십을 발휘하기 힘든 시대에 와 있다는 얘기로 해석할 수 있을 것이다.

특히 기업에서는 1차적으로 인사관리에 대한 요구 때문에 새로운 리더십에 대한 관심을 키워 가고 있다. 요즘의 근로자들은 과거처럼 통제와 보상의 거래로 움직이지 않으며, 경제적인 요소만으로 동기 부여를 할 수가 없다. 바야흐로 자발적인 헌신과 내면적 만족으로 충성을 바치는 '동반자형 근로자'의 시대를 맞게 된 것이다.

이제 기업은 이 새로운 시대의 근로자들이 열정을 가지고 몰입하게 만드는 방법을 강구하지 않으면 안 되는 시대가 되었다(케네스 토마스, 《열정과 몰입의 방법》). 기업도 근로자들에게 선택받아야 하는 시대가 되었다. 앞으로 이런 추세는 더욱 확장될 것이다. 조직은 점점 분해되고, 작아지고, 유연해질 것이고, 근로자들은 자기 내면적 보상에 더 큰 의미를 두고, 더 큰 자율성을 확보하고 싶어할 것이다.

케네스 토마스는 새로운 시대의 근로자를 이해하기 위해서 인간 행동에 대한 4가지 보편성을 제시하였다.

1. 일에서 돈 이상의 것을 추구한다

사람들은 의미 있는 일에 몰두하고, 가치 있고 만족스런 일을 하고 싶어하는 욕망이 있다. 사람들에게는 목표를 부여해주는 과제가 필요하다.

2. 지금 이 순간의 즐거움을 중요하게 여긴다

사람들은 미래의 보상을 위해 현재를 포기하지 않는다. 사람은 일에서 직접 삶의 활력과 에너지를 얻는다.

3. 긍정적인 감정은 활력의 원천이다

감정은 위험하고 비합리적인 것이라고 간주한 기존의 경제 이론은 더 이상 통하지 않는다. 이제 감정은 동기의 핵심이다. 긍정적 감정을 강화시키는 것이야말로 강력한 내적 보상을 가져온다.

4. 옳은 일을 하면 기분이 좋아진다

기존의 경제 이론에서 윤리는 관심 밖이었다. 모든 것을 손익 차원에서 결정했다. 비윤리적인 것은 손해를 발생시키므로 바람직하지 않은 것이다. 그러나 사람들은 결과에 관계 없이 윤리적으로 옳은 일을 한다는 자부심에서 보상을 얻는다. 사람들은 대가를 치르면서도 옳은 일을 하려고 한다.

이런 인간에 대한 시각은 기존 경제학의 합리적 모델을 넘어서고 있다. 나는 이 책을 읽으면서 저자의 주장이 여성성의 수용, 여성성의 가치를 말하고 싶어하는 나의 욕구와 상당히 비슷하다는 생각이 들었다. 비록 저자는 페미니즘에 대해서 언급하고 있지는 않지만, 그 내용은 실상 여성학의 윤리 담론과 여성 리더십 논의와 같은 맥락이었다. 물론 저자의 책을 쓴 목적은 경영학적인 것이다. 어떻게 하면 기존의 틀로 설명할 수 없는 새로운 인간 유형들을 대상으로 인사관리 방법을 고안해내는가가 그의 목적이다. 그러나 새로운 시대의 증상을 처방하려고 할 때, 자동적으로 여성학의 논의를 수용하지 않을 수 없다는 것은 여성성이 새로운 시대의 가치라는 것을 입증하는 것이 아닐까?

>>새로운 대안, 여성 리더십

많은 리더십이 회자되고 있으나, 여성 리더십이야말로 이런 시대를 이끌어 갈 대안적 리더십으로서 논의되어야 한다고 생각한다. 새로운 시대의 조직이 요구하는 것과 여성적 가치가 일치하기 때문에 이러한 주장도 가능하다. 새로운 시대는 지금까지의 효율성, 합리성 중심의 경제 이론에 틈을 벌려놓았다. 그 틈 사이로 각종 수식어를 단 리더십 새로운 이론들이 쏟아지고 있는 것이다. 여성 리더십은 그 틈 사이로 설득력 있는 대안을 제시하며 올라오는 여성의 목소리다.

여성 리더십에서 핵심어는 관계 지향과 민주적 성향이다. 여성 리더는 관계의 개념으로 리더십과 권력을 이해하려고 하며, 민주적인 의사결정 과정을 중시한다. 모성적 정서가 관계를 형성하는 데 상당히 응용되고 있다는 것도 특징이다.

여성적 리더십의 특징 몇 가지를 정리해보자.

1. 민주적 리더십이다

여성들은 리더의 자리에 있을 때도, 의사결정을 할 때에도, 독단적으로 처리하는 것을 좋아하지 않는다. 합의, 회의, 의견 수렴, 협력, 타협, 조정 같은 민주적 의사결정 과정과 연관된 단어들을 좋아한다.

통계적으로 증명하라면 할 말이 없지만, 난 이런 것을 여성들의 '공동체적 정서의 영향'이라고 말하고 싶다. 여성들이 감성적으로 알고 있는 것이 있다. 여성들이 얼마나 공동체적 나눔과 훈훈한 감

성의 교류 속에서 편안함을 느끼는가 하는 것이다. 여자들의 정서로
는 이런 것이 편하다. 남자들 중에서도 여성성이 높은 사람은 이럴
것이라고 생각되지만, 여성들은 아무리 권위주의적인 성향이 높은
사람이라도 확실히 공동체적 일체감을 좋아한다.

2. 관계 중심적 리더십이다

여성들은 권력으로 타인 위에 군림하고, 타인을 압도하고 지배하
는 것을 좋아하지 않는다. 여성들이 좋아하는 권력은 공유, 동반, 공
존의 이미지를 갖고 있다. 모성을 기반으로 하는 권력은 돌봄, 배려,
헌신의 특징을 갖는데, 관계 중심적 리더십에서 통용되는 권력은 이
런 모성적 권력이다.

3. 갈등 상황을 허용하는 입장이다

무조건적인 복종을 좋아하지 않는 여성들은 갈등에 대해 용납하
는 쪽이다.

4. 공사 이분법의 경계를 융통성 있게 받아들인다

직장과 가정, 조직과 개인, 공과 사, 이성과 감성의 이분법을 기계
적으로 고수하지 않는다. 상황적 융통성을 가지고 대처하며, 개인과
가정이 일방적으로 희생당하는 것에 무조건 찬성하지 않는다. 가정
친화적인 직장 분위기를 만들고, 개인에 대한 배려를 하며, 동시에
여러 가지 일을 처리하는 것도 가능하다. 이분법적 사고를 넘어서기
때문이다.

5. 정서적 친밀감을 중시한다

여성의 모성적 감성은 조직원 간의 정서적 친밀감을 중요하게 생각한다. 규칙에 의한 통제 방식보다는 친밀감과 이해, 배려에 바탕을 둔 업무 환경을 조성한다.

〉〉상호 작용적 리더십

외국에도 이와 같은 맥락의 연구 사례(Rosener, Judy B. 〈Ways women lead〉, 하버드 비즈니스 리뷰)가 있다. 여성 경영학자 주디 로즈너는 남성 경영자와 여성 경영자의 비교 연구에서 여성 경영자들이 여성적 원칙을 고수하는 면을 밝히고, 여성 리더십을 '상호 작용적 리더십' 이라고 이름 붙였다. 상호 작용적 리더십의 핵심 역시 민주성과 관계 지향성이다.

이런 연구들을 통해서 여성들은 두 가지 소득을 얻는다. 하나는 그동안 여성들이 무조건 남성의 기준에 부합하려고 해왔던 노력들의 한계를 깨닫는 일이다. 리더와 성공과 남성을 동일시했기 때문에 여성들도 성공을 위해서는 남성들의 기준을 소화해야 한다고 생각했었다. 그러나 남자들의 방식을 모방하는 것은 몸에 맞지 않는 옷을 입는 것처럼, 내가 원하는 것을 결코 얻을 수 없는 길이라는 것을 알게 된다. 이런 깨달음 덕분에 다른 대안이 있다고 생각할 때는 안도감을 갖고 새로운 시도를 할 수 있게 되는데, 여성적 리더십에 대한 연구들이 그 대안을 제시해주는 것이다.

여성 리더십 연구로부터 얻는 두 번째 소득은 여성들의 길이 그동

여성 리더십과 남성 리더십의 차이

	남성 경영자	여성 경영자
의사결정 과정	• 계급제에 의해 리드 • 권력과 관계된 특정인에게만 관심을 보인다. • 한정적 정보만 채택	• 관계에 중점 • 구성원 모두에 관심을 보인다. • 다양한 정보 채택
리더십	• 위에서 아래로의 계급적인 구조로 본다.	• 조직의 중심에서 방사의 형태로 파악
권력	• 다른 사람을 지배, 통제 • 계급주의적 • 경쟁과 지배	• 공유하는 에너지, 힘, 능력 • 관계적인 것 • 협동, 상호 의존성
정보와 기술의 공유	• 정보와 전문가적 지식을 권력의 원천으로 본다. • 배타적 개념	• 공유의 개념
갈등 해결	• 갈등을 위협적이고 부정적인 것으로 본다. • 억눌러야 하는 것으로 인식한다.	• 중요한 상호 작용의 과정으로 인식 • 타협과 합의 등으로 문제를 해결하려 한다.
작업 환경	• 규칙에 의한 딱딱한 업무 환경	• 협력적 환경, 정서적 신뢰감 중요시
다양성의 수용	• 보수적 • 융통성 낮다.	• 다양성 인정, 탄력적 운영 • 융통성 높다.

주디 로즈너, 〈여성이 리드하는 방법〉, 하버드 리뷰, 1990년 11~12월

안 인정을 못 받았지만 충분히 가치 있고, 편안하고, 효율적이라는 사실을 확인하게 되는 것이다. 뒤늦게 발견한 사실치고는 꽤 괜찮은 소득이다.

이제 여성들은 여성성을 부인하는 것이 아니라 여성성을 표현함으로써, 또 차이를 표현함으로써 리더가 될 수 있는 시대에 와 있다.

여성적 방식이 좀 불편했고, 손해를 봤던 것도 사실이다. 과거 남성 중심적인 방식이 지배하던 시절에는 여성성의 표현은 위험한 것이 었다. 그러나 지금 우리에게 다가올 시대는 새로운 방식, 새로운 관계를 요구하고 있고, 그에 따라 여성성이 적극적으로 표현되길 기대하고 있다. 새로운 힘을 보여줄 수 있는 사람은 곧 리더의 위치에 서게 될 것이다.

>> 새로운 희망의 이름, 여성

여성적인 특징이 리더십의 자질로 활용될 수 있다는 논지의 연구는 여성 리더십의 내용을 풍부하게 해준다. 양성적 리더십에 대한 연구는 이렇게 설명한다(Alice. G. Sargent, 《The Androgyous Manager》 1981). 전형적인 여성적 특징으로 인해 여성은 감정을 중요한 삶의 일부로 인정하고, 내면적인 자기 충족을 중시하며, 실패에 의연하고, 남성과 성적이지 않으면서 친밀한 관계를 맺을 수 있고, 다른 여성들과의 지원 네트워크를 형성하는 등 성공적인 리더로서의 자질을 키울 수 있다.

이 연구에 나타난 전형적인 여성적 특징 때문에 나타나는 여성의 행동 방식을 정리하면 다음과 같다.

- 감정적인 것을 인지하고 수용하고 표현하는 능력을 발전시킬 수 있다.
- 감정을 성취의 장벽이 아니라, 삶의 중요한 부분으로 인식한다.

- 취약점과 불완전함을 받아들인다.
- 일에서 경제적인 보상뿐 아니라 자기 충족을 중요한 목표로 설정할 수 있다.
- 일에 대한 태도가 융통성이 있다. 일하지 않는 것의 가치를 인식한다.
- 실패했을 경우도 패배자라고 생각하지 않고 건강하게 수용할 수 있다.
- 남녀 사이에 성적인 관계를 배제하고 친밀한 관계를 맺을 수 있다.
- 다른 사람의 문제를 해결해야 한다는 책임감을 느끼지 않고, 감정적으로 들어줄 수 있는 능력을 가지고 있다.
- 다른 사람과 감정을 공유하고, 그 약점과 위험성을 수용한다.
- 다른 여성들과 지원 네트워크를 만들고 경쟁심 없이 정보를 공유할 줄 안다.
- 이성적이고 객관적인 방법을 유일하게 생각하지 않고, 상대방의 경험을 그 사람의 수준과 연결짓는다.
- 자신의 감정적, 비이성적 부분을 인정하고 수용한다.

여성적 경험과 자질이 리더십의 자원이 될 수 있다는 주장은 여성들에게 무조건 즐거움만 제공하는 것이 아니다. 그만큼 여성들은 자신의 조건을 발전적인 방법으로 연결시키고 개발해야 하는 책임감을 느껴야 하는 것이다. 남성적인 가치가 유일했던 과거 같으면 여성이라는 조건을 '약점'으로 취급해버리면 간단했다. 자신을 버리고 남성을 닮으려는 노력으로 갈등을 해결할 수도 있었다. 그러나 지금은 얘기가 좀 복잡해졌다. 여성적 가치가 새롭게 조명되고 새로운 시대의 리더십 대안으로 인식된다면, 여성 자신부터 여성이라는 조건에 대해 보다 신중하고 긍정적인 측면으로 인정하는 자세가 필요하다.

주목을 받는다는 것은 자신의 재능을 보여줄 수 있는 기회도 되지만, 그만한 긴장과 준비가 수반되어야 하는 일이기도 하다. 여성들은 이제 막 데뷔 무대에 서는 기대주와 같은 입장이 아닐까 싶다. 세상은 지금, 이 기대주에게서 쏟아져 나올 에너지와 눈부신 기량을 애타게 기다리고 있다.

power advice

여자라서 성공하는 시대

이제 여성들은 여성성을 부인하는 것이 아니라 여성성을 표현함으로써, 또 차이를 표현함으로써 리더가 될 수 있는 시대에 와 있다. 여성적 방식이 좀 불편했고, 손해를 봤던 것도 사실이다. 과거 남성 중심적인 방식이 지배하던 시절에는 여성성의 표현은 위험한 것이었다. 그러나 지금 우리에게 다가올 시대는 새로운 방식, 새로운 관계를 요구하고 있고, 그에 따라 여성성이 적극적으로 표현되길 기대하고 있다. 새로운 힘을 보여줄 수 있는 사람은 리더의 위치에 서게 될 것이다.

우리가 살고 싶은 세상은

　지금까지 나는 여자는 남자보다 더 실력을 갖추어야 하고, 더 강한 소신과 사명감으로 사회 생활을 해내야 성공할 수 있다고 주장했다. 또 지금은 여성의 가능성을 발휘하기에 매우 좋은 시대에 와 있으며, 남성과 다른 여성의 차이는 오히려 여성에게 부가가치를 가져다 주는 리더십의 자원이 될 수 있다고 주장했다.

　'희망이 있으니, 맘껏 펼쳐라' 라는 논지의 얘기를 하느라고 많은 이야기를 꺼냈던 것 같다. 그러면 이제 마무리하는 시점에서 본질적인 이야기를 다시 정리해보고자 한다. 여성의 성공, 리더십, 여성의 각별한 노력에 대해서 그토록 많은 이야기를 하는 근본적인 이유는 무엇일까? 수많은 책들이 같은 주제에 많은 노력을 쏟아붓고 있다. 왜 여성은 성공하고, 리더십을 발휘해야 하는가?

〉〉성공의 필요 조건

　수많은 이유가 있겠지만, 맨 마지막에 남아 있는 가장 단순하고 가장 본질적인 이유는 '행복해지기 위해서', '나 자신을 위해서' 라는 답이 아닐까 싶다. 그렇다. 우리 삶의 궁극적 목적은 '행복' 이다. 무엇을 하든, 어떤 결정을 하든, 그 동기는 행복해지기 위한 것이다. 결혼, 취직, 공부 등 행복은 항상 우리를 움직이는 동기가 되어 왔다. 성공도 리더십도 우리의 삶을 행복하게 만드는 과정이기 때문에 그 가치를 갖는다고 할 수 있겠다.

　'행복' 이라는 것이 말은 쉽지만, 사실 우리들이 스스로를 얼마나 행복하게 해주고 있는지, 스스로 행복해지기 위해서 얼마나 노력하고 있는지는 다른 문제이다. 자기가 언제 가장 행복한지를 아는 것조차도 결코 쉬운 문제는 아니다. 그래서 자신을 들여다보면서 자신의 '행복 감수성' 을 높이는 연습이 필요하다.

　바보 같은 얘기지만, 나도 행복 감수성이 상당히 낮은 사람이었다. 나이 마흔이 되어서야 인생의 행복이란 저절로 주어지는 것이 아니라, 치열하게 쟁취하는 것임을 알게 됐다. 어릴 때는 부모가 미리 정해져 있듯이 행복 같은 것은 운명처럼 저절로 만들어지는 것이라고 믿었다. 건강, 행복, 인품 같은 것들이 다 인위적인 노력으로 되는 것이 아니라고 생각했다. 그런데 철이 들고 나니 행복하게 사는 것이 얼마나 치열한 노력 끝에 얻어지는 것인지를 가슴으로 깨닫게 되었다. 그리고 현명한 사람들은 아주 젊을 때부터 행복해지기 위해, 건강해지기 위해 열심히 노력하며 살고 있다는 것도 알게 되었다.

　나의 행복 감수성이 빈약해진 이유 중에는 워커홀릭(workholic)

성향이 한몫 했던 것 같다. 주관적인 만족이나 행복 같은 것은 일에 방해가 되는 감정적인 요인이며, 역할과 책임을 다하는 것이 당연하고 중요한 일이라고 생각했다. 한참 일 속에 파묻힐 때는 해도 해도 끝이 없는 일 속에서 오기 같은 것이 생겨났고, '그래, 한번 해보자. 나에게 올 수 있는 일은 다 와봐라. 다 해결해주마'라는 비정상적인 결의를 다지기도 했다. 지금 생각하면, 그것이 다 무슨 짓이었나 싶다. 그 덕분에 일 잘하고 책임감 강하다는 소리는 좀 들은 것 같은데, 내 속이 메마르고 있다는 느낌이 들었다.

어느 날 몹시 아팠다. 병원에 누워 있는데, 그동안 일만 열심히 하고 살아온 40년이 너무 억울하다는 생각이 들었다. 가족과도 살가운 행복을 누리지 못했고, 나 자신을 애지중지 사랑해주지도 못했고, 무엇보다 내가 사랑하는 지인들과 실컷 놀아보지 못한 것이 제일 속상했다. 그 이후로 일 중심으로만 사는 인생을 다시 돌아보게 되었다.

물론 나는 지금도 열심히 일한다. 남보다 많은 시간을 바쳐 강도 높게 일할 것이라고 생각한다. 그래도 워커홀릭으로 일하는 것과는 차이가 있다. 워커홀릭은 일을 위해 일하지만, 지금의 나는 행복하게 잘 놀기 위해 일하고 있다. 이런 목표 의식이 흐려질 때면, 얼른 정신을 차리려고 노력한다. 한정된 시간에 일하면서 자기 행복을 추구하고 노는 시간을 따로 확보하기란 쉽지 않다. 그리하여 시간 관리를 철저히 하기 위해 약속, 만남, 일을 선별하는 데 신경을 쓰게 되었고, 나 자신의 기분과 감정, 건강 상태에 민감해지려는 노력도 하게 되었다. 지금도 만만치 않은 일 속에서 살지만, 일 중독자가 아닌 행복 중독자가 되는 것을 목표로 삼고 있다.

>> "당신은 누구인가?"

국내외의 여러 연구에 의하면 성공하기 위해서는 일 속에 파묻히는 워커홀릭이 되지 않는 것이 중요하다고 한다. 워커홀릭은 한 분야에서 성과를 거두지만, 우리가 '성공했다'고 인정할 정도의 사람들은 적어도 인생 전체를 조망하면서 일을 자신의 일부로만 생각하는 공통점이 있다고 한다. 성공한 사람들은 일보다 더 중요한 가치에 대해서 잘 알고 있다는 것이다.

《이너써클》의 저자 리어돈은 에필로그에서 말한다. "내가 만난 사람 중 가장 성공한 사람은 자신의 직장 생활을 인생의 전부가 아니라고 생각하는 사람들이었다. 그들은 인생이란 여러 목표를 가진 다양한 활동으로 이루어진 '포트폴리오'라고 생각한다. 그들은 세상을 선택의 측면에서 바라본다."

5부 2장 여성 리더십의 통찰력에서 이런 부분은 특히 중요하게 강조된다. 여성 리더십은 야망을 불태우며 죽어라 일하여 높은 지위, 권력, 경제력을 소유하게 되는 과정에서 생략되는 수많은 삶의 기쁨에 대해 어리석다고 말하고 있다. 인생은 '다양한 요소로 이루어지는 포트폴리오'임을 강조하고, 일도 중요하지만 일하지 않는 것도 중요하고, 외면도 중요하지만 내면이 더 중요하다고 일관되게 강조한다.

남자들처럼 성공에 대한 강박관념을 가지고 워커홀릭이 되어 살아보니 행복하지 않았다고 간증하는 책《성공을 강요받은 여자들》의 저자 엘리자베스 맨케너는 이렇게 말한다. "우리가 갖고 있던 성공의 유일한 모델은 남성들에게 적합한 것이다. 그 모델이 우리에게 맞지 않다는 사실을 발견할 정도로 성취하는 데는 꽤 오래 걸렸다. 그러나 이제는 여성들이 남성 중심적 성공의 진정한 한계를 경험했으며, 평등에 대한 약속도 지켜질 수 없다는 것도 깨달았다. 또 그것을 얻기 위해 자신의 삶을 포기하는 것은 가치가 없다고 보기 시작했다."

나는 여성의 성공과 리더십에 관련된 통찰력들이 행복해지기 위한 또 다른 방법이라는 말로 들린다. 그렇다는 '나는 어떨 때 행복한가?' 하는 주제를 다루어야 하는데, 이는 실로 전면적인 자기 탐구 작업이다. 가장 솔직하고 강렬한 에너지로 자신을 대하고 자기를 타인과 구별 짓는 독특한 존재로 인식할 수 있을 때, 이에 대답할 수 있을 것이다.

이는 또한 자기 주도적 리더십(self-leadership) 분야에 들어가는 과제들이기도 하다. 리더십의 고전이라는 스티븐 코비의 《성공하는 사람들의 7가지 습관》에서 《히딩크 리더십》에 이르기까지 원칙과 신뢰, 소신 등 많은 언어가 동원되지만, 그 키워드는 결국 자기 관리다. 이들은 진정한 자기 존재의 확인을 전제로 하여 자기 관리를 하는 법에 대해 이토록 무수한 말을 쏟아내고 있는 것이다. 이 시대에 자기 자신을 발견하고 다스리는 언어가 활성화될 수밖에 없는 이유는 5부 2장에서 설명한 바 있다.

세계적인 3대 경영학자로 꼽히는 톰 피터슨이 얼마 전 한국에 와서 '브랜드의 힘'이라는 주제로 특강을 했다. 그의 주장을 담은 《독창적이거나, 아니면 몰락하거나》처럼 과연 독창적이라는 인상을 받았는데, 그가 가장 강조하는 강의의 핵심은 놀랍게도 "당신은 누구인가?"라는 질문에 있었다. 처음부터 끝까지 독창성을 강조하는데, 그 독창성이 나오는 모태는 바로 자기 자신의 정체성이라는 것이다.

>> 자기 주도적 리더십의 시대

여성들에게는 자기를 발견하는 노력이 매우 중요하다. 아직 우리 사회는 여성들에 대해서 이중적이고 모호하고 상호 모순적인 기준을 들이대고 있기 때문이다. 특히 유리 천장에 도달해서는 이 혼란스런 기준들이 여성을 좌절시키는 딜레마로 작용할 수 있기 때문에, 이 혼란 속에서 자기 중심을 잡고 서 있기란 보통 어려운 일이 아니다. 이때 외부 요인에 자기의 판단을 맡겼던 습관은 여성의 혼란을 더욱 가중시킬 것이다. 자기 중심적 삶을 연습해 온 사람만이 자기 자신의 에너지로 세상과 만날 수 있을 것이다.

자기답게 살아야 성공한다는 얘기를 여자들에게 할 수 있는 지금이 시대는 얼마나 행복한가? 개성에 관계 없이 여자라는 이유로 '당위' 와 '의무' 들에 압도되어 살았던 시대에는 감히 여자들이 이런 얘기를 할 수가 없었다. 자기 자신을 부정하며 살아야 했던 여자들은 행복할 수 없었다. 지금 우리들이 여자들의 행복한 성공을 말하고 있다는 건, 정말 믿기지 않을 만큼 놀라운 변화다.

이제 정리해보자. 우리는 여성이 성공하고 리더가 되는 것을 지원해줄 수 있는 '가능성의 시대' 를 만났다. 가능성이 있으므로 여성은 성공하고, 리더가 되기 위해 더 열심히 살아야 한다. 여성의 성공과 리더십을 위해서는 자기 자신의 방식으로 살아야 한다. 이 모든 것

은 우리 삶의 행복을 위해서다. 우리가 살고 싶은 세상의 주인공이
되는 지름길이기 때문이다.

시

그대 굳이 사랑하지 않아도 좋다
● 이정하 시집 | 신 4·6판 | 116쪽
이루어질 수 없는 사랑에 때론 아파하고 때론 절망하는 마음을 서정적인 감성으로 그린 시집.

너는 눈부시지만 나는 눈물겹다
5년 연속 시부문 전국 베스트셀러
● 이정하 시집 | 신 4·6판 | 116쪽
사랑의 애잔한 아픔과 그 속에 깃든 사랑의 힘을 섬세하게 풀어쓴 시집.

그대가 곁에 있어도 나는 그대가 그립다
10년 연속 시부문 전국 베스트셀러
● 류시화 시집 | 신 4·6판 | 112쪽
뛰어난 서정성과 환상적 이미지로 삶의 비밀을 섬세하게 풀어낸 류시화 시집.

그대에게 가고 싶다
● 안도현 시집 | 신 4·6판 | 132쪽
가슴 아픈 사랑의 마음을 그린 서정시집.

그대, 거침없는 사랑
● 김용택 시집 | 신 4·6판 | 132쪽
〈섬진강〉의 시인 김용택이, 소박하고 꾸밈없는 목소리로 사랑의 경건함과 따사로움, 사랑의 순정함을 노래한다.

소설

모독
● 체루야 살레브 장편소설 | 전2권 | 변형신국판
일 년여에 걸쳐 진행되는 한 여성의 일탈적 연애를 통해 고통스럽고도 감미로우며, 맹목적인 만큼 위태로운 곳으로 우리를 이끄는 '사랑'의 안과 밖을 이야기하는 소설이다.

남편과 아내
● 체루야 살레브 장편소설 | 전2권 | 변형신국판

허물어져가는 결혼제도의 쓸쓸한 풍경과, 두려움에 떨며 그 주변을 배회하는 우리들 내면을 이야기하는 소설이다. 극도의 에로티시즘, 믿기 힘든 솔직함, 독자를 사로잡는 언어 구사. 이 쓰라린 소설은 21세기를 사는 남성과 여성을 위한 일용할 양식이라 할 만하다.

포플러의 가을
● 유모토 가즈미 장편소설 | 변형신국판 | 180쪽
험난한 인생의 파도를 이제부터 헤쳐가야 할 어린아이와 얼마 안 있어 인생의 무대에서 사려져갈 노인의 만남이 가슴 저린 감동으로 남는 소설. 불안과 외로움을 치유해가는 과정을 담담하면서도 슬픔 어린 시선으로 그리고 있다.

여름이 준 선물
● 유모토 가즈미 장편소설 | 변형신국판 | 240쪽
순수하지만 각기 다른 아픔을 지닌 세 소년과 역시 아픈 기억을 간직한 채 세상과 벽을 쌓고 살아가는 할아버지의 만남을 한 편의 수채화처럼 그려낸 소설이다. 우리들이 덧없는 욕망에 밀려 용도폐기했던 유년의 기억과 그것이 전하는 위안과 반성의 힘을 감동적으로 환기시킨다.

허삼관 매혈기
'99 출판인회의 '이달의 좋은책' 선정도서 | '99 중앙일보 좋은책 100선 선정도서
● 위화(余華) 장편소설 | 신국판 | 348쪽
살아가기 위해 무렵 아홉 차례에 걸쳐 피를 팔아야 했던 주인공 허삼관의 인생 역정을 유머와 슬픔, 감동과 통찰로 버무려낸 걸작! 문화혁명 이후 중국 문학이 건져 올린 최대의 성과물이라는 찬사가 아깝지 않은 작품이다.

살아간다는 것
● 위화(余華) 장편소설 | 신국판 | 312쪽
사랑하는 가족 모두를 먼저 보내야 했던 늙은 농부가 자신의 인생을 반추하는 형식을 통해 가차없는 현실과 운명에 맞설 수 있게 하는 사랑과 우정의 힘, 인간 본성과 생명에 대산 근원적 믿음을 보여주는 소설이다.

세상사는 연기와 같다
• 위화(余華) 중편소설집 | 신국판 | 296쪽

플라톤은 아팠다
• 클로드 퀴자드 르노 | 고재정 옮김 | 신국판 | 312쪽

소크라테스의 제자이며 그의 학문을 완성한 철학자 플라톤. 29살에 스승을 여읜 플라톤이 겪어야 했을 고통과 방황의 흔적들을 추적하면서 필생의 역작 '대화편' 이 나오게 된 배경을 이야기하는 소설. 잘 짜여진 지식인소설인 동시에 격조 높은 성장소설로도 읽힌다.

허균, 최후의 19일
• 김탁환 장편소설 | 신국판 | 전2권

이 땅의 역사를 바꾸고자 했던 사내 허균, 그의 야망과 고독, 그리고 눈물을 읽는다.

에세이

조금은 가난해도 좋다면
• 최용건 지음 | 변형 4 · 6배판 | 232쪽

허겁지겁 살아온 삶, 그 뒤에 무엇이 남을까?

소모적으로 흘러가는 도시에서 벗어나 조금은 가난하지만 그래서 더욱 온전한, '떠나 사는 즐거움' 을 그린 수묵화가 최용건 씨의 산문집. 대량소비사회의 그늘을 박차고 나와 작고 소박하지만 땀 흘리며 자신의 세계를 건설해가는 한 인간의 일상이 따스하고 검박하면서도 아름답게 드러나고 있다.

한비야의 중국견문록
중앙일보 선정 청소년 권장도서

• 한비야 지음 | 신국판 | 336쪽

완벽한 지도를 가져야 길을 떠날 수 있는건 아니다

인생의 후반부를 준비하며 2000년 한해를 중국에서 보냈던 한비야가 그곳에서 건져올린 쫀득쫀득한 이야기 꾸러미. 베이징 거리 구석구석을 누비며 만난 사람들, 거기에서 새롭게 깨달은 '내 안' 의 한계와 가능성들이 특유의 따스하고 사려 깊고 맛깔스러운 문장으로 녹아들고 있다.

바람의 딸, 우리 땅에 서다
• 한비야 지음 | 신국판 | 312쪽

바람의 딸 한비야가 800km에 이르는 우리 땅을 두 발로 걸어다니며 쓴 49일 간의 여행기. 이 땅을 걷는 한 걸음 한 걸음에는 길 위에서 체득한 여행 철학과 삶의 깨달음이 배어 있다.

희망은 또 다른 희망을 낳는다
• 서진규 지음 | 신국판 | 368쪽

가발공장 여공에서 하버드대생으로 거듭나기까지 역동적인 인생유전을 펼쳐온 저자가 딸 조성아 양을 키우면서 웃고 울고 가슴 쓸어내리며 보낸 23년 간의 이야기를 풍부한 사례와 함께 흥미진진하게 써내려 가고 있다.

영혼을 위한 닭고기 수프
• 잭 캔필드 · 마크 빅터 한센 | 류시화 옮김 | 신국판 | 전2권

한 명의 감동이 백명에게 전파되고, 마침내 전세계 27개국 10억 독자가 확인한 감동!

살아가면서 잃어버리기 쉬운 꿈과 행복을 어떻게 지키며 살아가야 하는가를 보여주는 1백여 편의 감동적인 이야기.

우리는 다시 만나기 위해 태어났다
연인에게 선물하고 싶은 책 1위 뉴욕타임스 베스트셀러 1위

• 잭 캔필드 · 마크 빅터 한센 | 류시화 옮김 | 신국판 | 236쪽

어린 연인들의 간절한 사랑에서부터 노년의 잔잔한 사랑까지, 때로는 죽음을 넘어서고, 때로는 신의 손길에 이끌리면서 영혼의 동반자를 만나 사랑하는 모습이 한 편 한 편마다 아름답고 신비롭게 그려져 있다.

아름답고 슬픈 야생동물 이야기
• 어니스트 톰슨 시튼 | 장석봉 옮김 | 신국판 | 312쪽

야생 세계에 관한 가장 매혹적인 이야기꾼이자 화가인 시튼이 최초로 쓴 작품이자 가장 훌륭한 작품인 《Wild Amimals I Have Known》(1898년)의 완역본이다.

간절히@두려움 없이
• 전여옥 지음 | 신국판 | 352쪽

한 세기를 넘어 새 천년이라는 거센 변화의 파도를 어떻게 맞이할 것인가를 주제로 쓴 에세이.

인문 · 사회과학

미녀와 야수, 그리고 인간

● 김용석 지음 | 신국판 | 440쪽

대중문화, 그 중에서도 가장 보편적인 장르라 할 수 있는 애니메이션에 대한 문화 담론은 어떻게 가능한지 그 전형을 보여주는 책. 저자는 〈미녀와 야수〉 〈알라딘〉 〈라이언 킹〉 〈인어 공주〉 4편의 디즈니 애니메이션 작품을 텍스트로 삼아 분석하면서 독자와 철학적 대화를 꾀한다.

문화적인 것과 인간적인 것

● 김용석 지음 | 변형 국판 양장본 | 400쪽

현대 문화의 특성을 다차원적으로 조명하는 철학 에세이. 오늘날 우리 삶에서 문화의 핵심적 의미를 반영하는 '현대적 사건'들을 섬세하게 분석하고 있다.

시간 박물관

● 움베르크 에코 外 | 김석희 옮김 | 변형 5·7판 양장본 | 308쪽

세계적인 석학 24인의 글을 통해 인간이 시간을 어떻게 지각하고 있는지를 검토하고, 세계 곳곳의 다양한 문화가 시간에 대해 어떻게 반응·측정·표현하는지를 정리하고 있다.

철학의 모험

● 이진경 지음 | 신국판 | 400쪽

《수학의 몽상》의 저자 이진경의 철학 입문서. 데카르트 이후 주요한 근대 철학자들의 철학 개념이나 사고 방식을 다양한 소재를 등장시켜 하나하나 짚어가고 있다. 스스로 사고하려면 어떤 태도가 필요한지, 어떻게 공부해야 하는지를 잘 보여준다.

수학의 몽상

● 이진경 | 신국판 | 304쪽

형식을 파괴하는 자유분방한 상상력으로 근대 수학의 역사를 파헤쳐, 서양의 근대성 형성에 수학이 행한 핵심적 역할을 밝힌다.

문명의 공존

● 하랄트 뮐러 | 이영희 옮김 | 변형 국판 양장본 | 362쪽

새뮤얼 헌팅턴의 《문명의 충돌》을 본격적으로 비판하고, 전쟁이 아닌 대화와 공존의 길을 모색하는 적극적인 대안서.

도교와 문학, 그리고 상상력

● 정재서 지음 | 변형 국판 양장본 | 336쪽

서양의 오리엔탈리즘, 중국의 화이론(華夷論)을 넘어 제3의 중국학론으로 우리 학문의 새로운 방법론을 제시하고 있는 정재서 교수의 역작.

동양과 서양, 그리고 미학

● 장파(張法) | 유중하 外 옮김 | 변형 국판 양장본 | 592쪽

동서양 미학의 태동과 서로 다른 변천 과정을 철학적, 종교적, 문화사적 관점에서 조명한 중국 장파 교수의 대표적 저서.

이탈리아 르네상스의 문화

● 야콥 부르크하르트 | 안인희 옮김 | 변형 국판 양장본 | 756쪽

19세기의 빛나는 역사가 부르크하르트가 남긴 문화사 최고의 고전(古典). 14세기부터 16세기까지의 이탈리아 문화 전체를 종횡으로 들여다보며 현대인의 기원과 '개인'이라는 의식의 생성 과정에 대한 답변을 모색한다.

마르크스 평전

● 프랜시스 윈 | 정영목 옮김 | 변형 국판 양장본 | 588쪽

마르크스는 20세기의 역사를 바꾼 철학자, 역사가, 경제학자, 비평가, 혁명가였다. 그러나 더 중요한 사실은 마르크스 역시 평범한 인간이었다는 것이다. 이 책은 필요에 따라 신격화되기도 하고, 모든 악의 근원으로 악마처럼 폄하되기도한 위대한 사상가를 피와 살을 지닌 인간으로 복원시킨다.

로자 룩셈부르크 평전

● 막스 갈로 | 임헌 옮김 | 변형 국판 양장본 | 648쪽

20세기를 대표하는 혁명 이론가이면서, 역사와 대중에 대한 변함없는 믿음을 견지한 이상

주의자, 로자 룩셈부르크. 막스 갈로는 방대한 시각과 통찰력으로 유년기에서 최후의 순간에 이르기까지 로자의 삶과 사상과 행동을 꼼꼼하게 그려내는 동시에 그가 살았던 격동의 시대를 정밀하게 포착하고 있다.

히틀러 평전
• 요하임 페스트 | 안인희 옮김 | 변형 국판 양장본 | 전2권

광기의 천재, 정치의 예술가 히틀러 평전의 결정판. 성(姓)도 불확실한 보잘것없는 집안 출신으로 18세에 고아가 된 후 30세까지 떠돌이 생활, 싸구려 화가로 비참하게 지낸 인물이 독일의 총통이 되어 전유럽을 손에 넣은 삶의 궤적이 극적으로 그려진다.

한 권으로 읽는 니체
• 로버트 솔로몬·캐슬린 히긴스 | 고병권 옮김 | 신국판 | 332쪽

프리드리히 니체는 역사상 가장 많이 이야기되는 철학자이면서 가장 오해받고 있는 철학자이다. 이 책은 '반시대적' 사상가이자 논쟁의 여지가 많은 철학자 니체에 관한 명쾌한 해설서이다.

한 권으로 읽는 프로이트
• 데이비드 스탠포드 클라크 | 최창호 옮김 | 신국판 | 276쪽

한 권으로 읽는 융
• 에드워드 암스트롱 베넷 | 김형섭 옮김 | 신국판 | 240쪽

쿠오바디스, 역사는 어디로 가는가 1·2
• 한스 크리스티안 후프 | 정초일 옮김 | 양장본 | 352쪽

역사의 운명적인 순간들을 통해 독자를 철학적 성찰로 인도하는 독특한 역사 교양서. 오해와 우연, 비극과 파멸로 이어지는 역사의 흐름 속에는 분명 비밀스러우면서도 결정적인 지점이 있다. 워털루 전투, 스페인 무적함대의 궤멸, 베수비오 화산 폭발, 사라예보 암살, 카이사르 살해, 크레시 전투 등이 다뤄진다.

폭력과 상스러움
• 진중권의 엑스리브리스 | 변형국판 | 352쪽

전투적 철학자, 유쾌한 계몽자 진중권의 사회 평론. 학문과 현실 사이의 균열된 틈새를 비집고 우리 사회의 망탈리테(정신상태)를 그린다.

일상의 발견
• 김용석 | 변형국판 | 288쪽

재기발랄한 감수성과 열린 사고를 지닌 철학자 김용석의 진지하고 유쾌한 사회·문화 비평. 저자가 직접 일상생활 속에서 보고 듣고 느낀 것들을 바탕으로, 우리 사회의 문화 수준과 의식 구조를 드러내 보여준다.

보물 추적자
• 볼프강 에베르트 엮음 | 신국판 | 416쪽(컬러화보 16쪽)

호기심 많은 학자, 보물 사냥꾼, 예술품 약탈자가 사라진 보물을 찾아 펼치는 흥미진진한 역사 여행. 황금의 나라 박트리아에서 히틀러의 제3제국까지, 실크로드의 폐허에서 아프가니스탄의 유적지까지, 역사의 격랑 속에서 사라진 보물을 찾는 사람들의 이야기.

자기계발·실용

공격적이지 않으면서 단호하게 나를 표현하는
대화의 기술
• 폴렛 데일 | 조영희 옮김 | 신국판 | 304쪽

당신, 내가 그렇게 만만해 보여?
당당하고 확신에 찬 우리의 모습을 상상해보자. 우리를 못살게 구는 사람들의 눈을 똑바로 쳐다보며 분명하고 단호한 목소리로 우리의 생각을 훌륭하게 전달하는 모습을 그려보자. 우리가 원하기만 한다면 바꿀 수 있다.

당당하고 진실하게 여자의 이름으로 성공하라

첫판 1쇄 펴낸날 2003년 2월 4일
6쇄 펴낸날 2006년 12월 20일

지은이 김효선
펴낸이 김혜경
편집주간 김장환
기획편집국 박창희 유은영 심재경 손자영 이재현 이신혜
김솔미 이진 김태형 조한나 주소림
영업관리국 권혁관 엄현진 임옥희 김동현 김순상
디자인 박정숙 오성희 윤정우 문지현 제작 윤혜원 박인성
인쇄 한영문화사 제본 영신사

펴낸곳 (주)도서출판 푸른숲
출판등록 2002년 7월 5일 제406-2003-032호
주소 경기도 파주시 교하읍 문발리 파주출판도시
529-3번지 푸른숲 빌딩, 우편번호 413-756
전화 031)955-1400(영업관리국), 031)955-1410(기획편집국)
팩시밀리 031)955-1406(영업관리국), 031)955-1424(기획편집국)
www.prunsoop.co.kr

ⓒ 김효선, 2003

ISBN 89-7184-372-1 03810